獨愛小虎妻

下

風 文創 308

陸戚月 著

目錄

第二十三章

「阿蕊、阿蕊，快醒醒！」

朦朦朧朧之間，柳琇蕊感覺到似是有人正輕輕搖晃著她，她迷迷糊糊地睜開眼，便見紀淮一臉擔憂地望著自己。

「妳可終於醒了！」紀淮鬆了口氣，露出個如釋重負的笑容。

柳琇蕊仍有些恍惚，看了看四周，發覺是個山洞，便疑惑地問：「我們這是在哪兒了？」

紀淮搖搖頭。「我也不知是掉到何處來了。」

他醒來後不見柳琇蕊，嚇得驚慌失措，也顧不上背後的傷，掙扎著爬起身，趕緊四處去尋她，幸而柳琇蕊運氣並不算太差，竟掉在了一方土丘處，倒也免去了不少傷。

他抱著昏迷的柳琇蕊尋了處山洞，也不敢離開，一直守著她，見她遲遲不醒，這才忍不住出聲呼喚。

「如今可怎麼辦，我們要怎樣回去？爹娘他們若是找不著我們肯定會擔心的。」柳琇蕊不禁感到擔憂。

紀淮柔聲安慰道：「別怕，永寧縣主既將妳扔在那處，若是時間久了不見妳回去，自然會派人來尋的，便是她不說，柳四叔他們也一定能找到此處來。」

柳琇蕊輕輕嘆了聲。「那我們只能在此處等著嗎？」

紀淮冷靜分析。「此處我們不熟，加上天色將暗，恐怕尋出去的機會不大，若是明日一早他們仍沒尋過來，我們再去找其他出路，妳瞧著可好？」

柳琇蕊想了想，點頭道：「好，那便聽你的。」

紀淮見她臉色仍是有些蒼白，忍不住伸手觸碰了一下，入手微涼，他一驚，總算察覺自己差點忽略一個嚴重的問題。如今天氣雖算不上寒冷，可夜晚氣溫亦是有些低的，更別說他們現下身處京郊，比之城中又要冷上幾分。

他仔細觀察了下這個棲身的山洞，倒也算隱蔽，可以躲避野獸，但卻不利於讓人尋到他們。

「阿蕊，妳與我到外頭尋些乾柴，我身上有火摺子，這夜裡涼，生把火也好取暖。」他想了又想，終是不放心將柳琇蕊一人留在洞中。

想來也得感謝那個囉哩囉嗦的探花郎，說是出門在外身上絕不能沒有生火用具，硬是將他準備的兩個火摺子分了一個給他。

他暗自決定，回去後定要準備一份謝禮給他。

柳琇蕊慌忙點頭。「好，我與你一起去。」

兩人撿了些乾柴回到洞中，一起動手生起了火，天色便也完全暗了下來。

山洞內只有樹枝燃燒發出的噼啪聲響，偶爾還能聽到洞外隱隱傳來動物叫聲，令柳琇蕊感到越來越害怕，整個人一直往紀淮身邊靠去。

紀淮輕嘆一聲，脫下外袍披到她身上，再將她整個人摟在了懷中，貼近她耳邊輕聲道：「別怕，有我在。」

柳琇蕊縮在他寬厚溫暖的懷中，鼻尖縈繞著一陣陣清冽好聞的氣息，讓她心中的害怕漸漸散了幾分。

紀淮將她抱得更緊了些，心裡倒有些複雜，既慶幸有此機會得以和意中人如此親近，又擔心她身子抵擋不住夜裡的寒氣，萬一落下了病根，那他這一輩子都得心疼死。

柳琇蕊卻覺得全身暖洋洋的，越來越放鬆，不知不覺有些昏昏欲睡。

紀淮見她腦袋一點一點的，不一會兒便輕輕伏在了他的胸前，呼吸亦開始變得平穩，他心中一驚，生怕她就此睡了過去。

「阿蕊、阿蕊！」他輕輕地晃了晃，欲喚醒已睡意濃濃的柳琇蕊。

柳琇蕊迷迷糊糊地應了一聲後，再往他懷中縮了縮，尋了個舒適的位置又要睡去。

紀淮心中更為著急，靈機一動，湊到她耳邊一字一頓地道——

「阿蕊，當、我、媳、婦、吧！」

柳琇蕊先是含含糊糊地嗯了一聲，片刻，一個激靈，立即清醒了過來。

她睜著一雙水靈靈的大眼氣惱地瞪著他，掙扎了幾下意欲逃離他緊緊環抱著自己的雙臂，可紀淮卻將她抱得更緊，甚至飛快地換了個動作，將她的雙手一起困在了懷中。

柳琇蕊恨恨地瞪著他。「壞胚子！」

她就知道、她就知道，這壞胚子絕對不可靠！

紀淮見她瞬間又生龍活虎起來，心中暗暗鬆了口氣，臉上的笑容變得有幾分輕佻。「妳嫁不嫁？如今親也親過了，抱也抱過了，不嫁我還想嫁誰去？」

柳琇蕊羞惱難當。什麼叫親也親過了，抱也抱過了，分明都是事出有因，一次是他突然耍無賴，一次便是如今他乘人之危！

「你胡說，又、又不是我願意的！」她氣急了，想伸手捶他，可一雙手卻無論怎樣也掙脫不開來，只得不停地痛罵著他。「壞胚子、臭無賴、登徒子，快把我放開！」

「不放不放，妳嫁不嫁、嫁不嫁？」紀淮直接耍起無賴來。

「不嫁不嫁不嫁！」柳琇蕊絕不肯屈服。

「嫁不嫁、嫁不嫁？」

「不嫁不嫁，堅決不嫁！」

紀淮望了望懷中那張不知是羞紅還是氣紅的俏臉，見她在火光的映射下更添了幾分嬌媚，他心神一蕩，突然低下頭來輕輕在她臉上親了一口。

「不嫁不……」正氣惱地拒絕著某無賴「逼婚」的柳琇蕊，被這出其不意的舉動嚇呆了，待反應過來，頓時勃然大怒。

「壞胚子，你、你又來！」她又羞又氣，真是作夢都想不到自己居然又被這無賴輕薄了。

紀淮亦是被自己大膽的行為嚇了一跳，可一見柳琇蕊氣得滿面紅霞，原就水靈的一雙大眼亦添了幾絲霧氣，整個人顯得俏麗無比，他不禁輕笑出聲。

這個女子，他是娶定了，既然如此，那這「輕薄」便也算不上是「輕薄」了。既然給自己尋到了理由，他也不再壓抑了，又是「吧唧」一口親在柳琇蕊額上，隨後似是挑釁又似是歡喜地望著她。

柳琇蕊見他居然死性不改，氣得渾身顫抖。「壞胚子、死無賴！」

紀淮笑盈盈的也不惱，只是她每罵一句，他便在她額上親一口，再問一句。「嫁不嫁？」

柳琇蕊被他親得肺都要氣炸了，可偏又掙脫不得。「你、你等著！」

「吧唧」又是一口，這一下卻是親在她左臉上。「嫁不嫁？」

「不嫁不嫁不嫁！」她死命搖頭，這樣一來，既表達了她拒絕的決心，也讓那壞胚子無從「下嘴」。

紀淮哭笑不得地望著她。這小笨蛋！

果然，不一會兒柳琇蕊便受不住了，頭暈眼花地一頭歪在紀淮胸前，可嘴裡卻仍頑強地喃喃道：「不嫁不嫁……」

紀淮悶聲大笑，將她整個人抱得更緊，輕輕親了親她的髮頂，如宣誓般在她耳邊堅決地道：「小丫頭，我娶定妳了！」

柳琇蕊被他這番話說得心跳加速，整張臉埋入他懷中，頓覺又是歡喜又是委屈又是惱怒，百種滋味齊齊湧上心頭，令她鼻子一酸，眼淚滾滾落下，很快地便將紀淮的衣襟染濕了一小塊。

紀淮察覺到異樣，急忙將她輕輕推了開來，赫然發現一向明媚動人的小姑娘臉上竟掉下一顆顆淚珠，他心疼不已，一邊笨拙地幫她拭去不斷湧現的淚水，一邊柔聲安慰。

「莫哭莫哭，都是我不好，妳若……妳若不高興便打我好了！」他差點將「妳若不喜歡便不嫁了」這話說出，幸而他反應快，及時改了口。

開玩笑，這丫頭他志在必得！

柳琇蕊一邊掉眼淚一邊委委屈屈地道：「哪有人像你這般逼人的，也、也不管人家心裡怎麼想，便那、那般對人家……」

紀淮心中一跳，難得地開始反省自己是不是有點本末倒置了。

他定定地望著哭得鼻子紅通通的柳琇蕊，片刻，輕嘆一聲，溫柔地撫著她的臉龐，低聲地喚了句。「阿蕊。」

柳琇蕊淚眼朦朧地抬頭，卻被他眼中的執著與真摯懾住了，只能微張著嘴愣愣地看著對方。

「阿蕊。」紀淮滿眼誠懇，語氣柔和。「我心悅妳久矣，嫁我為妻，可好？」

柳琇蕊身子如同被定住一般，腦袋更是一片空白，只有紀淮那句掏心話語一直在裡頭迴響。

紀淮見她如此反應，不知怎的心裡不安了起來。萬一她真的不願嫁給自己可怎生是好？萬一她不只不肯嫁，以後更是連見都不願再見他又怎生是好？若是娶不得她為妻，他未來人生之路又該如何走過？

他心中七上八下，如同等待宣判的囚犯一般緊張地盯著柳琇蕊的一舉一動。

也不知過了多久，柳琇蕊終於回過神來，入眼即見紀淮一臉忐忑不安地望著自己，心裡一下便起了幾分羞意。她微微側頭避過他灼熱的目光，心中卻開始回想著兩人自相識以來的點點滴滴。

她，應該也是有些喜歡他的吧？若是真不喜他，當初在祈山村小樹林便能當場教訓他了，更不會在他那樣輕薄自己後還數次與他私下接觸，想想，這男女大防、女子禮節在面對他時，她好像從不曾遵循過……

她臉上慢慢飛起一片紅霞，心中清楚答案已浮現。對方有情，而自己並非無意，正如外祖母教導的那般，該出手時便出手，扭扭捏捏的才不像外祖母的外孫女！

「好。」她強壓下心中羞澀，勇敢地抬起頭來回望他，堅定地吐出了這個字。

聞言紀淮先是呆了片刻，待反應過來後瞬間大喜，用力擁住她纖細的身子，額頭碰著她的，啞聲要求。「阿蕊，再說一次，再說一次『好』。」

柳琇蕊羞得紅暈更盛，可仍是堅定地又回應了一句。「好，紀淮，我柳琇蕊願嫁你為妻。」

紀淮狂喜，簡直不知該如何形容此時此刻的感受，他內心的歡喜與激動甚至比那日得知自己連中三元還要更強烈，便是洞外鬼哭狼嚎般的呼呼風聲，在他聽來亦如天籟一般。

柳琇蕊望著他開心得滿臉緋紅、眼中光芒大盛的模樣，一陣甜絲絲的感覺湧上心頭，不禁亦綻開一抹淺淺的笑容。

紀淮見了更是心旌搖曳，溫柔如水、纏綿入骨的眸光緊緊鎖著她，喃喃地問：「阿蕊，我想親親妳，可好？」

柳琇蕊只覺臉上如火灼燒。這書呆子，如今倒是君子起來了，方才那無賴也不知是誰！

她羞得垂下頭，可緊接著臉便被一雙寬厚的大掌輕輕捧了起來，繼而一個似是有些涼意，又似是滾燙灼人的吻落在了她的嘴角。

她身子一僵，心跳彷彿也跟著停止，不等她反應，那熾熱的溫度又輕輕地覆上她的唇……

兩唇相觸間，柳琇蕊只覺渾身力氣似是被抽走了一般，僅能柔順地伏在他的胸前。許久，那雙讓人酥酥麻麻的唇依舊輕輕摩著她的，讓她越發無力，在她感覺自己好似就要被那熱燙的溫度灼傷時，紀淮才心滿意足地鳴金收兵，可卻仍流連不捨地間或輕啄著。

兩情相悅的美妙，竟比想像中更是美好、更要醉人！

「阿蕊。」他柔柔地望著軟倒在懷中的柳琇蕊，低沈的嗓音帶了幾分誘人的味道。

柳琇蕊正努力平復著急促的心跳，聽到他的呼喚，羞意更濃，低不可聞地嗯了一聲，便將臉深深地埋入他胸懷。

「阿蕊。」紀淮只覺這般抱著她，輕輕喚著她，心房就能被填得滿滿的。

「嗯。」柳琇蕊甕聲甕氣地又回了一聲。

「阿蕊……」紀淮樂此不疲，聲聲纏綿。

「嗯。」柳琇蕊有喚必應。

兩人一叫一應，緊緊相擁，便是那間或竄進洞來的寒風亦無法將縈繞在他們身邊的融融溫情吹散開來……

清晨的陽光穿過阻隔著洞口的幹枝照入穴中，突來的光線讓靠坐在石壁上熟睡的紀淮不適地皺了皺眉頭，緩緩地睜開了雙眼。

伏在他懷中的柳琇蕊亦動了動，紀淮見狀微微側身擋住光線，卻不小心扯動背上傷處，痛得他齜牙咧嘴。

「紀書呆，你受傷了？」有些茫然地從睡夢中醒過來的柳琇蕊，睜眼便見紀淮的怪模樣，也顧不得羞澀，急忙從他懷中爬起，想查看他身上的傷。

紀淮無奈地阻止她，含笑道：「不要緊的，許是撞了一下有些痛楚，如今沒事了。」

「不行，先讓我瞧瞧，肯定是昨日掉下來時弄傷的，你昨晚怎的也不說？」她又是焦急又是擔心，既怪他隱瞞，也怪自己大意至此，竟不曾發現他受了傷。

紀淮抓住她軟綿綿的纖手。「相信我，真的不妨事，我還要與妳白頭偕老，絕不會不顧身子的。」

柳琇蕊刷地一下羞紅了臉，想起昨日的親密接觸，紅暈甚至爬到了耳後。

紀淮亦想到那些甜蜜，情不自禁地又在她臉頰落下一吻。

柳琇蕊見他又來，也想不起他的傷了，結結巴巴地道：「天、天亮了……」

紀淮噗哧一下笑了出來，好一會兒才抑住笑聲，一本正經地道：「是啊，天亮了，那便等天黑再來。」
柳琇蕊羞赧地咬咬唇，弱弱地反駁。「我、我不是、不是那個意思，就就、就是說天亮了，可、可以出去了。」
紀淮故作受傷地輕嘆一聲。「原來如此，看來阿蕊不喜歡與我多待一會兒，竟急著要離去，昨日那番話想來也是安慰我的。」
柳琇蕊見他曲解自己的心意，不由得急了，大聲分辯。「才不是！我說的都是真的，只不過、只不過咱們一夜未歸，爹娘肯定要擔心的。」
紀淮定定地望著她急得紅撲撲的臉龐，忍不住伸手輕輕覆了上去，來回撫著。
「阿蕊。」
「嗯？」柳琇蕊怕他又誤解自己，紅著臉應了一聲。
「昨日我那般親妳，妳可喜歡？」
柳琇蕊只覺臉蛋都要燒起來了。這書呆子，怎的總問這些羞死人的問題！
可她向來便不是個扭捏的女子，便是如今亦是相同，是以她飛快地抬頭望了正直直盯著自己的紀淮一眼，蚊蚋般道：「喜、喜歡的……」
紀淮霎時蕩開了滿足的笑容，伸手將這隻勇敢的偽兔子擁入懷中，先是輕輕親了親她的臉頰，接著在她耳邊喟嘆著道：「我也喜歡，很喜歡！」
兩人靜靜相擁，良久，柳琇蕊輕輕推了推他的胸膛，紅著臉道：「回去吧，他們想來都要急死了。」

「嗯！」紀淮盼了這麼久，終於嘗到了兩情相悅的滋味，哪還會拂她的意？他拉著她的手站了起來，親自替她整整凌亂的鬢髮及衣裙，再整整自己的，這才微微笑著道：「走吧！」

兩人相攜著出了洞口，清晨的陽光灑落身上，照得人暖呼呼的，紀淮將手中那隻軟綿的小手抓得更緊了些，含笑側頭望了身邊人一眼，感嘆道：「真是個好地方！若有機會，紀淮必定再重遊一番。」

柳琇蕊自然聽出他話中深意，微紅著臉不敢看他，心裡卻也是欣喜無限。

此時，一陣嘈雜聲隱隱傳來，嚇得柳琇蕊飛快地將手抽了回來，腳下亦不由自主地離他遠些。

紀淮不悅地望了望兩人之間的距離，可終究也擔心這般親密的模樣被來人撞見，雖說經過昨日的齊齊失蹤，兩人必定成了話題人物，可他卻盼著能將那些難聽之話盡可能地減少幾分。

「找著了找著了，他們在這兒！」

不一會兒，驚喜的男聲響起，緊接著一陣陣急促的腳步聲越來越近，小片刻工夫，一群侍衛出現在他們眼前，為首的，竟然是柳耀海。

「阿蕊！」

柳耀海大叫一聲，飛快地朝兩人奔來。

「阿蕊，妳快讓人擔心死了！可有受傷？」他紅著眼摩著手掌上上下下地打量寶貝妹妹。

柳琇蕊亦是熱淚盈眶，委屈地喚了聲。「二哥。」

「告訴二哥，是哪個王八蛋害妳的，小爺將他千刀萬剮！」柳耀海凶狠地道，一邊說還一邊極不友善地瞪了自始至終不曾出過聲的紀淮一眼。

紀淮無辜地攤攤手，表示自己不是那個害了他寶貝妹妹的王八蛋。

「耀海、慎之、阿蕊，還是先回去再說。」一身武將打扮的柳敬北大步流星地走了過來，拍拍柳耀海的肩膀，再不動聲色地掃了紀淮與柳琇蕊一眼。

紀淮察覺他的目光，有幾分不自在地別過臉去，清咳一聲。「柳四叔所言極是，咱們還是先回去吧！」

一行人便在侍衛們的簇擁下往大本營去。

不久，失蹤了的紀狀元與威國公府小姐齊齊找到的消息很快便傳了開來。

高淑容與李氏焦躁難安地在帳子裡走來走去，不停地問外頭的婢女。「他們可回來了？」

直到她們已不知第幾度問同樣的問題，外頭候著的婢女才驚喜地回稟。「回來了回來了，小姐回來了！」

高淑容率先掀開簾子走了出去，李氏自是緊隨其後。

被柳耀海護著回來的柳琇蕊遠遠便見娘親與大伯母，激動地叫了聲。「娘、大伯母！」而後飛快地朝兩人撲去。

高淑容抱著讓她擔憂了一整夜的女兒，又是歡喜又是惱怒地罵道：「妳怎麼總愛這般亂跑，要是出了事可怎生是好？」

李氏亦淚光閃閃地嗔怪她。「可不是，都讓人擔心了一宿，下回可不能再這樣了！」

柳琇蕊知道這回確實讓家人擔心了，也不敢多話，老老實實垂著腦袋任她們訓斥，好一會兒，高淑容與李氏才擦擦淚水，一左一右地拉著她的手進了帳裡，兩人仔細檢查了一番，確定她身上只有一些小擦傷，並無大礙，這才鬆了口氣。

「妳老實告訴娘，到底發生了什麼事？之前還有人來回娘，說妳與永寧縣主騎馬去了，怎的這一去就一整晚？」在榻上坐下後，高淑容問起事情經過。

柳琇蕊一聽她提起罪魁禍首就恨得牙癢癢。「就是她，把我的馬趕跑了，害我回不來！」

高淑容一怔，與李氏對望一眼。昨日女兒久未見歸來，她心急如焚，著人去尋，可一直沒有下落，後來更是驚動了皇帝。皇帝這一插手，便直接查到永寧縣主那兒去，未料永寧縣主卻也是尋不著人，召來徐太妃派來伺候永寧縣主的兩名女官一問，才知道那兩人竟然策馬不知所終。

這下問題大了，同啟帝龍顏大怒，斥責兩名女官為何發現不妥不早點來報，兩名女官卻道早就回稟了麗妃娘娘，可娘娘卻說不過是小孩子貪玩，玩夠了自然會回來。

事情又牽扯到寵妃，同啟帝不勝煩擾，但如今最重要的是要將人尋回來，便先下旨抽調侍衛去尋人，柳耀海擔心妹妹，自然主動請纓，同啟帝明白他的心情，二話不說應允了。

直到申時，才有一隊侍衛尋著驚馬摔傷了腿的永寧縣主以及揹著她的新科探花郎簡浩，而另一位一同失蹤的柳琇蕊卻仍下落不明。

到了酉時，原與紀淮有約的新科榜眼久不見人來，便也出去尋，尋了大半個時辰亦不見人，他心中一驚，也急急報了上去，如此一來，新科狀元郎與威國公府小姐雙雙下落不明之事便漸漸傳開了。

永寧縣主歸來後先是讓御醫醫治了傷腿，同啟帝也來不及問她為何會與簡浩一起，便直截了當地問紀淮與柳琇蕊同時失蹤是否與她有關。

她眼神躲閃，就是不敢面對同啟帝，氣得同啟帝一掌拍在帳裡的小圓桌上，嚇得她臉色發白，頭一回見識到這個皇帝表哥的怒氣，她當下也不敢再隱瞞，一五一十地交代清楚了。

原來她自那日在太皇太妃處達不到目的後，便想尋個法子將親事推得乾乾淨淨。她苦思了幾日，最後決定將自己平生最討厭的兩個人——紀淮與柳琇蕊——送作堆，一個是飛上枝頭的假鳳凰，一個是躍了龍門的鯉魚，倒也算般配。

同啟帝聽罷都不知該如何反應。敢情這門親事就只有太皇太妃一頭熱啊？當事人根本是男無情、女無意。

「紀淮與柳家姑娘的親事自有他們父母作主，妳雖身為縣主，可亦無權干涉他人婚姻，萬一他們兩人早已另訂親事，妳如此作為，又置別人於何等地位？」

「我也是打聽過他們均無婚配才這樣做的啊……」永寧縣主小小聲地反駁。

同啟帝見她竟然還敢回嘴，雙眼一瞪就要發火，永寧縣主連忙認錯請罪，同啟帝終是憐惜她受了傷，又訓斥了一頓後便作罷了。

「那妳這腿又是怎麼回事？還有簡浩又是怎麼回事？眾目睽睽之下他這般揹著妳，妳的名聲還要不要？」

聽他提起那個囉哩囉嗦的探花郎，永寧縣主神色有些複雜，耷拉著腦袋道：「我騎著馬本想回來，可突然被猛獸的叫聲嚇了一跳，韁繩抓不住，便從馬上摔了下來，後來才遇到路過的簡浩。」

同啟帝望了她一眼，重重地嘆了一聲。罷了罷了，換個角度想，這也算是兩全其美了，便是太皇太妃也找不出話來，畢竟促成了紀淮與柳家小姐的可是她的嫡親外孫女。

柳琇蕊自然不清楚這些，她被高淑容勒令在回京前得老老實實待在帳裡不許再外出，她雖不大樂意，可到底不敢逆她的意，只得心不甘情不願地應了一聲。

至於她與紀淮之間那些事，她自是不好意思對高淑容她們說，只含含糊糊地道自己偶遇了紀淮，兩人在回來的途中出了些意外，這才一夜未歸。

高淑容與李氏對望一眼，也不多問，吩咐她好生歇息，便一前一後離去。

而另一側的紀淮可就沒那麼容易過關了，柳敬東兄弟四人加上柳耀河及柳耀海，簡直如三堂會審，尤其是柳耀海，那眼神像是恨不得將他大卸八塊一般。

「如今不少人都知道新科狀元郎與威國公府嫡小姐一同失蹤了一夜之事，你怎麼看？」柳敬東沈聲問。

紀淮朝他深深地躬了躬身。「柳大伯父，紀淮對阿蕊的心意天地可鑑，今生若得她為妻，紀淮必珍之、重之、愛之、護之，絕無二心。」

柳敬東點點頭，將目光移至神色平靜的柳敬南身上，說到底他們也不過是叔伯，真正作主的還是柳琇蕊的生父。

柳敬南定定地望著站立帳子中央的紀淮，紀淮迎上他的視線，眼中透著堅定。能否順利迎娶意中人，今日這一回便是關鍵！

柳敬南神色複雜地望了他許久，才淡淡地道：「阿蕊乃我唯一愛女，便是外人再怎麼議論她，若她不願嫁你，我也必不會讓她受半分委屈，你可明白？」

「紀淮明白，伯父放心。」

柳敬南點點頭不再說話，端起小圓桌上的茶碗呷了一口，讓紀淮猜不透他這番話到底是同意了還是不同意。他求助般將目光投向柳敬北，只見柳敬北含笑朝他點了點頭。

他稍思量了會兒，瞬間大喜，恭恭敬敬地朝柳敬南行了大禮。「多謝柳二伯父成全，紀淮必不負所託！」

這一年的秋狩，除了當今皇上大顯神威獵了頭猛虎這一令人震驚的消息外，還有三件事亦讓京城世家貴戚私下議論不休。其一是永寧縣主將下嫁新科探花郎簡浩；其二則是連中三元的新科狀元紀淮與威國公府嫡小姐訂了親事；其三便有些出人意料，自進宮後一直聖寵不斷的麗妃娘娘失寵了。

第二十四章

得知外孫女竟然為了逃避與紀淮的親事而設計了威國公府小姐，太皇太妃不可謂不震驚，可一想到那探花郎亦不算差，加上外孫女既然用了那般手段，可見她是真不想嫁那紀淮，強扭的瓜不甜，日子終究是她自己過的，是以太皇太妃也只是可惜了一番便高高興興地準備起外孫女的親事來。

而另一頭的柳琇蕊則得知了紀淮已經書信稟明父母，擇日請了官媒上門提親，她心中又羞又喜，高淑容見她如此神情，感嘆一聲，憐惜地摸摸她的額角，低聲囑咐。「將來嫁了人，就不能再像如今這般，遇到不順心之事便發作一通。」

柳琇蕊抱著她的手臂努著嘴反駁。「我哪有！」

高淑容好笑地戳戳她的臉蛋。「哪都有！妳就是個一點就著的小炮仗，別人稍一撩撥，便不管不顧地爆發起來。這性子不管怎樣都得改，慎之待妳好，可當了別人家的媳婦，有許多事便不能再與做姑娘時一般由著性子來，凡事要學會退讓，人活一世又哪能事事如意。」說到最後，她神色一黯。

柳琇蕊被她說得羞澀不已，倒也沒有留意到她的神情，嬌聲應了句「知道了」便踢掉繡鞋將頭枕在高淑容腿上，雙手環抱她的腰肢。

「一眨眼工夫，你們都長大了，娘也老了。」高淑容嘆息一聲，感慨道。

自當年不顧女兒家的矜持主動向柳敬南提起親事，眨眼間十幾年就這麼過去了，連最小的女兒都訂了親，時間真是不饒人。

轉念再想到秋狩那日她與柳敬南一同遇到文馨長公主，那兩人旁若無人深深凝望的神情如根刺般刺在她心中，讓她每每想起心裡都隱隱發痛。果然還是得不到的才是最好的啊……

「娘、娘、娘！」

柳琇蕊一聲比一聲高的呼喚讓高淑容回過神來，她抱歉地朝女兒笑笑，溫和地問：「怎了？可是有話要與娘說？」

柳琇蕊撒嬌地將她抱得更緊。「我都叫妳好幾遍了，妳也不理人！我不過想問問妳，這幾日爹爹為什麼老在書房裡歇息？」

「娘在想我家阿蕊嫁人後會是什麼樣子，一時想得入神了，這才沒聽到。」高淑容尋了個理由打發她。

「那爹呢？爹是怎麼回事？」柳琇蕊睜著大眼好奇地追問。

高淑容有些不自在地移開視線，好一會兒才捏捏她的臉蛋。「大人的事，小孩子不許多嘴！」

柳琇蕊不高興地嘀咕。「方才還說我們都長大了，如今又成了小孩子。」

高淑容失笑，倒也沒再多說，只是繼續輕柔地撫摸著她的長髮。

紀淮終於得償所願，自是人逢喜事精神爽，而紀家父母更是異常欣喜，獨子終於要娶妻了，別說對方既是師長外孫女，又是國公府小姐，就算是一窮二白的平民女子，只要兒子肯娶，他們都絕無二話。那個挑剔至極的兒子，難得有人入得了他的眼，他們又怎可能會不樂意。

沒多久，新科榜眼及探花郎先後授了官，雖品級不高，可到底是京官；而紀淮卻步了柳耀江後塵，得了個七品縣令，所幸同啟帝體諒他，允他回鄉成婚後再攜夫人赴任。

旨意一出，威國公府有些措手不及，尤其是高淑容，她原以為是先娶了兒媳婦再嫁女兒，如今卻不得不調轉過來，先忙女兒的親事再說，畢竟紀淮還有皇命在身，拖延不得。

而柳琇蕊自訂了親便老老實實地在屋裡繡著嫁妝，間或到李氏或高淑容屋裡說會兒話，這日，她又膩到了李氏身旁。

「嫁人了便不能再這般膩在伯母身邊撒嬌了，得好好孝順公婆、伺候夫君、打理內宅。慎之人好，紀家父母和善，家裡人口雖少了些，可卻沒有高門大戶那些糟心事，妳以誠待人，自然亦會得到旁人的真心看顧。」李氏摩挲著她的長髮，柔聲道。

柳琇蕊往她懷裡鑽了幾分，依戀地嗯了一聲。

李氏輕輕拍了拍她的臉龐。「起來，伯母去拿些東西來。」

柳琇蕊聽話地坐直了身子，看著李氏往裡間走去，不到片刻工夫，便見她捧著個錦盒出來。

「這支鳳釵，是妳祖母當年賜予我的，如今我把它轉送給妳，望妳與慎之能舉案齊眉，一生平安順暢。」李氏打開錦盒，將裡面的金絲鳳釵拿了出來，親手插在柳琇蕊髮髻上。

柳琇蕊摸了摸頭上鳳釵，眼眶微紅，摟著李氏的腰肢嗚咽著道：「大伯母，阿蕊捨不得妳……」

「笨丫頭，女大當嫁，妳便是嫁了人，也仍是大伯母的小阿蕊，這一點無論如何都不會改變。」李氏擁著她，視線亦變得有些朦朧。

依依不捨地告別了李氏，前腳剛出了房門，後腳便見佩珠掩著嘴笑道：「小姐，紀公子來了。」

柳琇蕊俏臉一紅，微低著頭別過臉去避開佩珠打趣的眼神，蚊蚋般道：「他來了，與我何干？又、又何必來回我。」

自秋狩那晚定情後，她一直沒再見過紀淮，只知道近日他便要回燕州老家，再見之時，恐怕已是他迎娶自己之日。

佩珠見主子羞得滿臉紅暈，掩嘴輕笑一聲。「二夫人讓妳將上回三少爺帶回來的御賜龍井拿些過去。」

柳琇蕊臉紅得更厲害了，娘親此舉分明是故意的，她那裡何曾缺過好茶。

佩珠瞧她如此反應，忍著笑將整罐茶葉塞進她懷裡，催促道：「小姐快去吧，二夫人等著呢！」一邊說還一邊推著柳琇蕊往屋外去。

柳琇蕊捧著罐子紅著臉，慢慢往高淑容那邊挪去，心裡怦怦怦地直跳個不停。

「阿蕊，是阿蕊嗎？」

再往前幾步便是圓拱門，熟悉的溫文男聲突地響起，讓正沿著牆邊小徑而行的柳琇蕊下意識抬頭張望，卻不見那道身影。
「阿蕊，可是妳？」對方沒有得到回應，遲疑著又問了句。
柳琇蕊猛地側頭，緊緊盯著身邊的牆壁。那聲音，像從圍牆的另一頭傳來。
「紀書呆？」
「阿蕊，我明日便要啟程回燕州去了，今日來是想與妳道別……妳要好好的，等著我來迎娶妳。」一牆之隔的紀淮，強壓下見心上人的衝動，柔聲道。
不是他不想見面，只是未婚夫婦在婚前不應再見，否則便會不吉利。這些無論真假，但凡有一絲可能他都不想賭，他求的是一生一世的相守，而不是一朝一夕的歡愉，是以，他能忍。
柳琇蕊聞言雙頰竄紅，暗自慶幸對方沒有走過來見到自己這番模樣。許久，她才輕輕地嗯了一聲，一會兒，又似是怕紀淮聽不到一般，稍提高音量道了句。「知道了。」
紀淮聽到她軟糯糯的聲音，完全可以想像得到圍牆對面那個會張牙舞爪的偽兔子此時此刻肯定是滿臉紅霞，紅撲撲的臉蛋讓他每每都忍不住想咬上一口。
「阿蕊……」
「嗯？」
「阿蕊，一日不見，如隔三秋，如今，數年已逝……」
柳琇蕊聽他語調開始變得輕鬆，又變回平日那個老是裝模作樣、間或戲弄自己的書呆子，忍不住啐了一口，小聲罵道：「油嘴滑舌的壞胚子！」

紀淮聽得這熟悉的罵聲，微微一笑，想著再說幾句說不定那層兔皮又要掛不住了，身後卻響起一陣咳嗽聲，他回過頭去，便見柳耀海極不友善地盯著自己。

他暗嘆一聲，惋惜地朝牆另一面的柳琇蕊道：「阿蕊，等我！」言畢，大步朝柳耀海走去。

柳琇蕊怔怔地站立原處，許久許久才回過神來，壓抑著微微上揚的嘴角，抱著那罐子茶葉往高淑容院裡去了。

次日一早，紀淮便啟程返回了燕州，等待著成親的日子。

「小姐，永寧縣主命人送了帖子來，邀請妳到慈雲庵去上香。」佩珠憂心忡忡地拿著帖子走了進來。

柳琇蕊一怔，冷笑道：「好啊，我還沒和她算帳呢，她倒敢尋上門來了。去回來人，我必定奉陪到底！」

她從不吃悶虧，永寧縣主既然敢算計她，便要做好被報復的準備！

「小姐，對方畢竟是縣主……」佩珠有些遲疑，她不擔心自家小姐會吃虧，只擔心那個三番四次找麻煩的永寧縣主遭了殃又惹出事來。

「縣主又怎麼了？快去快去！」柳琇蕊毫不在意地向她揮揮手。有仇不報非女子，吃了虧不還擊也太有負兄長的教導了！

佩珠無法，只得退了出去，將她的意思傳達給五長公主府的下人。

這日，柳琇蕊便在休沐中的柳耀海的護送下到了慈雲庵。

「慢著慢著，我向妳賠禮總可以了吧？妳看，我連禮物都準備好了！」永寧縣主看柳琇蕊剛見著自己便是一副氣勢洶洶的模樣，心知上回大大得罪她了，急急將早就準備好的禮物遞了過來，討好地朝她笑笑。

柳琇蕊輕哼一聲，將那雕花黑漆錦盒奪了過來，再猛地一腳掃去——

啪的一聲，永寧縣主應聲倒地。

「妳妳妳怎還打人，我都賠禮了！」永寧縣主摸摸摔疼了的屁股，憤憤不平地抗議。

「妳說賠禮就賠禮，可曾見我接受了？」柳琇蕊得意地仰頭，氣得永寧縣主臉都青了。這野丫頭，每次見了她都是屁股遭殃，就不能換個地方嗎！

「妳不接受幹麼拿我的夜明珠，還我！」

「要不是看妳早早準備了禮物，我才不會這般輕輕鬆鬆便放過妳！」柳琇蕊搖頭晃腦地打開盒子，果見裡頭放著個鴿子蛋大小的珠子，她好奇地拿在手中翻來覆去地看，嘴裡懷疑地問：「這是夜明珠？妳不會隨便拿顆珠子來糊弄我吧？」

「鄉下野丫頭就是鄉下野丫頭，連夜明珠都不曾見過，本縣主難道連顆夜明珠都沒有，還要拿顆普通珠子騙妳？沒見識，不要便還我！」

柳琇蕊見她氣急敗壞的樣子便笑了，挑眉慢吞吞地道：「既如此，本姑娘便勉強收下了。」

永寧縣主見她得了便宜還一副施恩的嘴臉，頓時火大到不行，可苦於對方武力值太強，只得恨恨地瞪了她一眼。

「說吧，這回尋我又想打什麼壞主意？」將得來的夜明珠收好，柳琇蕊這才笑咪咪地問。

「誰打壞主意了？」永寧縣主立即反駁。

「妳呀，每回妳尋我絕對沒好事！」

想想自己頭兩回主動尋對方，好像還真都有些小算盤。想到此處，永寧縣主視線心虛地飄浮，不敢對上柳琇蕊。

柳琇蕊一臉「果然如此」的表情。

「這、這回真沒別的事，就是、就是，妳不是婚期將至嗎？我、我這不是給妳送賀禮來了？」永寧縣主咽咽口水，帶著絲討好的笑容道。

「賀禮？方才妳不是說那是賠禮嗎？怎的這回又成了賀禮？」柳琇蕊可不信她的胡扯，直覺這傢伙沒安好心，肯定又打著什麼壞主意。

不過她這回還真是冤枉永寧縣主了，她是真心想賠禮道歉的。自上回她設計了柳琇蕊與紀淮，先是被同啟帝訓斥了一頓，就連一向寵她的徐太妃亦責備她不該肆意妄為。她回府反省了一番，覺得自己確實有些不應該，因此想尋個機會向柳琇蕊賠個禮，可一時又拉不下面子，是以便以上香為名將她約了出來。

永寧縣主被她堵得說不出話來，氣呼呼地叫道：「妳不信便罷了，懶得理妳，本縣主走了！」想她堂堂的縣主，頭一回拉下臉來向人賠禮，竟還要被人質疑？她不幹了！

柳琇蕊見她頭也不回地走人，有些納悶地自言自語。「難不成這回我真的冤枉她了？她真是來賠禮道歉的？」隨後大聲喊道：「哎，江敏然，妳等等！」

她快走幾步追上氣呼呼的永寧縣主。「哎，妳若是真心賠禮，我便接受了。這回我來得匆忙，沒準備什麼，下回再讓人送東西到妳府上去，就當是給妳的添妝吧！」

永寧縣主瞥了她一眼，嘀咕道：「誰稀罕妳的東西。」一會兒又大聲道：「別以為給本縣主添妝，本縣主便不討厭妳了，京城這麼多人裡頭，本縣主還是最討厭妳！」

「彼此彼此！」柳琇蕊毫不相讓。

這傢伙真是太討厭了，就不能對她有好聲氣！

兩人一路鬥著嘴去尋各自的家人，柳琇蕊見自己將對方氣得臉色青紅交加，可偏又發作不得，不禁有些小得意，正想著再氣她幾句，卻見永寧縣主猛地停下了腳步，拉著她躲到了層層疊疊的樹後。

「做什麼？」柳琇蕊見她這副鬼鬼祟祟的模樣有些不高興。

「別出聲，妳瞧前面兩位是誰？」永寧縣主煩躁地道。

柳琇蕊一怔，順著她手指的方向望去，赫然見到她的親爹柳敬南以及文馨長公主的身影。她臉色一變，立即噤聲，與永寧縣主一般，死死地盯著前方兩人。

「一別多年，想不到你我還有再見一日……擎南，這些年，你可好？」文馨長公主壓下心中苦澀，揚起溫婉的笑容輕柔地問。

「托公主的福，柳擎南一切安好。」柳敬南恭恭敬敬地行禮回話，語氣有禮，卻顯疏遠。

自秋狩回來後，他已許久不曾在屋裡留夜了，若不是女兒成親在即，只怕他連見妻子一面都難。

他知道自己那日初見文馨長公主的失態讓她生了誤會，他也不是不想與她解釋清楚，可卻又難以開口。該解釋什麼？他確實在乍見到前妻時失神了，心中也確實有些不平靜，畢竟那人曾在他年輕的歲月裡留下不可磨滅的痕跡，可他卻分得清，哪個才是對他最重要的人。

長公主眼神一黯，更感酸楚。那個視她如珠如寶的柳擎南果真不在了嗎？她後悔了，後悔當年一頭栽到那飄渺的情感當中，忽視了身邊真正待她好的人。

「可我不好，一點也不好……他，心中只有那個為他生了兒子的女人，只有他的兒子……」

柳敬南動作一頓，片刻又垂著頭目不斜視。「公主殿下得償所願，理應過得幸福安樂才是，五駙馬與公主年少定情，結縭二十餘載，京中人人稱羨。」

「可我後悔了，後……」

「公主殿下！」

柳敬南大喝一聲，瞬間讓情緒開始有些激動的長公主回過神來，她含淚凝望著他，望著眼前那個一臉正氣、眼中卻再無當年柔情的男子，終於潸然淚下。

「公主，五駙馬才是與妳相守一生之人，珍惜眼前人……柳擎南另有要事在身，就此告辭了。」柳敬南不敢久留，若早知道會在此處遇見她，他絕不敢過來。本是聽聞女兒在慈雲庵，他才順路來接她回府，打算讓女兒在妻子面前美言幾句，也好讓他能告別每晚睡書房的淒慘現狀，哪想到居然又遇到了……

長公主見他走得匆匆忙忙，那背影，瞧著倒有幾分落荒而逃之感，心中又是一陣難受。從何時起，她竟讓他避如蛇蠍了？

直到文馨長公主亦離去，柳琇蕊與永寧縣主才走了出來，兩人均是愣愣地站著，半晌，永寧縣主猛地一跺腳，帶著幾分哭音恨恨地道：「我討厭妳，討厭所有姓柳的！」言畢，提著裙襬飛快地走了。

柳琇蕊怔怔地望著她的背影，許久許久，才輕嘆一聲，耷拉著腦袋無精打采地去尋柳耀海。

親爹與長公主之間的事，讓柳琇蕊心中如同被大石壓住一般，沈重得幾乎喘不過氣來。她相信自己的爹爹不會是那等沒有責任心之人，也相信那長公主掀不起什麼風浪來，可她卻心疼自己的娘親，有這麼一個人橫在中間，那多難受啊！

日子一天一天過去，柳、紀兩家的婚期將近，紀家遠在燕州，柳琇蕊自然得在兄長的護送下提前啟程，所幸燕州亦算得上她半個故鄉，雖離京城遠了些，可終究比起孤身遠嫁的女子要好上不少。

臨行前一晚，柳琇蕊依偎著高淑容說些女兒家的悄悄話，高淑容始終含著淺淺笑意聽她嘰嘰咕咕地說個不停。

「娘……妳和爹……」柳琇蕊再三思量，終是有些猶豫地問出了這個困擾她許久的問題。

高淑容身子一僵，無奈苦笑。也是，她這段日子的表現太過明顯，兒女察覺實屬正常。照理說她都與柳敬南做了二十餘年夫妻了，還有什麼好看不開的，那些情情愛愛本不應再是生活所重，不管怎樣，他都是她的夫君，她亦相信他不是那等寡情之人；可，終究是有些意難平……

「娘突然想起有樣東西忘了給妳……」高淑容一邊轉移話題，一邊從櫃子裡翻出一個錦盒，順手打了開來，一把亮晃晃的剔骨刀映入柳琇蕊眼中，生生將她嚇了一跳。

「娘，這、這是……」

高淑容笑咪咪地道：「這是娘出嫁前妳外祖母給的，若是將來慎之敢對不住妳……」她臉上和煦的笑容，配上閃閃發光的剔骨刀，讓柳琇蕊不由自主打了個寒顫，可也只能硬著頭皮將盒子蓋好，接了過來。

「多謝娘。」

外祖母，果真是了不起！

「娘自是希望妳永遠也用不上這把刀，但總得有所防備不是？咱們雖是女流之輩，可偶爾也得硬氣起來，讓人不敢輕易欺負了去。」高淑容溫柔地道。

「嗯嗯，阿蕊懂了。」柳琇蕊被她輕輕柔柔的語調弄得更是冒起了雞皮疙瘩。

這刀，娘不會已經用到爹身上去了吧？想到這段日子父母的相處，她覺得這個可能十分接近真相。

「好了，時辰也不早了，妳早些歇息，明白一早便要起來了。」高淑容輕輕拍拍她的臉龐，催促道。

柳琇蕊無奈，只好抱著新得的禮物告辭離去，才剛進了自己院門，又聽身後有人喚她。

「阿蕊！」

她回頭一看，見柳耀河與柳耀海並肩向自己走來。

「大哥、二哥。」她揚起歡喜的笑容迎了上去。

抱著一個更長的錦盒的柳耀海朝她咧著大嘴笑了笑，一身輕便的柳耀河則是含蓄得多，兩人又喚了她一聲，兄妹三人這才到屋裡。

「阿蕊，這個是給妳的，若是慎之不聽話，妳便用這個教訓他！」剛進了屋門，柳耀海便迫不及待地將手上的錦盒打開，裡頭一把嶄新的雞毛撢子露了出來。

一旁坐著品茗的柳耀河贊同地點了點頭。

柳琇蕊頓時有些哭笑不得。她這還沒嫁呢！怎的一個兩個便替她準備了這些？

「多、多謝二哥。」她摸摸鼻子，老老實實地接了過來。

柳耀海見她收下了，便一屁股坐在椅子上，替自己倒了杯茶，咕嚕嚕地灌了下去。

柳琇蕊將那長錦盒收好，這才將視線移至神色淡然的柳耀河身上。大哥，又會送她一些什麼了不得的東西呢？

柳耀河淡定地將手中茶碗放了下來，然後在懷裡掏啊掏，終於掏出一本書冊，直接放到她的面前。「阿蕊，這是大哥想了好些日子才寫出來的拳法，女子來練最適合不過了。」

柳琇蕊目瞪口呆地望著他，片刻後回過神來，抖著手將書冊翻開，見裡頭畫著耍著拳法的勁裝小人，一旁空白之處還有批注，標明了動作要領。這……這實在是太貼心了！

「多謝大哥。」柳琇蕊一臉佩服。

「二弟，咱們回去吧，不打擾阿蕊歇息了。」柳耀河施施然地起身，拍了拍衣袍，對著又灌了幾杯茶水的弟弟道。

柳耀海抹了抹嘴，憨憨地朝柳琇蕊笑了笑。「阿蕊，二哥走了。」

柳琇蕊欲起身相送，卻被柳耀河阻止了。「不必送，妳也早些安歇。」

直到兄弟倆的身影消失在她視線裡，她望了望那把雞毛撢子，又看看那本書冊，再想想高淑容給她的剔骨刀，終是忍不住噗哧一聲笑了出來。

她真的很期待，期待紀書呆見到這些東西時的表情，應該十分精彩才是！

她將今晚意外收到的特別禮物小心翼翼地抱在懷中，嘴角越揚越高，許久，一滴晶瑩的淚珠砸落，砸在那長長的錦盒上，激起小小的水花。

她一定會過得好好的，帶著親人的祝福，好好地經營自己的日子……

次日一早，柳琇蕊迷迷糊糊中被佩珠叫了起來，到了淨房洗漱過後，出來便見高淑容、李氏及關氏三人含笑站立在屋內。

「過來，娘替妳梳頭。」高淑容微微笑著朝她招招手。

柳琇蕊喉嚨一哽，快步上前喚她。「娘……」

高淑容拍拍她的後背輕聲安慰了幾句，李氏抹著淚花笑著催促。「莫要誤了時辰！」

一旁的關氏將早就準備妥當的頭面放在梳妝檯上。「大嫂說的是，還是莫要誤了吉時。」

柳琇蕊順從地在梳妝檯前坐了下來，任由高淑容輕柔地梳著那頭如瀑青絲，她定定地望著鏡內的三位長輩，強抑著淚水，默默地記下那聲聲祝福。

「好了，真不愧是柳家的姑娘！」關氏將最後一支鳳釵插上去，滿意地點了點頭。

「謝謝三嬸。」柳琇蕊哽聲道謝。

關氏動作一頓，嘆息地抓著她的手道：「往日三嬸是嚴厲了些，可終究亦是為了妳好，這世間對女子總是苛刻些……」

「阿蕊懂的。」

吉時將至，柳琇蕊在佩珠的攙扶下，一步一步往正堂去拜別長輩，柳家人當中，除了遠在金州的柳耀江外，其餘各人均在場。

她含著淚水先後叩拜父母與叔伯，柳敬南眼眶微紅，啞聲訓導了幾句，便別過臉去輕輕拭了拭眼中淚花。

待柳琇蕊一一拜別了親人，柳敬南親手替她將紅蓋頭蓋上，聲音低啞地道：「去吧，好好過日子！」

她嗚咽著嗯了一聲，再次盈盈下拜，隨後伏到早就候在一旁的柳耀河背上，由著他揹著自己慢慢地出了家門。

噼噼啪啪的喜炮聲乍響，她終是忍不住潸然淚下，淚珠一滴一滴地砸落在柳耀河背上，讓一向堅毅的少年亦不知不覺紅了眼。

柳耀河將她往上輕輕顛了顛，微垂眼瞼掩飾眼中淚意，堅定地邁著步子，揹著此生唯一的妹妹跨過了威國公府大門，將她送上了花轎當中……

「新娘子來咯，新娘子來咯！」

張燈結綵的紀家中，滿臉喜氣的紀老爺與紀夫人聽聞花轎到了，臉上笑容更盛。

「快快快，讓少爺手腳麻利些！」紀夫人笑得合不攏嘴。

「夫人，跑不了的，不急不急。」一旁的郭大娘好笑地道。

「急！怎的不急！這孩子讓我急了多少年了？如今好不容易娶媳婦，我這心裡啊，片刻也安定不下來！」紀夫人嗔怪地瞪了同樣是滿臉喜氣地往大門方向走去的兒子一眼。

雖經過了大半個月的長途跋涉，可柳琇蕊卻不曾感到疲憊，只不過越是接近燕州，心裡越發緊張，如今聽著震天響的喜炮，她手心都緊張得冒出了汗水。

轎簾猛地被人從外頭踢開，轎內的光線一下變強了些，她下意識緊閉雙眼，雙手將衣襟抓得更緊了。

突然，掩飾不住笑意的溫文男聲在她耳邊響起，將她內心的緊張輕輕拂去了幾分。

「阿蕊，把手給我。」紀淮柔情滿滿地注視著彷彿盼了一生之久的新娘子，緩緩地伸出了手。

柳琇蕊一怔。不是應該由喜婆將她扶下去嗎？

可當她看到紅蓋頭之下的那隻寬厚大手，俏臉一紅，一股甜滋滋的感覺慢慢從心底升起，終是怯怯地將手輕輕搭了上去。

肌膚相觸間，她感覺對方動作似是頓了頓，片刻，那大掌一翻，將她的緊緊包在裡頭——

「壞丫頭，這下可逃不掉了！」

第二十五章

紀淮一直牽著她的手往裡頭走去，無視周遭人的吃驚神情，如今他的眼裡、心裡全是身邊這隻終於可以明正言順納入懷中的偽兔子。

柳琇蕊低著頭任他拉著自己跨過了火盆，直到拜堂的唱喏聲響起，那隻寬厚的大掌才不捨地在她手心裡輕輕撓了一下，然後鬆了開來，讓她又是羞澀又是甜蜜。

這登徒子，這時候也不正經！

上首的紀老爺與紀夫人望著一對佳兒、佳婦笑得合不攏嘴，盼了這麼多年，今日總算是將兒媳婦盼進門了，這個挑剔的渾小子！

紅蓋頭下的柳琇蕊早就分不清東南西北了，在「送入洞房」的唱諾聲中由著喜婆扶著她進了佈置得喜氣洋洋的新房。

「新郎官，可以將紅蓋頭挑下來了。」一圓潤福氣的喜婆笑容滿面地提醒道。

柳琇蕊聽得這話又是一陣緊張，可不一會兒，頭上的紅蓋頭便被人挑了開來，她飛快地抬頭瞄了朝她笑得如沐春風的紀淮一眼後，又羞澀難當地垂下頭。

紀淮定定地望著盛裝下嬌羞無限的新婚妻子，眼中全是濃得化不開的柔情密意。

喜婆見新郎官看新娘子看得入了神，掩嘴笑了出來。果真是一段良緣，這位少夫人福氣不淺，夫君親自牽著她進了門，如今又是這般情意綿綿的。

她也不多做那討人嫌之人，笑笑地輕手輕腳退了出去，將這難得的時刻留給屋裡那對旁若無人的新人。

柳琇蕊被他盯著渾身不自在，想偷偷抬頭望他一眼，卻被對方抓個正著。

她小臉一紅，勉強將羞澀壓了下去，虛張聲勢地嗔道：「不許再看了！又不是不曾見過。」

紀淮輕笑出聲，長臂一伸，將她牢牢地抱在懷中，心滿意足地喟嘆一聲。「總算是名正言順了。」

柳琇蕊靠著他抿嘴一笑，片刻，又努著嘴不滿地道：「我脖子都快被壓斷了，也快餓死了，你也不幫幫忙。」

紀淮失笑。這隻不解風情的偽兔子，如此良辰美景，正是濃情密意之時，卻偏說些殺風景之話。

他無奈地親自動手將她頭上的鳳冠解了下來，見她如釋重負地長吁口氣，繼而抿嘴對自己感激地笑了笑，那兩個調皮的小梨渦又耀武揚威地迸了出來，看得他心癢難耐，終是做了他想了許久許久之事——

伸出手指，戳了戳那總是勾得他心癢癢的小梨渦。

柳琇蕊被他戳得一愣，待反應過來，一手拍掉他的爪子。「做什麼！」

紀淮清咳一聲，一本正經地道：「為夫瞧著娘子這梨渦終是淺了些，想著再戳深些許。」

柳琇蕊瞪了他一眼，啐道：「壞胚子！」

紀淮悶聲大笑，趁著她羞赧難當時猛地撲過去，往她臉蛋上輕輕一咬。「壞丫頭。」

柳琇蕊尚未反應過來，便見對方快速整了整衣冠，大步流星地走了出去。

她愣愣地摸著有些濕潤的臉蛋，好半晌才嘟囔道：「這書呆子，敢情是屬狗的，居然還咬人！」

捧著熱水進來的佩珠笑盈盈地道：「少夫人，奴婢先伺候妳梳洗吧，少爺方才已吩咐了下人準備晚膳，一會兒便送到了。」

柳琇蕊點點頭，催促道：「快些快些，我都要餓死了！」

佩珠動作麻利地替她將臉上的胭脂水粉洗得乾乾淨淨，再幫她綰了個簡單的婦人髮髻，便聽房門被輕輕敲響。

「少夫人，想來是她們送晚膳來了。」

柳琇蕊用過了晚膳，歇了一會兒再沐浴更衣過，佩珠又陪著她小聊一陣才退了出去。她靜靜地靠坐在一片喜氣的新床上，環顧屋內，雙手無意識地絞著衣襬。

這裡，以後便是她的家了？那個總氣得她跳腳的書呆子，從今日起，便是她相伴一生的夫君了？

想到這，她一顆心怦怦直跳，臉上熱度又慢慢升了起來。

是了，今晚是她與書呆子的洞房花燭夜呢……

吱呀一聲，外間房門被人推了開來，緊接著便聽見一陣有些凌亂的腳步聲伴著有幾分熟悉的嘮叨。「好了好了，到了到了，都娶媳婦了也這般不顧身子，哎喲，真是讓人少擔心片刻都不行！」

她掩嘴一樂，認出這聲音正是書墨的。

「少把你娘罵你的那些話用到你家少爺身上，去去去，少爺不用你伺候了。」不一會兒，紀淮十分嫌棄的聲音響起。

聽著這對主僕你來我往的，柳琇蕊原有幾分緊張的情緒不自覺便散了些。

「娶了媳婦忘了書僮……」

小書僮頗有幾分委屈的聲音飄了進來，讓她噗哧一下便笑出聲來。

正笑得開心，一個高大的黑影倏地向她壓了下來，嚇得她差點尖叫出聲。

紀淮抱著她在寬大的床上滾了一圈，將她整個人壓在了身下，輕輕咬了咬她的鼻尖，額頭抵著她的，滿含笑意地沈聲道：「連夫君都敢取笑，嗯？」

柳琇蕊紅著臉捶了他肩膀一下。「做什麼這般嚇人！」

紀淮又是一陣低笑，片刻，輕輕親了下她的唇，柔情滿滿地望著她低聲道：「阿蕊，我真高興。」

柳琇蕊羞得耳根都紅了，蚊蚋般嗯了一聲後，別過臉，不敢望他。

紀淮的嘆息聲輕輕蕩開，雙手捧著她溫熱的臉對著自己，呢喃般喚了聲。「阿蕊……」

伴著這柔聲細語而來的，是他充滿憐愛的吻。

柳琇蕊被他親得渾身軟綿綿、頭腦暈乎乎，只覺得自己的身體都快要融化了，但對方的攻勢卻越來越猛烈，強烈到讓她快喘不過氣來。

直到她感覺自己快窒息了，紀淮才結束這漫長的一吻，可卻仍流連不捨地輕輕啃咬著她。

「紀、紀書呆……」她渾身顫抖，眼中水氣濛濛，雙頰緋紅，雙唇更是被吮得嬌豔火紅，原先梳得整整齊齊的髮髻早就散了，烏黑的長髮散落在大紅色的被褥上，襯得她更顯嬌媚。

紀淮眼神幽深，再次伏下身去含著她的唇，似是喘息，又似是嘆息地輕語。「阿蕊……」

柳琇蕊腦中一片空白，僅能被動地迎向他，當那灼熱的溫度慢慢從她的唇上轉移到耳後，她整個人彷彿被捲入了熊熊燃燒的火焰中。

「嗯……紀、紀……」她輕喘連連，渾然不覺聲音當中添了幾分柔媚，如同羽毛般輕輕在紀淮心上拂過，令他動作越發急促，纏綿間，大床兩側鬆鬆綁著的紗帳猛地垂落下來，將滿室醉人的春色掩在了後頭……

也不知過了多久，低啞的男聲喘息著問：「妳可是我的人了？嗯？」

好一會兒，語不成聲的嬌喘斷斷續續地響起。「啊……是、是了……」

清晨的第一縷陽光柔柔地照入一室喜氣的新房中，柳琇蕊幽幽轉醒，滿身的痠痛令她蹙了蹙眉，腰上有力的禁錮讓她更感不舒服，她輕輕動了動，不料那雙臂卻將她抱得更緊。

她輕哼一聲，睜開了眼，發覺紀淮那熟悉的面孔近在咫尺，想起昨夜，臉頰又開始發熱。她就知道這壞胚子不但滿肚子壞水，還小氣愛記仇。當初在祈山村小樹林，她不過是沒有回應他那句「妳是我的人」罷了，沒想到這小氣鬼居然記到現在。

想到昨晚紀淮無恥地逼著她承認自己是他的人，她又羞又氣，恨恨地掄起小拳頭，準備往好夢正酣的紀淮肩膀砸去——

只可惜粉拳尚未揮出去便被一隻大手緊緊地包住，緊接著臉蛋也被咬了一口。

「壞丫頭，才第一日便要謀殺親夫嗎？」

柳琇蕊見他醒來，臉刷地一下紅得更厲害了，可卻頑強地撐著氣勢。「誰、誰要謀殺親夫了！」

紀淮低低地笑了出來，溫厚的氣息將她包裹著，笑得她更是羞惱不已。

「不、不許笑了！」

「小生謹遵娘子命。」紀淮裝模作樣地朝她挑眉笑笑，氣得她又捶了他幾下。

「少爺、少夫人，該起了。」

陌生的女子聲從屋外響起，柳琇蕊也無暇多想為何不是佩珠來喚自己，忙不迭地將又賴在自己身上的紀淮推開。

「快起來，還要去敬茶呢！若是、若是讓……久等便不好了。」

紀淮側身撐著腦袋，含著滿意的笑容望著手忙腳亂地穿衣的小妻子，心中是無限的歡喜。

人生的圓滿，大抵如此了吧！

柳琇蕊披著滿頭青絲將衣裙穿好，回過身來發現紀淮居然一動不動地躺在床上盯著自己，她也顧不得羞澀，幾步上去用力拉著他的手臂。「起來，她們要進來了。」

紀淮順從地翻身坐好，然後往她臉上重重地親了一口，這才笑著拿起架上搭著的衣袍穿上。

「進、進來吧！」柳琇蕊見他穿著整齊，衝著外頭喚了聲。

不一會兒，一身綠衣裙的貌美婢女率先走了進來，她的身後則跟著蹙著眉的佩珠以及一位滿臉笑容的婆子。

「恭喜少爺、恭喜少夫人。」那婆子進來後朝著兩人道了賀，得了允許，才往有幾分凌亂的新床走去。

柳琇蕊自然清楚她要去拿什麼，紅著臉由著佩珠伺候她梳洗，倒不曾察覺那綠衣婢女滿臉期盼地望著紀淮。

紀淮皺眉望了明顯精心打扮過的挽琴一眼，揮揮手。「都下去吧，這裡不用妳們伺候。」

挽琴眼神一下便黯淡下來，輕咬嘴唇，不甘不願地福了福後，退了出去。

佩珠望了望她的背影，又回頭望了將梳子塞進柳琇蕊手中耍賴的紀淮一眼，微微一笑，亦跟在她的身後離去了。

紀家人口簡單，柳琇蕊敬茶便也輕鬆得多。紀夫人滿意地望著這乖乖巧巧的兒媳婦，將早就準備好的見面禮塞在她手中，慈愛地道：「好孩子，慎之那渾小子便交給妳了。」

柳琇蕊羞澀地垂下頭嗯了一聲，紀夫人見了越發高興，拉著她的手關切地問個不停，生怕她有什麼不適應之處。

紀淮無奈地望了正品著媳婦茶的老爹一眼，紀老爺故作不知地低著頭盯著茶碗上飄浮著的幾片小小茶葉數著，一片、兩片、三片……

開玩笑，妻子囉嗦的對象終於轉移了，他傻了才趕著上前去提醒她該用早膳了，萬一她又調轉槍頭朝自己來該如何是好？

柳琇蕊自幼便被長輩們叮囑慣了，應付紀夫人自是遊刃有餘，婆媳兩人一個問得起勁，一個應得乖巧，渾然不覺身側兩個男人可憐兮兮的幽怨眼神以及咕嚕作響的肚子……

「這玉珮……」用過了早膳，紀夫人又拉著柳琇蕊說了會兒話，正感口渴想轉身去端一旁的茶碗時，卻被柳琇蕊腰間繫著的青玉鳳凰紋玉珮吸引了目光。

柳琇蕊順著她的視線一望，見她盯著的正是紀淮當年送她的生辰禮，臉上一紅，有幾分不自在地絞了絞帕子。

「慎之原來早就把這玉珮給妳了啊！這是當年他祖母給他的，本是一對，一只給他帶在身上，一只讓他日後交給媳婦……」

柳琇蕊腦袋轟地一下炸懵了，紀夫人後面說了些什麼她也聽不清楚。這是過世的紀老夫人給未來孫媳婦的玉珮？可、可那書呆子卻卻、卻當成生辰禮送給自己了！

想到當初自己還將這玉珮掛在胸前，她更是又羞又惱。

「夫人，少爺來了。」屋外的小丫頭進來稟道。

紀夫人笑咪咪地望望羞紅了臉的兒媳婦，又望望大步跨進來的兒子，嫌棄地對正向她行禮的紀淮擺擺手。「行了行了，娘也不做那討人嫌的，這便把你媳婦還給你，快走快走，別在這占了我的地方。」

紀淮訕訕地摸摸鼻子，也不分辯，只討饒般又朝著紀夫人作了個揖。

紀夫人樂得拉著柳琇蕊的手塞到他手中。「好了，去吧去吧！」

柳琇蕊紅著臉向紀夫人行過禮後，由著紀淮拉著她往屋外走去。

沿路上紀府下人見這對新婚夫婦如此恩愛，均忍不住掩嘴偷笑，笑得柳琇蕊渾身不自在欲抽回被他緊緊握著的手。

紀淮察覺她的動作，更是用上幾分力道將那軟綿小手握得更緊了些，柳琇蕊無法，僅能暗暗瞋他一眼，眉目流轉間更添幾分柔媚風情，瞋得紀淮心猿意馬，恨不得立即將小妻子擁入懷中恣意愛憐一番。

兩人相攜著進了屋，柳琇蕊立即甩開他的手，氣呼呼地瞪著他問：「那回你送的那塊玉珮，是、是……」

紀淮先是一怔，繼而逸出陣陣清朗笑聲，戲謔地盯著妻子紅豔如盛放桃花般的臉頰反問：「是怎樣？」

柳琇蕊支支吾吾了一會兒，終是無法直白地問出來。

紀淮放聲大笑，一拂長袍在榻上坐下，笑意盈盈地道：「收我紀家禮，入我紀家門，如今妳可不是進了我紀家的門？」

「無賴便是無賴，哪有人像你這般的！」柳琇蕊惱怒地捶了他一下，惹來對方更放肆的笑聲。

而另一處，自兒子、兒媳離開後，紀夫人臉上的笑意依舊停不下來，好半晌才幽幽地自言自語。「只可惜沒有幾日他們便要起程了。」

「少爺雖要到任上去，可少夫人卻可以留在您身邊伺候，替少爺盡孝啊！」一旁的崔嬤嬤眼神微閃，笑笑著道。

男子外任，將妻子留在家中盡孝倒也極為常見，只是紀夫人卻搖頭道：「不行不行，他們新婚燕爾的又怎能這般分開，先不說我還等著抱孫子，且說慎之在外頭也需要有人替他打理後宅；如今他不同以往，官場之事我雖不懂，可也知道許多事只能正室夫人出面。」

崔嬤嬤聽她如此說，打了幾日的腹稿終是不敢道出來，只是訕訕地連聲附和。「夫人所言極是，是老奴目光短淺了。」

紀淮與柳琇蕊打鬧了一會兒便到書房去了，准他先成親再赴任原就是同啟帝的恩典，如今兩人雖剛完婚，可亦不得不提前準備赴任之事，起程之時便定在兩人婚後第七日。

「少夫人，少爺院裡除了一些幹雜務的婆子與粗使丫頭，也就貼身伺候他的書僮書墨、掌管院裡大小事的郭大娘以及負責整理屋子的婢女挽琴。這挽琴是五年前分到少爺院裡的，如今十七歲了，前不久夫人放了一批適齡的丫頭出去，可她卻跪著懇求繼續留在府中伺候，夫人見她誠心，便也允了，如今她的乾娘，便是夫人身邊的崔嬤嬤。」佩珠細細地將打探到的院裡大小事向柳琇蕊娓娓道來。

柳琇蕊正翻著自己的嫁妝單子，心不在焉地嗯了一聲。

佩珠見她不上心便有些急了。今早那挽琴不僅精心打扮，一進門眼神便有意無意地瞄到少爺身上，懷的是什麼心思她哪會看不出。

少爺年輕有為，生得又是一表人才，如今身邊只有自家少夫人一個，連個通房丫頭都沒有，他的妾室，便是沒有少夫人尊貴，可比起其他府邸的姨娘卻是要好過得多。雖說少爺未必有那等心思，可這世上哪有千日防賊之理，這種心懷不軌的賤婢就該早早打發出去才是，就算如今少夫人剛進門不適宜大動干戈，也要有所提防才是啊，怎能這般完全不放在心上！

柳琇蕊又哪想得到只一個晚上，她盡忠護主的陪嫁丫鬟便替她憂慮了妾室、通房這些事，她一邊翻著嫁妝單子，一邊伸手去端旁邊放著的茶碗，小小地抿了一口又放了回去。

佩珠見她絲毫不在意，咬咬牙更直白地道：「少夫人，挽琴如今年紀大了，若是隨著到錦城去，只怕會耽擱她的終身大事。」

柳琇蕊動作一頓，將嫁妝單子放了下來，定定地望著她道：「妳這話是何意？」

佩珠騎虎難下，只得硬著頭皮再道：「奴婢是說挽琴既然要留在府中伺候，那這回也不必跟著到錦城去了。」

柳琇蕊望了她半晌，輕笑道：「我明白妳的意思，放心吧，妳家少夫人心中有數。」言畢，也不再多說，繼續翻看著那長長的嫁妝單子。

紀書呆招蜂引蝶的本領她又不是沒見識過，這挽琴跟在他身邊長達五年都未能得償所願，可見他並沒有那層意思，她又何必枉作小人。正如大伯母教導的那般，聰明的女子要做的是緊緊抓住夫君的心，而不是本末倒置去為難那些覬覦他的女子。根本都護住了，又何懼那些枝枝葉葉。

佩珠見她既如此說，也只得暫且放下了，總歸她也提醒過了，想來少夫人會有所提防才是。

紀淮本也非常樂意膩在小妻子身邊逗樂逗樂，只可惜他上任在即，有許多事仍須準備。早些時候他便收到了柳耀江送來的書信，告知他即將上任的錦城耒坡縣大小事，讓他心中先有個底，待他看罷柳耀江的來信後，頭一個反應便是——

這耒坡縣令確實不好當啊！

輕輕的敲門聲響起，他頭也不抬便回了一聲。「進來吧。」

「少爺，您要的點心。」輕輕柔柔的女聲在書房中蕩開，讓執筆回信中的紀淮動作稍頓，抬頭望了望正小心翼翼地將冒著熱氣的青瓷碟子從食盒裡端出來，放在書案一角的挽琴。

他濃眉一皺，倒也沒有多說，淡淡地嗯了一聲便繼續低下頭疾書。

挽琴輕咬唇瓣，終是開口懇求。「少爺，這回上任便讓挽琴跟著伺候您與少夫人吧！」

紀淮落下最後一個字，將筆搭在架上，頭也不抬地應了句。「不必了，我身邊有書墨伺候著，少夫人那邊也有佩珠等人，無須這麼多人跟著。」

挽琴見他不作多想便拒絕了，心中一急，上前幾步哀求道：「少爺，挽琴本就是伺候您之人，理應跟著去才是……」

紀淮不悅地抬頭望著她。「妳在府裡時間亦不算短，自是清楚我的性子，我既決定之事，又哪會輕易更改，妳若覺得留在府中不適應，便應聽從母親意思早些尋個好人家，讓自己終身有所依靠才是正理。」

挽琴見他毫不留情地說出這番直戳她心窩子的話，眼淚驀地流了下來，讓紀淮更是不悅。

「少爺，挽琴——」他突然沈下來的臉色生生嚇了挽琴一跳，讓她猛然醒悟自己犯了什麼錯誤，正想開口解釋幾句，身後的房門便吱呀一聲被人從外頭推開。

「這是怎麼了？」柳琇蕊疑惑地望望滿臉淚痕的挽琴，又望望一臉怒氣的紀淮。

紀淮見她進來，強壓下心頭怒火，迎上前去牽起她的手在一旁的太師椅上坐下，柔聲問道：「妳怎麼來了？可是……」他本欲逗弄臉皮子薄的小妻子，卻猛然想起屋內還有一位哭啼啼的婢女，他煩不勝煩地回頭喝道：「還不退下？」

挽琴絕望地望了他一眼，終是不敢再逗留，捂著嘴行了禮便退了出去。

柳琇蕊似笑非笑地瞄了下正朝她討好地笑著的紀淮，輕哼一聲，不高興地道：「這才成親，你便打算享齊人之福了？」

紀淮忙不迭地將她抱在懷中，大聲叫屈。「夫人明察，為夫可是清白的，為夫對夫人之心天地可鑑！」

柳琇蕊自是相信他，可心裡卻仍是有幾分不悅，又是輕哼一聲，扭過頭去不理會他。

紀淮急了，生怕她真的誤會了自己，忙抱著她左一句「夫人」，右一句「娘子」地表忠心。

「夫人、娘子、阿蕊，為夫是清白的！」

柳琇蕊強忍著笑意看著他唱作俱佳，倏地推開他，一言不發地往自己屋裡去，紀淮見狀立即跟了上去。

小倆口一前一後進了屋，正在屋裡收拾的佩珠見兩人神情有異地走進來，只狐疑地行了禮便出去了。

柳琇蕊任由膩在身後的紀淮喋喋不休地證明清白，逕自打開裡屋的櫃子，翻出柳耀海送她的長錦盒，將裡頭嶄新的雞毛撢子拿了出來，而後驀地轉過身，將雞毛撢子往桌上一拍──

啪的一下清脆響聲，口若懸河的紀大才子立即止住了聲音。

第二十六章

紀淮被這突如其來的拍打聲嚇了一跳，瞪大眼睛不敢置信地望著高舉雞毛撣子朝他笑得好不得意的柳琇蕊。

「阿、阿蕊，夫人，娘子，這這、這是何物？」他結結巴巴地問。

柳琇蕊得意地仰著腦袋道：「雞毛撣子啊！二哥給我的，說若是你不聽話便用這個來教訓你！」

紀淮咽咽口水，有幾分畏懼地望著小妻子，柳琇蕊又是啪的一聲拍在那張厚實的圓桌上，震得他一個激靈。

這、這小舅兄也太惱人了吧！這張牙舞爪的小老虎原還披著一層兔子皮，有了這個，乾脆連兔子皮都不披了，真身上陣，還讓不讓人活啊？

「夫人、娘子，咱們打個商量，此物、此物實在有些不不、不雅，妳瞧著要不要……」

「啪！」他話音未落，柳琇蕊又是用力一拍，嚇得他將未盡之語一下便咽了回去。

柳琇蕊初戰告捷，心中更是得意非常，眉眼彎彎地對一動也不敢動的紀淮道：「哼，若是你敢不規矩、不聽話，那便讓你嘗嘗這撣子的厲害！」

紀淮心驚膽顫地盯著那把毛茸茸卻極有氣勢的雞毛撣子，嘴角抽了抽，片刻，掩嘴清咳一聲，試圖以理服人。

「陰陽殊性，男女異行。陽以剛為德，陰以柔為用，男以強為貴，女以弱為美。」他唸了幾句，見柳琇蕊神色不變，壯壯膽又繼續道：「敬順之道，婦人之大禮也。夫敬非它，持久之謂也；夫順非它，寬裕之謂也。持久者，知止足也；寬裕者，尚恭下也……」

「啪！」一聲更響亮的拍打聲讓紀淮瞬間反應過來——

「以上純屬無稽之談，荒天下之大謬！」

柳琇蕊見他如此識時務的狗腿樣，噗哧一下便笑了出來。

紀淮討好地朝她笑著，心中卻為那搖搖欲墜的夫綱掬一把心酸淚。

夫綱啊，這輩子還振得起嗎？

柳琇蕊瞧他那明顯言不由衷的模樣，笑得更開心了，一串串抑制不住的清脆笑聲從嘴裡逸出，歡快明媚的笑容讓紀淮也不由自主地勾起了嘴角，再也顧不得哀悼那化作黃鶴一去不復返的夫綱了。

柳琇蕊笑了好一會兒，將手中的雞毛撢子放到了桌上，掏出帕子拭了拭眼角笑出來的淚花，這才嗔道：「再敢招蜂引蝶，你瞧我怎樣收拾你！」

眸光流轉間，更顯得柔媚醉人，令紀淮看得心癢難耐，再見她放下了「武器」，他便趁此機會猛地撲過去死死抱著她耍賴。「為夫明明就是清白的，娘子偏要拿那樣的東西嚇唬人。」

柳琇蕊被他的突襲嚇了一跳，正欲拿起武器重振雌威，不料紀淮眼尖地發現她的意圖，將她的身子牢牢地囚在懷中，薄唇覆上她的，把她還未來得及出口的嬌斥堵了回去。

柳琇蕊大意失守，被對方反撲成功，起初仍能稍稍抵抗幾下，可不到片刻工夫便被徹底攻陷，軟倒在紀淮的懷中，任他予取予求。

雲收雨歇後，柳琇蕊嬌喘著捶了饜足的紀淮一下。「你……你這個無賴……我怎麼、怎麼就……就嫁了你了……」

只是她早就累得渾身無力，這丁點力度又哪能起什麼作用？

紀淮輕笑著啄了一下她紅豔的雙唇，心中暗暗得意。便是不披兔子皮的小老虎，他也不是沒有法子收服她的。瞧，如今不是柔順了嗎？

柳琇蕊哼哼唧唧地在他懷中挪了挪，見狀紀淮不禁失笑。這偽兔子莫非還在為方才書房那事鬧彆扭？

他湊過去輕輕親了親她的額角，伏在她耳邊啞聲道：「死同葬穴，生共衣衾，此生此世，再無他人。」

柳琇蕊一怔，片刻，如同喝了蜜糖一般，甜入心肺，滲到全身……

她細若蚊蚋般道了句。「知道了……」

紀淮頓時哭笑不得。知道了？這算什麼回應？果真是個不解風情的榆木疙瘩！

他氣結地一個翻身，再次覆在她身上，充分享受身為夫君的權利……

縱是紀家父母再不捨，可眨眼間紀淮離家赴任的日子便快到了。

兒子起程的前一日，紀夫人再三叮囑他要注意身子，切莫過於投入公事而忽略了自己，還要記得盡快讓她抱上孫子，說到此處，紀夫人意味深長地望了紅著臉低著頭一言不發的柳琇蕊一眼。

兒子、兒媳相處和睦，她看在眼內，喜在心中，她與紀老爺做了幾十年恩愛夫妻，自然希望兒子亦能如他們一般尋到合意之人，一輩子幸福和樂，是以這些年她雖焦急兒子親事，卻不曾逼迫過他。如今兒媳婦進了門，她頭等關注的自然是子嗣，畢竟與兒子同齡的男子大多早早成了親，甚至膝下已有了孩兒，相比之下，她怎能不著急！

紀淮眉目帶笑地斜睨了小妻子一眼，繼而朝母親笑了笑，也不搭話。

紀夫人呷了口茶，想起昨日崔嬤嬤提及兒子帶的人手一事，便問道：「你這回帶的人是否少了些？書墨雖盡心，可到底是男子，伺候起來哪及得上丫頭們貼心，而媳婦身邊也只有一個佩珠……便是到了錦城再添人，可又哪及得上家裡帶去的知根知底？不如再多帶幾個人去吧！老郭家的便留在府中替你看著屋子，挽琴在府裡這些年，娘瞧著她行事倒是挺穩重的，就帶上她吧？」

原本柳琇蕊帶來紀府的人就不多，除了佩珠貼身照顧她外，還有高淑容及李氏、關氏妯娌三個為她尋來專門照料身子的藍嬤嬤，此外也有幾位小丫頭；可柳琇蕊自幼便不是那等讓人伺候之人，哪需要這麼多人跟著，因此另外為她們安排了差事，而這回隨夫上任更是輕裝上陣，身邊僅帶著佩珠及藍嬤嬤。

紀淮不動聲色地瞄了她一眼，見她臉上並無異色，似是沒將那挽琴放在心上一般，他一時倒有些猜不透她的想法了。

「那便這樣決定了，讓挽琴也跟著去吧！」紀夫人見兒子不出聲，便當他是默許了，直接一錘定音，讓紀淮一下有些懵了。

他何時答應了？

片刻，紀夫人似是想到了什麼，連忙朝著紀淮再道：「只是她年紀終究不小了，若是在錦城遇到好的小子，便讓媳婦替她作主吧，也不枉她伺候你一場。」

柳琇蕊聽婆婆提到自己，忙不迭地應道：「這是自然，若是她願意，媳婦也是樂意作這個主。」

紀夫人見她應允了下來，微微笑了笑，隨後催促著他們早些回去歇息，以免誤了明日趕路的時辰。

紀淮原打算拒絕讓挽琴跟著，只是見柳琇蕊應了紀夫人那番話，拒絕的話便也咽了回去。

而佩珠在得知那沒安好心的挽琴也要跟著他們到錦城去後，心裡老大不樂意，可見柳琇蕊並不怎麼在意，加上紀淮外出總是讓書墨跟著伺候，在屋裡則多膩著柳琇蕊，旁的女子皆是不曾多看一眼，慢慢的也放心了幾分。

到了隔日，辭別了父母，夫妻兩人帶著隨行的下人坐上了北上的馬車，一路趕赴錦城耒坡縣。

「少爺、少夫人，前方有個小鎮！」駕車的老王頭側頭對著車內稟道。

「既如此，今日便在此歇息半日，明日再趕路。」紀淮稍稍提高音量回了一句，接著又低下頭輕聲對懷裡的妻子道：「此鎮離耒坡縣不遠，明日再趕大半日路便能到了，今日咱們先好好地歇息一番吧。」

柳琇蕊蔫蔫地靠在他懷中點了點頭。接連趕了大半月的路，她便是再好的興致如今也耗盡了。

紀淮見往日神采飛揚的小妻子變成了這般模樣，不免有些心疼，他親親她的額頭，柔聲哄道：「再忍忍，明日便到了。」

一行人進了鎮裡，尋了處客棧投宿，柳琇蕊終於可以痛痛快快地洗個澡，吃頓熱呼呼的飯，心中高興非常。

這一路上，因恐耽誤了紀淮赴任，幾乎是馬不停蹄地趕路，她雖不是飯來張口、衣來伸手的嬌小姐，可亦受不住這等顛簸，只因怕紀淮擔心，這才咬著牙挺了過來。

先飽餐一頓後，柳琇蕊準備沐浴，硬是將紀淮從房裡趕了出去，紀淮惋惜不已，可也只能乖乖到外頭等候。

他百無聊賴地坐在棧內一角候著，心不在焉地抿了口茶。

「紀……紀公子？」身後傳來含著幾分遲疑的女聲。

紀淮應聲回頭，見一做婦人打扮的年輕女子定定地望著他，神情似是有些激動。他努力回想了一番，試探著問：「洛姑娘？」

女子斂斂神情，朝他福了福，微微笑道：「多年不見，紀公子一向可好？」

紀淮淡然地回道：「托李夫人的福。」

女子見他如此表情，臉上一片黯然，嘴角勾起幾絲苦笑。是了，她如今是李夫人，再不是洛姑娘……

「洛夫人？」梳洗完畢的柳琇蕊出了房門，便見夫君正與一名女子說著話，她好奇地上前，認出那女子竟是在易州陶家時與她有過一面之緣的洛芳芝。

洛芳芝見她出現亦是意外不已，待見紀淮迎上前去扶著她的手親密低語，她恍然大悟。

「柳姑娘——不，如今應是紀夫人了吧？」她揚起幾分笑意道。

柳琇蕊頗有些不好意思地微垂眼瞼，片刻又道：「今日這番可算是巧遇了，洛夫人——」

「李夫人，這位是李夫人。」一旁的紀淮突然出聲斷話，更正她的稱呼。

柳琇蕊愣了一會兒，望望神色淡淡的夫君，又望望滿臉不自在的洛芳芝，心中狐疑。這兩人認得？

「夫人！」正疑惑間，渾厚的男聲響起，只一會兒工夫，一位身形高大的男子大步走了過來，站到洛芳芝身側。

洛芳芝見他出現，頓時變得面無表情，微不可見地往一旁移了半步，拉開了與男子的距離。

男子眼神一黯，按下心中苦澀，朝紀淮拱了拱手。「在下李世興，不知公子如何稱呼？」

「原來是李統領，在下燕州紀淮。」

青衣衛統領李世興素有心狠手辣、冷血無情的惡名，紀淮在京中亦有所耳聞，但一直不曾見過此人，今日見他一身靛青常服，生得相貌堂堂，雖瞧著有些不苟言笑，可言談舉止卻帶著幾分磊落大度，感覺與傳聞中那個陰險歹毒的黑面閻羅不甚相符。

兩人客套了一陣，一旁的柳琇蕊充分表現出以夫為天的婦人模樣，老老實實地站在夫君身後，待得紀淮與李世興道過別，她也只是奇怪地望了李夫人洛芳芝那欲言又止的神情一眼，便跟在紀淮身後回了房。

「那李夫人是何人？你認得她？」輕輕關上房門後，她忍了又忍，終是按捺不住問出口。

紀淮也不瞞她，老實地點頭道：「確實認得。多年前，那時小姑丈、小姑母仍在世，我曾到範家小住過一段日子，便是在那個時候見過彼時的洛家大小姐，如今的李夫人。」

柳琇蕊恍然大悟。紀淮表兄範文斌的身世她亦有所耳聞，雖她成親至今並未見過那位範表兄，但偶爾也會聽婆婆紀夫人提起他。

「只是，我瞧你似是不大待見那李夫人，這又是為何？」

紀書呆總愛裝模作樣，在外頭待人接物守禮周到，方才他對著洛芳芝雖是極為客氣，可神情卻有幾分不易察覺的不耐，這讓柳琇蕊好奇不已。

紀淮不自在地摸摸鼻子，轉念間又有幾分飄飄然。這傷兔子竟能察覺他不待見洛芳芝，可見她是時時刻刻將自己放在了心上，否則又怎會留意得到？想到此處，他高興地上前一步，重重地在柳琇蕊唇上親了一口，得到對方一記白眼。

「又發什麼瘋，好好說話不成嗎？」

紀淮輕笑出聲，一撩衣袍在椅上坐好，順手拉她跌坐到懷中，緊緊地摟著她的腰肢，在柳琇蕊又要發作之前沈聲道：「她原是表兄未過門的妻子，小姑丈、小姑母過世後，表兄便投奔了咱們家，隔得幾年洛芳芝生母病逝，兩人的親事便拖延了下來。待她出了孝期，爹娘原想著親自到雍州去商議親事，想不到先接到了洛家的退親信函，爹娘氣不過要上門討個公道，可表兄卻勸阻了，只道結親本是結百年之好，如今對方既然無意，那他亦無須強求。」

說到此處，他長長地嘆息一聲，若範文斌真是這麼想倒也罷了，那等背信棄義的人家本就不值得他傷神，可他自退了親事後整個人日漸消沈，後來更是藉故離家，便是會試亦不曾參加，若不是半個月前曾收到他的來信以及賀禮，家人都不知道要擔心到何種程度。

柳琇蕊有些意外洛芳芝與紀家竟有那樣一層兜著彎的關係，她回想了一下，在易州初遇洛芳芝之時，對方似是總有意無意地引她說些燕州的事，莫非……

「這李夫人與範表兄自幼便相識？」

紀淮點點頭。「先洛夫人與小姑母是相交多年的好友，加上兩人夫家相隔不遠，間或亦會相約小聚，正因如此，表兄與李夫人才得以相識。」

「可知洛家為何要退親？」

「還能怎樣？左不過是嫌棄範家易主，表兄一介書生，再配不上他洛家門第，這才前腳退親，後腳又將女兒許給了李世興。」紀淮冷笑一聲，對洛家此等罔顧信義、攀附權貴的行為極為不齒。

柳琇蕊沈默不語，心思越飄越遠，她方才便注意到，自那李世興出現後，洛芳芝神色一直淡淡的，行為更是有幾分疏離，對夫君既不像是敬，亦不像是喜，頗耐人尋味。

自幼相識的未來夫婿轉眼間便換了人，如果她對範表兄無情倒也罷了，若是有情，只怕……

紀淮見她低著頭不說話，一截白皙無瑕的肌膚從衣領處露了出來，幾綹髮絲貼著頸垂了下來，許是剛沐浴過之故，一陣陣若有似無的清香飄散著，惹得他心猿意馬，忍不住湊上去親了親。

柳琇蕊被後頸處突然的溫熱柔軟嚇了一跳，未等她回過神來，那溫熱沿著脖子慢慢往上，不一會兒湊到了耳後，緊接著小巧的耳垂便被含住了。

她一下軟倒在身後人懷中，支離破碎的嬌斥斷斷續續地逸出來。「你……你這個無賴，我快要、快要累死了，你都……都不讓人、人家好好歇息……」

紀淮疼惜她跟著自己趕了大半月的路，原也打算讓她好好歇息一番，方才不過是情之所至，如今卻被她這難得的柔弱模樣勾起了心思，動作開始越來越放肆。

「客官，您的熱水來了！」一陣敲門聲伴著店小二精神抖擻的吆喝在門外響起。

他挫敗地嘆息一聲，看著反應過來的小妻子快速地從他懷中蹦起來，整整被他扯得鬆垮垮的衣裳，含羞帶惱地瞪了他一眼，啐道：「壞胚子！」

紀淮失笑，一邊起身前去開門，一邊搖頭晃腦地道：「巧笑倩兮，美目盼兮，憐之愛之……」

柳琇蕊臉上熱度又慢慢升起，羞惱難當地跺了跺腳，側身閃到了屏風後頭。

次日一早，一行人用過了早膳準備繼續趕路，夫妻兩人剛上了馬車，便聽得身後有人叫喚。「紀大人請留步！」

紀淮一怔，與柳琇蕊對望一眼。紀大人？可是在叫他？

他回頭一望，果見一位管事打扮的中年男子堆著滿臉笑容朝自己走來。

「紀大人，小人劉成，乃錦城知州劉大人府上管事，我家大人聽聞耒坡縣新任縣令紀大人將至，特命小人在此恭迎大人大駕。」中年男子表明身分及來意。

紀淮微微蹙眉。這劉知州此舉是何意？照理他是上峰，應是自己前去拜見才是，怎會由他派人來迎接自己？這是打算套交情？可他區區七品縣令，又何德何能讓對方主動交好？這官場之事自來萬般莫測，既然猜不透對方來意，還是小心為上。

打定了主意，他正欲開口婉拒，又聽得身後有人道：「紀公子，時辰不早了，咱們該上路了。」

他微微側頭一看，見是面無表情的李世興，他心中一動，順著對方的意思應了聲。「煩勞李統領了。」言畢，又對劉成略帶歉意地道：「劉大人一片好意，紀淮原不應推辭，只如今……還望先生代紀淮向劉大人告罪，他日紀淮必登門賠禮謝罪。」

劉成不動聲色地打量了沈默地站在一邊的李世興一番，心中默默猜測著對方身分。據得到的消息，新任耒坡縣令只帶著夫人與隨從赴任，並不曾與人同行，如今這突然冒出來的「李統領」又是何人？

雖不清楚對方身分，可他亦稱得上閱人無數，知道此人不好惹，只得客客氣氣地躬身，連道幾句「不敢」後，目送著兩方人馬往耒坡縣城方向而去。

馬車離熙熙攘攘的鎮子越來越遠，直至再也看不到鎮裡的一屋一樹，紀淮才命老王頭停下車來。他跳下了馬車，朝著亦停了下來的李世興拱拱手道：「多謝李統領出手相助。」

李世興坐在馬背上，居高臨下地望著他。「紀公子誤會了，我不過是瞧不慣那劉家老頭的慫樣，加上亦正好與你同路，這才多嘴插了一句，並不是故意助你。」

紀淮淡淡地笑道：「不管李統領本意如何，對在下來說，確是施了援手，在下感激於心！」

柳耀江雖事前替他打探過耒坡縣情況，可對劉知州這上峰並未多言，是以他也只能暫且敬著遠著。可對方卻出乎意料地先派人示好，若是他拒絕了，總歸也是落了對方面子，萬一對方是個小氣記仇的，只怕日後會有不少麻煩。如今李世興這一出言相幫，替他免去了這堆麻煩，畢竟以李世興的身分，那劉知州亦是不敢直接對上的。

李世興眼神有些複雜地望了望他，片刻後轉過頭去，又微不可見地掃了身後載著妻子的馬車一眼，心中突然有些煩躁，猛地一夾馬肚子，高大的駿馬嘶叫一聲，撒開蹄子往前奔去，揚起的灰塵嗆得紀淮連聲咳嗽不止。

此人，當真是有些喜怒無常，黑面閻羅的外號倒也不全是錯的！

「少爺少爺，你沒事吧？」書墨邁著小步奔了過來。

紀淮朝他擺擺手，示意自己沒事，隨後見身後一輛馬車轆轆駛來，車簾子被人從裡頭掀開一處，洛芳芝探出頭來對他歉意地微微笑著。

他點點頭朝對方回了個禮後，大步向正擔憂地望著自己的柳琇蕊走去，雙手撐在車沿上，稍一用力便上了車，挨著柳琇蕊有幾分無賴地道：「娘子，替為夫擦擦臉。」

第二十七章

兩撥人先後抵達耒坡縣，未等紀淮主動上前道別，李世興已帶著洛芳芝頭也不回地往縣衙相反方向而去，讓他滿是無奈。

柳琇蕊見向來無往不利的書呆子難得受挫，有些幸災樂禍地對著他抿嘴笑個不停，紀淮又是好氣又是好笑，伸手輕輕擰了她滑膩的臉頰一把。

「看到自家夫君不被待見，妳很高興？」

柳琇蕊坐直身子，一本正經地道：「不算很高興，只是一丁點，真的是一丁點的高興而已。」一邊說還一邊比出了小半截拇指長度的距離。

紀淮氣結地瞪了瞪她笑得眉眼彎彎的神情。這沒良心的壞丫頭喜歡看他笑話的性子，無論是成親前還是成親後都改不了，真真氣煞人也！

他撲過去將滿臉得意的小妻子緊緊地困在懷中，低頭在她唇上輕輕一咬，意有所指地沈聲道：「小壞蛋，果真是欠收拾了！」

柳琇蕊乾脆直接伏在他懷中悶笑不止。

夫妻倆小打小鬧只一盞茶的工夫馬車便停了下來，片刻後聽書墨在車外喚。「少爺、少夫人，縣衙到了！」

兩人連忙整理衣冠，紀淮準備妥當率先便要下車，柳琇蕊拉住他，再幫他正了正髮冠，上上下下細細打量了一番，這才微笑著鬆開了手。

紀淮湊上去輕輕地在她臉頰親了一下，轉身下了馬車。

「夫人。」

柳琇蕊提著裙襬，正待跟在他身後下去，便見紀淮在外頭朝她伸出了手。她抿抿嘴。這一路上均是紀淮扶著她上下車，她亦不覺得有何不妥，只是如今是在縣衙前，他身為一方父母官，卻這般不顧旁人異樣的眼神，大方坦然地向眾人展示了對自己的愛重，單這一點，便讓她心中泛起絲絲甜蜜。

罷了罷了，既然他不在意這些，她又何必在乎？

想到此處，她亦大大方方地將手搭了上去，由著紀淮扶著她從車上下來。

下了馬車，抬頭望了望，見門上高懸著「耒坡縣衙」黑底金字門匾，瞧著頗有些氣派；而後，於府內恭候之人立即上前來，各自迎著他們夫婦進了衙。

進了正門，柳琇蕊便在引路婆子的帶領下入了後衙，穿過一方垂花門，入眼處亭臺水榭、曲徑迴廊、湖石假山應有盡有，想是前任離去時便將府內僕役遣散了不少，她這一路走來，只見得兩個灑掃的粗使僕婦，那兩人見她一身氣派，心知是新上任縣老爺的夫人，也不敢耽擱，急急上前見禮。

柳琇蕊也不多說什麼，只是簡單問了她們幾句便進了正房院子，見院裡早就打掃得纖塵不染，她滿意地點點頭，由著佩珠加快腳步上前將正房的門打了開來。

佩珠及挽琴兩人將箱籠裡的各式衣物、用具一一擺置妥當，再將須添置之物列好了單子，交給了柳琇蕊讓其過目。

柳琇蕊掃了單子一眼，便點點頭讓人到鋪裡購置了。

新官上任自然有許多事要忙，這幾日紀淮均是早出晚歸，柳琇蕊亦不比他輕鬆，後衙諸事多要她決斷，加上人手有所欠缺，也還須添置一批下人，幸而藍嬤嬤得力，這才減輕她不少負擔。

忙了小半個月，瞅著這日兩人均稍得了些空，柳琇蕊便吩咐藍嬤嬤等人好生準備一頓豐盛的晚膳，就當是慶祝一番。新進府的廚娘自是使出渾身解數整出幾桌大菜來，紀淮與柳琇蕊一桌，佩珠、挽琴及藍嬤嬤等一桌，書墨與老王頭等人又一桌，每桌雖有大屏風相隔，熱鬧氣氛仍然不減。

幾杯酒下肚，柳琇蕊臉上便升起幾抹酡紅，一雙水靈靈的大眼更是添了幾分霧氣，紀淮雖愛極她這般嬌媚神態，可亦擔心她酒醉不適，含笑地拿過她的酒杯，順手挾了幾筷子菜到她碗裡，柔聲叮囑。「醉酒傷身，莫要多喝，吃菜。」

柳琇蕊亦知自己酒量淺，今日不過是心中高興才多喝了幾杯，因此也不逞強，聽話地吃了幾口菜，又由著紀淮替她盛了碗雞湯，小口小口地喝著。

小夫妻溫情脈脈，相較下屏風另一處的書墨等人便要熱鬧喜氣得多，紀淮也不以為忤，見小妻子用得差不多了，便牽著她的手出了屋，慢慢往院裡走去。

順著迴廊曲徑欣賞著兩人的新住處，身側是放在心坎上的新婚妻子，皎月當空，繁星點點，他忍不住一聲喟嘆，只覺心滿意足。

「砰」的一下響聲，夜空中頓時焰光大盛、流光四溢，照得整個天空都是絢麗火光。

「快看，是煙花，真漂亮！」柳琇蕊驚喜地抬頭，手指指著在天空中炸開的焰火，綻放出如春花般燦爛的笑容。

「嗯，真漂亮。」紀淮笑意盈盈地側頭望著她被焰光映得紅豔豔的臉龐，別有所指。

直到焰光慢慢消散，柳琇蕊才依依不捨地收回目光，微微仰頭問：「今日是什麼日子，怎的會有煙花？」

紀淮將她有幾分涼意的手抓得更緊，蘊著溫柔笑意道：「想來是下面某個鎮子將雨神娘娘祭提前了，夜涼，咱們回屋去吧！」

柳琇蕊點點頭，溫順地由著他牽著自己往屋裡去。

衣袖下，兩人的手十指緊扣，月光映射出地面上交疊的兩道身影，隨著兩人的步伐，越拉越長……

難得的半日清閒過去後，兩人重又忙得如陀螺一般。

後衙之事料理得差不多了，柳琇蕊又要忙著和本地的官夫人應酬往來。在這秉坡縣自是紀淮官職最高，可錦城下轄八個縣，秉坡不過其中一個，排得上號的官家夫人亦不算少，今日妳邀請我，明日我回請妳，這一來二往的，確也累煞人。

紀淮乃錦城八個縣官中年紀最輕的一個，同品級的縣老爺大多將近不惑，甚至是知天命之年，他們的夫人年紀自然亦比柳琇蕊大上不少。這些有頭有臉的官家夫人面對這麼一個嬌滴滴，年紀與自家女兒相差無幾，品級卻與自己相同的小夫人，心中各種彆扭，想有意為難幾下，可又忌憚對方公府嫡女的身分，是以只能客套幾句，人情往來幾番全了臉面便算了。

如此幾日下來，應酬漸少，加上後衙諸事亦步上正軌，柳琇蕊便漸漸清閒下來，能將更多心思花在照料起早貪黑忙活公事的紀淮身上。

這日，她正在屋內做著給紀淮的新內衫，這兩晚紀淮都在前堂忙到將近二更時分才回來，讓她心疼不已，可官府之事她一個女流之輩又幫不上忙，只能更盡心地照料他日常起居，盼他忙歸忙，別累壞了身子。

「夫人，外頭有位姓章的夫人求見，說是妳舊識。」佩珠撩起門簾子走了進來，輕聲稟報。

柳琇蕊疑惑地蹙蹙眉。「姓章的夫人？」她思量了好久，姓章的女子她確實認識不少，可會尋到耒坡縣的章姓夫人，她卻猜不出是哪一個。

「既是舊識，那便請她到廳裡稍坐，我這就過去。」她想不透倒也放開了，反正人已經上門了，加上來者是客，見上一見也無妨。

她將做了一半的內衫收起來，又細細整了整髮髻，這才起身往花廳去。

進了廳內便見一身華服的女子靜靜地坐在太師椅上，那側臉讓她感到甚為熟悉。女子察覺到她的視線，緩緩地轉過身來，見是主人家到了，微笑著起身。

「阿蕊——哦不，如今應該稱紀夫人才是！」

「碧、碧蓮姊？」柳琇蕊吃驚地望著眼前這張熟識的面孔，不敢相信這滿身貴氣的女子竟是祈山村裡的章碧蓮。

當初她與家人離開祈山村後便不曾回去過，嫁到紀家後紀淮也只是抽了一日的空陪著她到瑠安村拜見了外祖父母，至於她自幼生活的祈山村以及村裡的小姊妹章月蘭等人皆無緣得見，只能託人送了些小禮物給交好的幾家人，因此今日意外得見故人，她自是驚喜非常。

「碧蓮姊，妳怎的在此處？妳嫁人了？姊夫難不成是縣裡的人？」她試探地問。

她離開祈山村前章碧蓮與黃吉生的親事起了波折，雖不知最終結果如何，但以章大叔、章大嬸的性子，想來不會再將女兒嫁進去才是，是以她猜測章碧蓮的夫婿應該不是那黃家的秀才公子。

「他並不是這耒坡縣人。」章碧蓮溫婉地笑笑，言下之意便是默認自己嫁人了。

柳琇蕊見她表情坦然，心中更是確定她所嫁之人定不是那黃吉生，想到對方不用嫁給那花心大蘿蔔，她不禁替章碧蓮慶幸。

「他鄉遇故知，如今咱們難得一見，不如擇日邀請姊夫小聚，彼此認識一番。」她心中一高興，便熱情地主動邀請。

章碧蓮微微笑著也不搭話，好一會兒才道：「聽聞妳原是出自京城柳府，沒想到我這鄉間女子倒有這等福氣結識國公府的小姐。柳二嬸子她們可好？啊，還未恭喜妳與紀公子喜結良緣呢！」

柳琇蕊有些羞赧地垂下頭來。「娘與伯母、三嬸她們還好，當初我離家突然，抽不得空與妳及月蘭道別，還望碧蓮姊莫要惱我。」

章碧蓮輕笑一聲，語氣有幾分古怪。「不敢不敢，今時不同往日……」話說了一半，她頓了頓，不自在地勾勾嘴角。

這本在村裡家世還不如自己的小丫頭，眨眼間卻成了京城的名門貴族，而夫君甚至乃本朝連中三元的年輕狀元郎、新一任的縣老爺，相比之下，她原以為的好親事卻顯得可笑。

柳琇蕊那久別重逢的喜悅被她方才的古怪語氣一潑，瞬間便冷靜了下來，她定定地望著笑得完美無瑕、溫婉貴氣如大家閨秀的章碧蓮，若有所思。

章碧蓮強壓下那慢慢冒頭的嫉妒、不甘與酸楚，揚著笑臉道：「今日來只是敘敘舊，並無他意，接下來半個月我都是住在西城桂花胡同裡，妳若得閒，咱們改日再聚。」

柳琇蕊得體地對她笑笑，親自送她出了大廳，這才吩咐下人引著她離去。

晚間紀淮從前堂回來，兩人用過晚膳，又沐浴更衣過，柳琇蕊繼續做著未完工的內衫，而紀淮則捧著書冊靠在床榻上，有一搭沒一搭地與她說著閒話。

柳琇蕊閒聊中便將今日章碧蓮上門一事告知了他，末了又道：「她如今像是換了個人似的，若不是她主動招呼，便是在外頭迎面瞧見我也認不出她來，不過就不知她夫婿是誰，我問了，她不曾回答，便也不敢再問。」

紀淮沈默了片刻。「妳若是想知道，我便著人去打探打探。」

柳琇蕊猶豫了一會兒，遲疑著道：「她既然不肯直言，可見、可見這當中必有些不妥之處，咱們這般打探別人的隱私，貌似不大好。」

紀淮不以為然。「其實便是不著人打探，我亦能猜得出幾分，妳說她打扮貴氣，可見她所嫁之人非富即貴，必不是普通人家。以她的身分及性情，嫁了富貴人家又豈有將夫婿藏著掖著之理，是以她必不是三媒六聘的正室夫人，她大概不是外室，便是侍妾，除這兩者之外，我再也想不出別的可能。」

柳琇蕊為之一怔，卻不得不承認他所言極為有理，可嘴裡卻仍不肯服輸地反問道：「你又怎知她性情如何？說得像是自己與她早就相識一般。」

紀淮將書卷扔到一邊，笑咪咪地道：「為夫自是知道，不但知道她的為人，還知道有一位張牙舞爪的小丫頭教訓人，臨走前還主動賠人藥錢，卻又氣不過自己給的錢太多，回頭補了幾腳。」

柳琇蕊刷地一下紅了臉，結結巴巴地道：「你、你怎的知道此事？」

紀淮也不搭話，只是含笑望著她，望得柳琇蕊惱羞成怒，猛地一拍桌面。

「我就教訓他怎了？那樣一個花心大蘿蔔就是欠收拾！有了未過門的妻子還在外頭勾三搭四，哼，我還嫌教訓得不夠呢！」

紀淮見她虛張聲勢更感好笑，但也怕再笑會引火焚身，到時這隻偽兔子發作到自己身上便不好了，是以連忙正色道：「夫人所言極是，那等行為的確是讓人極為不齒，夫人教訓的是！」

柳琇蕊得了誇獎，有些得意地仰著腦袋道：「可不是！」

紀淮愛極她這副有點小囂張的嬌俏模樣，一個翻身下了床榻，大步朝她走去，將她打橫抱了起來，引來柳琇蕊一聲尖叫。他輕笑幾聲，抱著小妻子到了床上，趁著對方尚未反應過來，整個人便壓了上去。

一會兒之後，幾聲細碎的纏綿聲從層層疊疊的帷帳中傳了出來，滿室柔情……

耒坡縣一年一度的雨神娘娘祭終於拉開了帷幕，紀淮這段日子除了得盡快熟悉縣衙內大小諸事外，最耗費心思的便是這場盛事。畢竟這長達三日的祭典，不但縣內百姓齊齊出動，慕名前來的外縣之人亦不少，熱鬧的程度絲毫不下於春節、上元等佳節，而人群密集之處，安全便是首要問題。

柳琇蕊是頭一回聽聞雨神娘娘祭，心中自是十分好奇，加之又聽得跟著婆子外出過一回的佩珠手舞足蹈地說了街上的熱鬧景象，便更為渴望出去見識一番，因此這日便趁著紀淮忙裡偷閒回到後衙，溫聲軟語地懇求他讓自己去一趟。

紀淮思量了下。為著這場盛典，該準備的都已經準備妥當，難得小妻子如此有興致，況且又是頭一回求自己，他也不欲讓她失望，便痛快地點頭了，只是又細心地安排了跟隨妻子外出之人，再三叮囑他們務必要保證夫人的安全。

稍稍準備後，柳琇蕊聽從夫君安排，帶著佩珠、藍嬤嬤及幾位身著便衣的差役前往祭典的中心之處——雨神娘娘廟。

一路的熙熙攘攘、車水馬龍絲毫無損她的興奮，間或被調皮的孩童衝撞到亦不以為忤，她身後寸步不離的佩珠亦與她相差無幾，便是見多識廣的藍嬤嬤臉上一樣滿是抑制不住的笑容。主僕幾人倒也老老實實遵從紀淮的囑咐，不往人群密集處去，只這般走走停停，感覺濃烈的節日氣氛。

「紀夫人！」

一聲驚喜的呼喚自身後傳來，正站在捏麵人攤子前的柳琇蕊下意識回過頭去，便見一身素雅打扮的洛芳芝笑意盈盈地望著自己。

她先是一怔，繼而揚起得體的笑容迎上前。「洛……李夫人，可真是巧了。」

洛芳芝含笑朝她點點頭。「確是巧了，想不到紀夫人亦有如此興致。」

「新來乍到便逢此佳節，不出來見識一番倒是可惜了些，想來李夫人亦是同一想法吧！」

洛芳芝先是搖搖頭，接著又點了點頭，讓柳琇蕊滿頭霧水，不明白她是何意。

「外子祖籍耒坡縣……」

柳琇蕊這下倒有幾分意外了，她原以為這對夫妻不過是路過耒坡縣，想不到他們的目的地竟也是此處。

「原來李統領竟是耒坡縣人，這還真是巧極了！」

洛芳芝笑了笑，抬眼便見一位挑著滿滿紅燈籠的小販向這邊走來，她微微蹙眉，對柳琇蕊提議道：「此處人多不便，不如咱們到蘊福閒稍坐片刻。」

這蘊福閒是雨神娘娘廟專為大戶人家辟的一處廂房，柳琇蕊出門前紀淮亦叮囑過她若是累了可到廟裡尋歇息之處，是以她一聽洛芳芝這般說便明白了。

「也好，還請李夫人前方帶路。」她微微笑著應道。

洛芳芝也不與她客氣，率先便往廟裡去，柳琇蕊則帶著佩珠與藍嬤嬤等人跟在她後頭。幾人到了蘊福間門前，洛芳芝正要推門進去，一位綠衣婢女便朝她走了過來，先是向她行了禮，接著湊到她身邊耳語幾句。

洛芳芝臉色微微一沈，片刻又若無其事地回過頭對柳琇蕊道：「紀夫人先行進去歇息，妾身失陪一陣。」

柳琇蕊忙道：「夫人有事儘管去忙。」

洛芳芝朝她笑了笑，微微施了禮，這才離開。

柳琇蕊走了這麼久亦覺得有些累，乾脆帶著佩珠等人進了屋。屋裡收拾得乾淨整潔，桌上擺著仍冒著熱氣的茶點，可見時不時會有廟中之人前來添置更換。

主僕幾個坐著閒聊了會兒，中途有廟裡的小姑子進來添茶水，柳琇蕊便問了她一些關於雨神娘娘的事，小姑子聲音清脆地將雨神娘娘福澤蒼生、功德圓滿的善舉說得頭頭是道，聽得柳琇蕊不住點頭。

「雨神娘娘大善大悲，心地善良之人只要誠心求拜，定會心想事成，夫人不如也去給娘娘上炷香，求娘娘保佑夫人福澤綿綿。」伶俐的小姑子乘機建議。

柳琇蕊失笑。這小丫頭還真是能言善道，心地善良誠心求拜便會心想事成，若是事不成，那便是自己心地不夠善良，又或是求拜時不夠誠心，倒是個可進可退的說辭。

不過她如今到了這耒坡縣，想來至少得在此處待個三、五年，這雨神娘娘既是當地信仰，那她身為耒坡縣父母官的夫人自然亦應入鄉隨俗，不求自己福澤綿長，只求家人一生平安。想到此處，她便痛快地應允了。

「好，雨神娘娘有如此大的功德，吾等凡人女子自應前去參拜一番，還請小師父指路。」

小姑子又歡歡喜喜地將往大殿的路線詳細說與她聽，這才心滿意足地捧著涼了的茶點離去。

柳琇蕊稍坐了片刻便打算前往大殿上炷香，可頓時又想到了洛芳芝，不免有些遲疑，思量了一下便問佩珠。「方才李夫人可是往西邊去了？」

佩珠想了想，點頭道：「確實是往西邊去了，夫人可是想著去尋她？」

「是啊，這大殿亦是在西邊方向，如今也不知李夫人何時才會回來，萬一她回來不見有人在，那豈不是白白讓她著急嗎？乾脆順著路去，若是運氣好遇著她了，這也算是有個交代。」柳琇蕊道出想法。

佩珠與藍嬷嬷對望一眼，均覺得這主意不錯，遂點頭道：「夫人所言極是。」

既打定了主意，主僕幾人便不再多留，推門出了蘊福間，直往西邊走去。

「妳便是再對那紀夫人示好，他也不見得會對妳改觀，尤其是在如今那人下落不明的情況下……」幾人行至廟裡幽靜之處，便聽得一陰沈的男聲。

柳琇蕊霎時止住了腳步。紀夫人指的可是她？

「他、他下落不明？」柳琇蕊凝神一聽，認出那是洛芳芝的聲音。

「妳如今還念著他？」飽含嘲諷的男聲又再響起。「妳便是再想著他又如何？如今妳已是我李世興明媒正娶的夫人……」

那男聲頓了頓，話鋒一轉，接著道：「那範文斌，月前在黎縣與桐城交界處失了蹤跡，與他一道的友人如今已向燕州紀家去信，估計這個時候紀家老爺應收到信了。」

柳琇蕊大吃一驚。範文斌失蹤了?!這當中發生了什麼事？正震驚間，洛芳芝便替她問出了心中疑惑。

「他怎麼了？到底發生了什麼事？」

李世興又是一聲冷笑。「我又不是那通天如來，怎會知曉發生了何事。」

隨後男子沈重的腳步聲響起，聲音越來越遠，直至再也聽不到，柳琇蕊便知道李世興已經走了。

她壓抑著驚慌，有些難以置信。彷彿不久前紀淮還對她說範文斌曾去信報平安，甚至託人帶來了恭賀他成親的賀禮，如今不過數月，便下落不明了？

她心中焦急，也無心再與洛芳芝寒暄，匆匆轉身離去，佩珠與藍嬤嬤見狀趕忙跟上，三人腳步匆匆，卻不知道不遠處的樹後，面無表情的李世興正緊緊盯著她們漸行漸遠的身影，許久，苦澀一笑。

他何必多管閒事，那範文斌死了豈不是更好？他何須在認出了紀家夫人的情況下，故意將範文斌的消息道出來。想到這裡，他又是苦澀地勾勾嘴角。

果真是太多管閒事了！

「夫人，咱們走吧。」

在原地六神無主的洛芳芝，直到貼身婢女走過來提醒，這才恍恍惚惚地離去，李世興望著她慌亂的背影，眼中澀意更甚。

她的心中，只有那青梅竹馬，又何曾記得當年那個被她救了一命的小乞丐。只是，對他來說，一眼便是一生……她之於他，是此生唯一的溫暖，是以他只能不顧一切地緊緊抓著，便是強娶，亦要讓她變成李洛氏，生是他李世興的人，死亦是他李世興的鬼！

柳琇蕊匆匆地趕回了縣衙，也不敢耽擱，急急命人去請紀淮，卻得知紀淮出去迎接到來的劉知州了，她無法，只得命人留意著前頭動靜，一旦紀淮歸返便速速來報。

直到將近酉時，微醺的紀淮才在書墨的攙扶下回了後衙正房。

柳琇蕊雖急著將今日意外得來的消息告知他，可亦擔心他的身子，忙讓人準備醒酒湯及熱水，好不容易將借酒耍賴的紀大人伺候著用了湯，又紅著臉服侍他沐浴更衣過，她才推了推膩在她身上上下其手的紀淮，氣息有些不穩地道：「別、別鬧，我有很重要的話要跟你講！」

紀淮那雙大掌在她軟綿綿的身子上游移，抽空地應了她一句。「嗯，說吧。」

柳琇蕊掙扎著欲推開他，微喘著氣道：「範、範表兄……月前在……在黎縣與桐城交、交界之處失了蹤跡，你可知道？」

紀淮立即停下了動作，從她頸中抬起頭來，吃驚地望著她。「妳打哪兒聽到的消息？」

柳琇蕊捶了他胸膛一下，紀淮見狀連忙翻身側躺，見她長長地吁了口氣，又追問了一次，柳琇蕊也不瞞他，一五一十地將今日遇到洛芳芝一事向他說來。

「如今的黎縣縣令，妳可記得是誰？」紀淮沈默了片刻，突然問道。

柳琇蕊怔了怔，細細回想了一下。黎縣，黎縣，這地方好熟悉……

「堂兄！堂兄現任黎縣縣令！」她猛地叫出聲來。

第二十八章

「範表兄既然在接近黎縣之處失蹤，雖說是兩縣交界之地，可以堂兄的為人，必不會袖手旁觀，若是他查出範表兄與咱們家的關係，定會通知咱們才是，以時間來算，相信過不了幾日便能收到他的來信了。」柳琇蕊細細分析道。

紀淮深思了半晌，回過神來便見她兩道秀眉微微聚攏，不禁伸出手去輕輕撫平，語氣輕柔地安慰道：「妳也莫要擔心，舅兄心思縝密，多次得到聖上誇讚，有他出馬，表兄的下落相信過不了多久便能有眉目了。時辰不早，妳早些歇息，我還有些緊要事得去辦，不用等我。」

他輕輕捏了捏柳琇蕊臉蛋，再拍拍她的手，這才下了床榻，換身衣裳出了門。

柳琇蕊無奈，只得跟在他身後叮囑道：「你既知如今時辰不早，那便不要忙到三更半夜才回來，徒讓人擔心。」

紀淮笑笑地應了一聲，回頭催促道：「莫要再送了，快回去！小心著涼。」

次日一早，柳琇蕊醒來卻發覺偌大的床榻上只有她一人，她眉頭一擰。莫非他一夜未歸？喚來佩珠一問，確是如此，她暗暗嘆口氣，既憂心他的身子，也怕範文斌失蹤這事牽連些麻煩事。

「昨夜是誰在前頭伺候著？」她一邊換上外出的衣裳，一邊隨口問佩珠。

佩珠正替她整理著衣裙，聽她如此一問，手上動作頓了頓，有幾分氣悶地道：「原是書墨在前頭伺候著，後來挽琴又端著雞湯送了過去，說是大人這般忙活著，得補補身子才可以。」

也不瞧瞧自己什麼身分，大人的身子還用得著她來擔心，當夫人是什麼了？

柳琇蕊笑笑，不甚在意地在梳妝檯前坐好，任由佩珠一邊告著狀，一邊動作麻利地替她綰了個婦人髮髻。

在從燕州到錦城這一路上，挽琴也沒少往紀淮身前湊，只是紀淮身邊既有一直伺候他的書墨，又有妻子柳琇蕊，她再主動積極也是收效甚微。對此柳琇蕊僅是不動聲色地旁觀著，而紀淮的表現亦讓她極為滿意，是以這段日子她也只是睜隻眼閉隻眼，就當在看熱鬧。

「夫人……」

當佩珠將最後一支鑲珠鳳釵插到她髮上，挽琴微喘的叫喚聲傳來。

兩人循聲望去，見她上氣不接下氣地推門進來，臉上似有幾分憤憤不平。

「發生什麼事了？」柳琇蕊好奇地問。

「夫人，外頭用小轎子抬了位妖妖嬈嬈的青倌到府裡，說是什麼知州大人送來的，如今正在二門處候著呢！」挽琴努力平復心中怒氣，顫聲道。

柳琇蕊一怔。昨日劉知州駕臨耒坡縣，紀淮確實去迎接了，回來時亦是一身濃濃的酒氣，莫非昨日他們還叫了煙花女子作陪？這劉知州送了這麼一個嬌滴滴的青倌來，難不成紀淮還與她對上眼了？素來名妓愛才子，這書呆子也想來一段風流佳話？

想到此處，她淡淡地別過臉去，平靜無波地道：「既然人都來了，便安排個屋子給她吧，好生伺候著便是。」

挽琴愕然。夫人不應該發怒嗎？畢竟她如今仍是新婚，這樣活生生被人打臉，怎的還能這般平靜？

柳琇蕊可沒空去理會她怎樣想，轉過頭對著銅鏡左左右右地照看頭上髮髻，倒是佩珠，見她仍是傻傻地站立原地，沒好氣地道：「夫人讓妳去安排屋子呢，怎的不去？」

挽琴回過神來，也不敢再多話，低著頭回了聲便退了出去。

她邊走邊琢磨著柳琇蕊的那番話，暗暗猜測著對方這話到底是因為抹不開面子才不得不大度，還是別有涵義？

「夫人，那送來的青倌……」佩珠有些擔心地望著若無其事的柳琇蕊。原本家中便有一個時時想著往上爬的挽琴，如今又來了一位上峰送的青倌，萬一大人按捺不住……那豈不是給自己添堵？

柳琇蕊心中亦是有些酸溜溜的，雖早就知曉男子在外應酬，紅袖添香之類的少不了，可他這才上任沒多久，便有人送了位嬌滴滴的美人兒來，若是再久些，估計這後宅都要裝不下了！

而紀淮這一忙就是接連三日不曾回過後衙，每每都是讓書墨回來拿些日常所需，並告知柳琇蕊無須等他。柳琇蕊只知道他如今每日在衙內處理完公事後便會帶著兩個得力的差役外出，具體在忙些什麼倒不甚明瞭。

這幾日，那名喚青青的青倌倒是傳了幾回話過來，意欲前來拜見，可柳琇蕊哪有那個閒心去應付她，收留她一來是因她乃紀淮上峰所贈，二來也是想看看紀淮的態度，否則按她的性子，早就命人打發出去了，哪會留她在自己家中礙眼！

又過了一日，連日裡不知忙些什麼的紀淮終於抽空回了趟後衙，見妻子笑顏如花地迎上來，溫柔小意地服侍自己用膳，心中愉悅非常，那些疲累彷彿一下子便消失殆盡了。

柳琇蕊一邊替他揉捏著肩膀，一邊柔聲問：「力度可還好？」

「好好好，好極了！」紀淮簡直是受寵若驚啊！他自認識這隻偽兔子以來，何曾得到對方如此溫柔對待，哪怕對方完全沒有掌握住力度，他都覺得渾身上下舒暢至極。

果真是小別勝新婚，他不過才幾日沒有回來罷了，這偽兔子便這般思念自己，如此柔情密意，真是……說不出的受用！他越是想越是飄飄然起來，渾然不覺身後的柳琇蕊神色越來越古怪。

「哎喲哎喲，夫人、娘子、阿蕊，妳這是做什麼？有話好好說，有話好好說！」

他正享受地微眯著眼，耳朵突然一痛，感覺被人緊緊地揪住，睜眼一望，便見柳琇蕊冷笑著提著自己的耳朵，一手扠腰，氣呼呼地道：「是不是覺得溫柔小意很受用？你這招蜂引蝶的壞胚子！竟敢惹了別的女子回來，瞧著我好欺負是不是？」

紀淮冤啊，一邊噝噝地咧嘴呼痛，一邊抱屈。「夫人饒命，為夫冤枉啊！」

「你哪裡冤枉了？人家都把人送上門來了，若不是你與那什麼青青姑娘對上眼了，人家揣摩出你的心思，又哪會巴巴地把人送了過來，還敢喊冤？」柳琇蕊憋屈了幾日，也忍耐了幾日，只因怕打擾他做事這才將所有的不耐壓到肚子裡，如今他好不容易回來，再不發洩一番，她都怕自己遲早得憋死。

「什麼青青姑娘、白白姑娘？哪來的青青姑娘？為夫真不知道啊！」紀淮無辜地朝她眨眨眼。

那青青姑娘進府後便被挽琴安排到了後衙西側的廂房內，柳琇蕊也不再過問，挽琴猜測著她大約也是不喜此女的，是以每日得空了便過去刺上幾句，更別說將她的日常用度安排妥當了。府裡的下人瞧那新來的美嬌娘被晾到一邊，加上又見府中頗為得臉的挽琴如此不客氣地待她，心知這青青姑娘想來入不得大人和夫人的眼，是以亦不怎麼上心。而佩珠與藍嬤嬤等人雖知曉此情形，可她們是柳琇蕊身邊的人，更不樂見有人來分自家主子的寵，故也裝作不知，任由挽琴作踐她，如此一來，那青青姑娘日子便不怎麼好過了。

可這些並不會報到紀淮那兒，不說他這幾日忙得抽不開身，便是不忙，後宅之事他向來一概不理，全由柳琇蕊作主，府中下人自然清楚這點，因此，他倒是真的不曉得上峰送了這麼一個燙手山芋過來。

柳琇蕊可不管他說什麼有的沒的，又是用上幾分力一擰，痛得紀淮差點飆淚。這偽兔子，實在是、實在是……

「娘子，妳要明察秋毫啊！為夫真的不認得什麼青青姑娘、白白姑娘，更不知是哪個殺千刀的竟這般陷害，真真是六月飛雪，滿是冤屈無處訴啊！」紀淮欲哭無淚，也不顧被她揪得腰都挺不直，只拱著手不停地作揖。

他這是招誰惹誰了？竟惹得家中河東獅吼，讀書人的風骨、氣節此時此刻真是徹底化作一縷青煙，蹤跡全無了。

柳琇蕊被他這番滑稽樣逗得差點忍不住笑出聲來，連忙鬆開手，裝模作樣地咳了咳。「牛不喝水，還能強按著牠不成？定是你行為不妥，落到旁人眼中便是與那青青姑娘郎情妾意，否則怎麼不曾聽說那劉知州給別人送美嬌娘了？哼，整日招蜂引蝶，從今夜起自個兒到書房睡去！」

睡書房？紀淮猛地瞪大眼睛。這懲罰也太嚴厲了吧！

他也顧不得揉揉被擰痛了的耳朵，趕緊回過身死死抱著柳琇蕊拚命喊冤。

柳琇蕊被他這番死皮賴臉的舉動弄得哭笑不得，恨恨地伸出手去推開他。「不許碰我！」

紀淮見她不像說笑，只得乖乖地垂手站立一旁，可憐兮兮地道：「夫人、娘子，我已經連續幾晚不曾睡過好覺了，書房裡的床榻硬邦邦的……」見柳琇蕊嘴角動了動似是有話要說，他慌忙又道：「我認床、認床，到別處去也睡不好！」

柳琇蕊懷疑地望了望他，他滿眼坦誠地回望過來，兩人對視了一會兒，柳琇蕊終究心疼他忙了這些日子，只好退讓。「那便容你留在屋裡。」

紀淮暗暗鬆口氣。有軟軟香香的小妻子不能抱卻要去睡書房，這般慘無人道之事他怎能禁受得住，自然得想方設法留下來！

只是他到底想得過於美好了，當兩人各自沐浴更衣過欲安歇時，他不敢置信地瞪著床榻上多出來的一床錦被，以及中間用薄毯隔成的楚河漢界。「這、這是……」

柳琇蕊得意地抿嘴一笑。「你認床啊，可我偏又心裡不痛快，所以如今這般最好不過，兩全其美！」

紀淮嘴角微微抖動。這哪是兩全其美，分明是活受罪啊！嬌滴滴的小妻子就在身側，可他卻不能碰！

他垂頭喪氣地展開屬於自己的那床被褥，心中暗暗痛罵那找麻煩的劉知州。

天色漸亮，柳琇蕊迷迷糊糊地睜開了眼睛，秀氣地打了個哈欠，卻感覺自己的腰肢被人緊緊地抱住，半邊身子窩進了一個溫暖寬厚的懷中，那「楚河漢界」早就不知被踢到了何處。

「紀書呆，你醒醒，快醒醒！」她用力搖了搖身側酣睡著的紀淮。

紀淮仍有幾分睏意地睜眼，見是她便露了一個笑容。「阿蕊，怎的這般早……」

「誰允許你越界的？」柳琇蕊使勁睜大眼睛瞪著他，氣鼓鼓地道。

「我以為抱的是錦被，而且，這是我的被子。」紀淮無辜地眨眨眼。

柳琇蕊仔細一望，見兩人蓋著的確實是昨夜分給他的那床錦被，而她自己的卻是掉到了地上，她不禁在心裡嘀咕，她的睡姿有那般差嗎？

紀淮見她滿臉納悶，心裡樂翻了天，床下那床被子是怎麼掉下去的，他很清楚，可這些不需要如實報告。

柳琇蕊煩惱地撓撓頭，從她懂事起便是自個兒睡的，也從不曾聽家人說她有什麼睡癖，如今這樣，倒真是出乎意料。

「罷了罷了，起來吧，今日我還要到知州府衙去呢！知州夫人前些日子送了帖子過來，請我到她府中賞花，也不知這一去得耗到何時；那幫夫人聚在一起，除了衣裳、首飾，便是兒子、女兒，偏偏這些我又插不上口，可又不得不裝著感興趣的樣子聽著，間或還得隨聲附和誇讚幾句，悶也悶死人！」柳琇蕊翻身下床，一邊穿著衣裳，一邊唸道。

紀淮失笑地搖搖頭。也是，她與那些夫人年紀差得太遠，哪能聊得來，可她又礙於身分，不能去尋同齡的姑娘、小媳婦，這才弄得如今這般憋悶尷尬。

「夫人、夫人、夫人！」

兩人正說著話，便聽到外頭傳來佩珠有幾分驚慌的聲音。

「出什麼事了？」柳琇蕊隨手披了件披風，出了裡間。

「夫人，西院那青青姑娘出事了！」

柳琇蕊大吃一驚，雖說她不待見這瘦馬，可亦沒想過要為難她。

「她怎麼了？」

「也不知她怎會與挽琴起了衝突，挽琴氣起來失手推了她一把，把人給撞傷了，流了許多血，人也昏過去了！」佩珠不敢隱瞞，連忙將事情經過道來。

柳琇蕊聽聞有人受了傷，也顧不得追究起因，急忙問：「可著人去請大夫了？」

「藍嬤嬤吩咐人去了，現已讓人將那青青姑娘抱回了屋裡。」佩珠一邊回稟，一邊動手替披散著秀髮的柳琇蕊綰了個髮髻。

穿戴妥當的紀淮走了出來，眉頭緊皺。他正打算尋個法子將這什麼青青白白送走，如今她卻先在府中出了事，如此一來，他倒也不方便開口趕人了。

「那邊出了些事，我過去看看，你記得先用些早膳再出去。」柳琇蕊見他出來，細細叮囑了一番。

紀淮點點頭，一邊上前幾步幫她將披風繫好，一邊柔聲道：「妳去吧，若是有了麻煩便讓人到前頭通知我。」

柳琇蕊應了一聲，帶著佩珠急急忙忙地出了門。這青青畢竟是紀淮上峰著人送來的，如今不過在府中待了幾日便出了事，傳揚出去說不定會讓人懷疑紀淮故意落劉知州面子。

「可知這兩人因何起了衝突？」一路上，柳琇蕊問了問緊跟在她身後的佩珠。

「奴婢也不清楚，問挽琴她也是不肯說。」佩珠微喘著道。

柳琇蕊蹙眉。這挽琴是怎麼回事？如此三緘其口，難不成此事真的全是她的責任？還是那青青抓了她什麼把柄，讓她縱使吃了虧亦不敢張揚？

將到西院，遠遠便見有小丫頭領著頭髮花白的大夫出了西院門，想來是已經診斷過了，她不禁加快腳步進了院，迎面遇到藍嬤嬤正站在青青的房門外吩咐小丫頭著人煮藥。

藍嬤嬤見她進來，急忙上前見禮。「夫人。」

「她傷得如何？如今人可醒了？」

「回夫人，青青姑娘傷在額頭，傷勢頗重，大夫說不排除日後會有留疤的可能，如今人剛醒過來，倒也不曾哭鬧，只一聲不吭地躺著。」藍嬤嬤低聲回道。

柳琇蕊一怔。會留疤？別說她那等以色侍人的煙花女子，便是大戶人家的姑娘也是斷斷忍受不了自己容貌有半分損傷的；如今此女不吵不鬧，是性情如此，還是別有心思？

「我去瞧瞧她。」她不欲多想，向藍嬤嬤點頭示意，藍嬤嬤連忙伸手推開房門，引著她進了屋。

躺在床榻上的青青聽聞知縣夫人到了，掙扎著起身靠坐在床頭上，柔柔地為自己的不便行禮告了罪。

柳琇蕊安慰了她幾句，見她額上纏著白布條，如花嬌顏現今蒼白若紙，給人一種我見猶憐之感，憑心而論，的確是位難得一見的佳人。

而她打量著對方的同時，青青亦是不動聲色地打量著她，見她不過十五、六歲之齡，眉目清秀，有著明媚照人的氣息，看得出自小便極得家中人寵愛，便是婚後亦得夫君愛重，相由心生，是以容貌才能如此平和朝氣。

她暗暗嘆息一聲。果然是個得上天眷顧之人……

「挽琴衝撞了姑娘，連累姑娘受了傷，我定會給姑娘一個交代，還請姑娘放心養傷。」柳琇蕊安慰了她一番，又說了幾句場面話後，便正色地許諾道。

青青見她年紀雖小，卻自有一派官家夫人氣度，猜測著她或許並不像外表瞧來那般天真不諳世事，連忙收起心中那幾絲輕視之心，垂眉悽楚地道：「青青不過風塵女子，哪受得住夫人這般禮待，挽琴姑娘不過一時錯手，並非有意為之，還請夫人莫要怪罪於她，否則青青更是無顏留在府上了。」

柳琇蕊也不接話，只是勸慰她好好養傷，若有需要儘管吩咐丫頭們去做。

說話間，佩珠輕輕推門進來，提醒道：「夫人，該起程了，遲了便要誤了時辰了。」

青青聽得這話，又為自己耽擱了柳琇蕊好一番告罪，柳琇蕊一番安慰後，這才帶著佩珠出了門。

門外的藍嬤嬤知她趕著赴宴，也不敢耽擱，只是在柳琇蕊深深地望了她一眼後，壓低聲音回道：「夫人放心，老奴定會查明內情。」

柳琇蕊見她如此上道，滿意地點點頭，放心地帶著佩珠上了往錦城知州府的馬車。

錦城知州的元配夫人娘家姓吳，京城人士，與劉知州育有兩女，劉知州除了元配夫人吳氏外，另有妾室五名。

柳琇蕊到了耒坡縣後，並不曾見過吳氏，如今接到她的帖子不禁有幾分意外，但考慮到對方畢竟是知州夫人，她自然不好落對方面子，是以雖不喜應酬，卻仍準時赴宴。

馬車到了劉府，自有下人趕著上前迎接，柳琇蕊客氣了一番，便由著劉府的下人引著她進了後衙。

今日出席的除了錦城轄內的各知縣夫人外，還有城中的官家夫人以及其他有頭有臉的大戶人家夫人，場面之熱鬧倒是出乎柳琇蕊意料。

聽聞耒坡知縣夫人到了，原先熱絡的氣氛突地凝住片刻。如今這錦城當中無人不知耒坡縣來了位本朝最年輕的狀元郎知縣，娶的新婚夫人亦不過妙齡，在這一大幫貴夫人當中顯得極為扎眼。

柳琇蕊有些不自在地抿抿嘴，對落在她身上的灼熱視線極為不適應，這種被圍觀的感覺無論經過多少回她都覺得難以忍受。

「紀夫人！」東道主劉夫人吳氏率先迎了上來，笑容滿面地招呼道。

「劉夫人。」柳琇蕊客氣地回了禮，眼神不易察覺地打量了她一下，見她眉目含笑，身著正紅緞繡花百褶裙，頭上綰著芙蓉歸雲髻，插著的一支點翠步搖，隨著她的走動在鬢間搖曳著。

吳氏笑盈盈地誇讚了她幾句，不外乎是紀大人年輕有為與紀夫人真乃天作之合之類的場面話，這才親自拉著她的手落坐。柳琇蕊被她的熱情洋溢弄得更是不自在，可眾目睽睽之下也只能堆起笑容，順從地跟在她身後，坐到了她的身側。

「據聞紀夫人與紀大人一般，均是長於燕州，不知可有此事？」吳氏抿了口茶，故作不經意地問。

「確有此事。」她的身世相信錦城內不少官家夫人都知曉了，況且這也沒什麼好隱瞞的，是以柳琇蕊便乾乾脆脆地承認了。

「這可算是巧了，妾身府中也有一位來自燕州的姨娘，說不定紀夫人也認得。翠雨，請章姨娘過來。」吳氏一臉的驚喜，絲毫不理會在場諸人的想法，轉身吩咐站立在身側的婢女。

那婢女應了一聲便退了下去。

柳琇蕊眉頭微微一蹙。這劉夫人是想做什麼？今日這種場合，出席的均是大戶人家的當家夫人，她這般請府中的妾室前來見自己，到底是想落自己臉面，還是想藉機羞辱那「章姨娘」？

在場的各家夫人亦是心思一動，均暗暗猜測著劉夫人此舉用意。

片刻工夫，那名為翠雨的婢女回來了，她的身後跟著一身著淺綠衣裙、做婦人打扮的年輕女子。

那女子一出現，柳琇蕊便暗自吃了一驚，皆因那不是旁人，正是前不久上門尋過自己的章碧蓮！原來她竟是錦城知州劉大人府中妾室，怪不得啊……

原本神情平靜無波的章碧蓮在看到柳琇蕊後臉色微微一變，做為劉府最為得寵的妾室，她自然知曉今日出席的均是些什麼人，也清楚吳氏這般讓人來叫她絕沒好事，只是她一向與吳氏互不相讓，更不怕她當著那麼多有頭有臉的夫人為難自己，是以便大大方方地跟著翠雨到來。

可是，柳琇蕊不是旁人，是那個曾經家世不如自己、總跟在自己身後的小丫頭，當年她在柳琇蕊面前有多大的優越感，如今面對她便有多羞憤；曾經那人人稱羨有個好夫君的章碧蓮，如今卻是個不入流的妾室，這讓她情何以堪！

吳氏一直不動聲色地打量著她，自然沒有錯過她臉上的異樣，心中暗暗冷笑。我倒要看看在這種場合之下，那紀夫人可會與妳這賤蹄子姊妹情深！

一時間，屋內十幾雙眼睛齊刷刷地落到柳琇蕊身上，人人都在等著這年紀輕輕的紀夫人會如何反應。

柳琇蕊來回瞄了吳氏及章碧蓮一眼，突地醒悟過來，她這是被牽扯進劉府的後宅爭鬥了。她雖沒有接觸過這些妻妾之爭，可出嫁前李氏及關氏沒少教導她，不光是做為官家夫人應該如何待人接物，便是後宅裡的陰私手段亦不瞞她。

只是，如今這劉夫人所作所為卻是傷敵一千自損八百的下乘手段，就算今日章碧蓮被羞辱了又如何？她在自己舉辦的宴會上如此作為更是讓人不齒，畢竟有哪家夫人願意自己赴宴時突然被扯著與主人家的妾室敘舊？

大商國嫡庶分明，正室夫人自是瞧不上與人為妾的女子，更不必說與對方結交了，如今吳氏這一步棋，真可謂是臭到極致。

說來她也是急了，章碧蓮自進府後一直隱隱有壓她一頭之勢，劉知州每月有大半月會留宿在章碧蓮屋裡，好不容易她藉著身邊的丫頭分了章碧蓮的寵，可這劉知州突然對新來的耒坡縣令賞識起來，三番四次示好卻達不到目的，而那章碧蓮竟在這時向劉知州道出她與耒坡知縣夫人的交情，這下劉知州大喜過望，這段日子自又是視之如珠如寶了。

柳琇蕊雖不滿自己被人當槍使，可臉上卻是一派平靜，神色自若地呷了口茶，這才對吳氏道：「章家姊姊有夫人這般大度寬厚的主母，果真是福氣不淺。」

低著頭掩飾眼中狠戾與酸澀的章碧蓮聽她如此說，心中一動，上前幾步恭恭敬敬地向吳氏行了禮。「能在大人及夫人身邊伺候，確是妾身三生修來的福氣，紀夫人所言極是。」

吳氏神色僵了僵，待察覺柳琇蕊臉上已是明顯不悅時，心中一個激靈，猛地醒悟自己犯下大錯了。便是紀夫人當眾否認了與章碧蓮的關係，讓這賤蹄子在夫君面前得不到好又如何？她此舉是活生生得罪了紀夫人，夫君還能饒得了她嗎？

她悔得腸子都要斷了，都怪這幾日被這賤蹄子氣得失了方寸，如今真不知該如何補救。

柳琇蕊雖惱她利用自己，可亦不打算撕破臉，只是神色淡淡地坐在一旁，而章碧蓮則趁此機會向吳氏行禮告退，吳氏哪還有心思理她，自是揮揮手讓她走了。

如此一場鬧劇便這般糊裡糊塗地落幕了，稍聰明的皆能猜得出這紀夫人是無辜受了連累，同情地望了柳琇蕊幾眼，便移開了視線；亦有不少自持身分的夫人暗暗罵吳氏一聲「蠢貨」，如此無腦之人也難怪收拾不了府上妾室。

柳琇蕊一聲不吭地坐在一旁品茗，這當中出乎意料的竟有幾名往日或持輩分或持清高的夫人主動上前攀談，讓她有幾分意外，待見對方神情當中含著幾絲同情，她頓時有些哭笑不得。

吳氏為了挽救亦是熱情地主動上前招呼，可柳琇蕊僅是客氣而疏離地應酬著，讓吳氏又急又羞又惱，直到柳琇蕊告辭離去，她均得不到對方一個真心實意的笑臉。

「夫人，前方有人攔路！」

柳琇蕊坐上往耒坡縣衙的馬車，剛出了錦城西城門，便聽得外頭駕車的僕從回道。

佩珠微微掀開車簾子往外一瞧，回頭低聲對柳琇蕊道：「是那章姨娘。」

柳琇蕊怔了怔。章碧蓮尋她？

她稍一思量，便命人將馬車停至路邊的樹林旁，扶著佩珠的手下了車，果見章碧蓮站在不遠處的樹下望著她。

「碧蓮姊。」

「難為妳還願意稱呼我一聲姊姊。」章碧蓮自嘲般笑了笑。

柳琇蕊不搭話，旁人選擇什麼樣的生活她無權干涉，何況章碧蓮為何成了劉知州的妾室她半分也不清楚，自是不方便評論。

章碧蓮見她不出聲也不惱，捋了捋鬢髮嫵媚一笑。「我如今這般也挺好的，那吳氏妳也見過了，是個不長腦的，不過是仗著身分耀武揚威罷了。」頓了頓又故作神秘地道：「妳可知這吳氏是何人？」

柳琇蕊奇怪地望了望她，吳氏是何人？這與她有何關係？

「柳四叔曾被人悔過親事吧？」

柳琇蕊一驚。小叔叔被人悔親與這吳氏……

章碧蓮見她如此反應便乾脆地道：「誠如妳所想，當年悔了柳家親事的便是這位吳氏。」

第二十九章

柳琇蕊心裡極為震驚，可面上卻只是稍怔愣了片刻便神色如常。經歷過了許多，她們已不再是祈山村無憂無慮的農家女，不但章碧蓮變了，她自己也變了，她已經慢慢學會在面對外人時戴起官家夫人得體端莊的面具，而在知州後宅中能逼得主母接連敗退的章碧蓮，又豈會是省油的燈？

兩人一時相對無言。

好一會兒，章碧蓮又冷笑道：「妳也別問我怎會知道這些，這世間上最瞭解自己的往往是敵人。她吳氏若是當年少幾分勢利，說不定已是侯夫人，又哪會像如今這般當個小小的知州夫人；不過最為可笑的便是吳家竟還打算重拾兩家親事，欲將她的親姪女許給柳四叔，這吳家人簡直噁心至極！」

柳琇蕊暗暗心驚。吳家欲將吳氏的親姪女許給小叔叔？

「吳氏前幾日得到消息，差點把鼻子都氣歪了，她的好兄長啊，這是活生生打她臉啊，她放棄的男子，她一母同胞的親兄長卻趕著去抱大腿……」章碧蓮也不管她做何感想，語氣嘲諷地繼續道。

柳琇蕊無心去想她告訴自己這番話的用意，就只當對方純粹是在發洩對吳氏的不滿。但她倒是挺意外吳家竟這般厚臉皮，他們到底是打哪兒來那麼的自信，覺得小叔叔還會要他們家的姑娘？難道是因為小叔叔至今未娶，讓他們以為他對吳氏仍有情意，是以才冒出那等荒唐的想法？

章碧蓮平復一下心緒，勉強扯出一絲笑容道：「妳我如今身分不同……實在是很抱歉，耽誤了妳趕路，我這番來只是想拜託妳，若是將來見到我爹娘，還請妳不要向他們提起我的事。」

柳琇蕊定定地望著她，望得她彆扭地移開視線，不敢與之對視。

「妳是怎樣到了劉府的？還有章大叔、章大嬸他們又怎會同意妳與人為妾？」

章碧蓮心中一窒，別過臉去淡淡地道：「這些妳便不要多問了，總之我這輩子都只能是劉府的章姨娘。」

柳琇蕊見她如此反應，也不再追問，抬頭望了望天色，見已不早，擔心紀淮在家中掛念，客氣了幾句後便告辭離去了。

留在原地的章碧蓮怔怔地望著載著柳琇蕊主僕的馬車越駛越遠，許久，嘆息一聲。她到底是為何才走到如今這地步？說到底不過「不甘」兩字，不甘原是沐浴在旁人豔羨目光中的自己，轉眼間卻成了被同情的對象。

得知她要嫁的夫婿竟是一方官員，村裡確實又有不少人暗暗羨慕她，她亦有一雪前恥的舒爽，只是，人生漫漫長路，一時的痛快哪抵得過嫁人後的爭爭鬥鬥、滿身疲累。可是她不能放鬆，即使片刻也不行，四周均是虎視眈眈的敵人，只要她稍一鬆懈，現在所擁有的一切便會化為烏有。

這一生，她大概只能不斷地爭，為自己爭、為肚裡的孩兒爭……

她將手輕輕覆在平坦的小腹上，神色複雜。這個投身於她肚子裡的孩子，到底是幸，還是不幸？

馬車一路晃晃悠悠，最後在耒坡縣府衙前停了下來，柳琇蕊下車後邊往後衙去邊問跟在身後的下人。「大人可回了？」

「方才書墨來報，說大人下了衙便出去了，讓夫人晚膳不用等。」

柳琇蕊嘀咕了句「又不回來用膳」便不再說什麼，直接回了屋裡。

用過晚膳，她命人喚來藍嬤嬤，詢問今日挽琴與青青起衝突一事，藍嬤嬤果然手段了得，根本用不了多久便查清楚了。

柳琇蕊聽罷她的話，恍然大悟地抿抿嘴。也難怪挽琴不敢說事情起因，原來是心事被那青青姑娘當面道出，一時氣急失了手。

「照妳看來，這青青姑娘此話是有心還是無意？」柳琇蕊若有所思地問面前的藍嬤嬤。

「老奴覺得，不管對方是有心還是無意，此女心思定不單純。大人與夫人將她晾了一段日子，她心中大概也是有些焦急了，怕再被送回去，如今這一受傷，容貌又有可能受損，於情於理，府中都要將她安置妥當。」藍嬤嬤沈思了一會兒，將心中猜疑如實道出。

柳琇蕊微微頷首。「嬤嬤所言甚是，只是事已至此，終究還是要讓她留在府中好好養傷，其餘之事，待她傷癒後再說吧！」紀淮若對她無意，她留在府中也是個尷尬的存在，說不定她還真得替她謀個好去處。

「夫人，大人回來了。」佩珠掀開簾子稟報，話音剛落，紀淮即大步走了進來，藍嬤嬤見狀微微一笑，行了禮後，輕手輕腳退了出去。

一見到妻子，臉色沈重的紀淮劈頭便問：「阿蕊，舅兄給的金創藥可還有？」

柳琇蕊大驚失色，急忙上前就要掀開他的衣袍檢查，紀淮見她誤會了，連忙抓住她的手道：「莫擔心，不是我受傷了。」

聽他這般說，她才鬆了口氣，緊接著又憂心地問：「是誰傷到了？可嚴重？我記得那藥還有的，你稍等，我去拿來！」一邊說，一邊快步到了裡間，將柳耀河留下的那瓶金創藥拿了出來，交到紀淮手中。

紀淮摸摸她的額角，湊上去親了親，低聲道：「等我送了藥回來再告訴妳。」

柳琇蕊不敢耽擱，連忙催促著他快去快回，畢竟救人要緊，有什麼話回來再說也不遲。

她沐浴過後心不在焉地靠坐在床榻上，每隔小半個時辰便問在外間伺候的佩珠「大人可回來了」，直到她這晚不知是第幾回問起這話時，才終於聽到佩珠驚喜地回道：「夫人，大人回來了！」

她連忙翻身下床，隨意趿上繡鞋，即見紀淮帶著一身涼意走了進來。

紀淮見她在等自己，想上前整整她鬆鬆地披著的外袍，卻又怕自己身上的寒氣涼到她，只能無奈地道：「怎的也不披好衣服，萬一著涼了可怎生是好？」

柳琇蕊聽話地披好外袍，見他滿臉的疲憊，急急吩咐佩珠著人準備熱水，一番收拾之後，紀淮才向她娓娓道來。

「受傷之人妳也認得，正是那青衣衛統領李世興，他奉了皇命到宣城辦差事，當中牽扯了某些勢力，不知怎的便動起武來，我也是恰好經過，見他滿身是血地倒在地上，這才避過旁人將他帶回耒坡縣。只是他清醒過來後卻不肯回府，只讓我將他送到一方隱蔽的屋子……」說到此處，紀淮長長地嘆息一聲。

李世興到宣城辦差看來不過是掩人耳目，其實另有目的。想不到當今皇上竟然處處佈置妥當，若是他一時受不了誘惑，不但前程盡喪，便是身家性命只怕亦是不保。

「傷得可重？可通知了李夫人？」柳琇蕊追問。

「傷在後背，流了不少血，不過沒有性命之憂，至於李夫人……」紀淮頓了頓，想到李世興醒來頭一件事便是叮囑他別將他受傷之事通知洛芳芝，他眼中那苦澀，至今讓他不解。

不想妻子為自己擔憂因而選擇隱瞞，這他明白，可那眼中的苦澀又是為何？說到底兩人既已是夫妻，夫君受了傷，做妻子的理應盡心照顧才是。

「李夫人怎麼了？可曾通知她了？」柳琇蕊見他久久不答，忍不住催促。

「李統領不許人通知李夫人，只道他在外面養一陣子便好。」紀淮回過神來，伸手將妻子摟入懷中，頗有幾分惆悵地道。

「養一陣子？」柳琇蕊奇道：「那他豈不是好一陣子不能回府，李夫人不是會更擔憂？」

紀淮卻不再回答，將她摟得更緊。

柳琇蕊被他摟得呼吸不暢，掙扎著要逃開來，哪知紀淮一個翻身，將她壓在了身下，手上動作急促而粗魯，令她不適地皺了皺眉。

「你、你停下，我有話要說！」柳琇蕊用力推著他的肩膀，欲將啃咬著自己脖子的紀淮推開。

「嗯，妳說。」紀淮含含糊糊地道。

「你這樣，我、我還怎麼說！」柳琇蕊嬌嗔道。

紀淮失笑，戀戀不捨地從她脖頸處抬起頭來，有幾分挫敗地在她唇上咬了一口。「不解風情！」

柳琇蕊羞惱地捶了他胸膛一下，將錦被往上拉了拉，遮蓋住被他扯得凌亂的裡衣，橫了他一眼。「我真有話說嘛！」

紀淮被她望得更是心猿意馬，恨不得撲上去再狠狠咬上幾口，可怕她又要惱，只得無奈地清咳一聲。「說吧，有何要事？」

「你在小叔叔府裡時，可曾聽聞有姓吳的人尋上門來欲要給他說親事？」

紀淮有些意外她竟是問這些，但見她一臉認真，便仔細回想了片刻，頷首道：「如今聽妳這一問我倒是想起來了，確是有吳姓人家接連數次上門求見，只不過是為了何事，我倒不清楚。」

柳琇蕊暗暗思忖，看來章碧蓮確實沒有騙她，這吳家人果真想著再與柳家聯姻，否則也不會三番四次地上門求見了。

「妳怎的突然提起這些？可是今日在知州府聽到了什麼？」紀淮疑惑地問。

柳琇蕊便將今日所遇之事一五一十地向他道來。

紀淮聽罷臉色一沈，有些心疼地攬著她道：「既如此，往日這劉夫人再相邀，妳便尋個理由推了吧。」

柳琇蕊見他如此維護自己，心中一甜，靠在他胸口處道：「這可不行，她終究是你上峰的夫人，萬一她向劉大人吹吹枕頭風，那劉大人為難你可怎生是好？放心吧！經過今日，想來她再也不敢了。」

「笨丫頭，妳忘了，劉府當中還有一位與她極不對盤的章姨娘，想來這位章姨娘會緊緊抓住這千載難逢的好機會，對劉夫人落井下石一番，劉大人還讓不讓她這位元配夫人吹枕頭風還未可知。」紀淮微微笑道。

其實還有一層他沒有告訴柳琇蕊，他與這劉知州是道不同不相為謀，再者，估計過不了多久，這劉知州的官路便也到頭了。

柳琇蕊怔了怔，想到章碧蓮的變化，身子更往紀淮懷中縮了縮，悶悶地道：「碧蓮姊怎會走上這樣的路……」

「她不是三歲孩童，我亦相信以章家父母的性子，必定是不會逼親生女兒給別人當妾的。人都要為自己所做的選擇負責，她既然選了這條路，那便只能走到底，人生沒有回頭路可走，更沒有後悔藥可吃。」紀淮淡淡地道。對那章碧蓮，他並沒有多少好感，亦無暇替她憂慮。

「至於吳家……妳更無須多想，柳四叔是個明白人，吳家的如意算盤必定是成不了的，否則都這麼久了，怎的仍未聽聞兩府有聯姻的意思？」他伸手將錦被扯了扯，密密實實地蓋在兩人身上。

兩人喁喁細語間，屋外響起書墨焦急的聲音。「大人，大人，屠捕頭有要事稟報！」

紀淮一驚，快速在柳琇蕊額上親了親，低聲道：「我有事出去一陣，妳先睡，不用等我！」一言畢，也不等柳琇蕊回答，動作麻利地換好衣裳，快步出了屋門。

柳琇蕊愣愣地望著他的背影，好半晌才回過神來，憂心忡忡地蹙眉。

書房門外，等候著的捕頭屠剛見自家大人大步流星地走了過來，急忙迎上前去行了禮，然後壓低聲音道：「大人，李統領出事了！」

紀淮大驚失色，領著他進了書房，待門一關上便急問道：「發生何事？」

「卑職今夜奉命趕往傈帛縣，到李統領藏身之處暗中守護，可到了屋中卻見滿室凌亂，李統領不知所終，卑職順著血跡一路追蹤，卻是追到了崖邊，只見到李統領的佩劍……那崖的下方是急流，李統領只怕是凶多吉少！」

自那晚被叫走後，紀淮又是接連數日不見人影，每日下了衙便帶著人出門去，到了夜裡亦不曾回到後衙，柳琇蕊心中擔憂不已，問了書墨，書墨也只是說大人有要緊事忙，忙過了便好了。這些空泛之話她聽了又怎能安心，可也清楚自己除了將家裡打理妥當外，別的也幫不上什麼忙。

她打起精神，將手中的採購單子細細地翻了翻，如今年關將至，府中要添置的東西不少，這畢竟是他們到耒坡縣後過的第一個年，自然要準備得充足些。

「夫人，挽琴到了。」佩珠掀開簾子走了進來，輕聲回稟。

柳琇蕊頭也不抬，一邊翻著單子，一邊翻著帳冊。「讓她進來吧。」

挽琴自上回與青青起了衝突，導致青青撞傷額頭後，被罰到了浣衣房去，可她自到了紀淮身邊伺候便不再做這些粗重活，如今只不過洗了幾日的衣服就忍受不下去，三番四次欲到紀淮跟前求情；但紀淮最初是早出晚歸，到後來連柳琇蕊想見他一面都不容易，她又哪能見得到，是以她只能咬著牙關，忍下心中委屈，老老實實洗足了半個月的衣裳。

「夫人。」挽琴進門後先是依禮見過了柳琇蕊，得了允許才規規矩矩地垂手站立一旁，一言不發。

柳琇蕊將單子與帳冊推到一邊，順手呷了一口茶，見她表面雖瞧著溫順規矩，可袖口處卻緊緊揪著，心中便明白此番被罰她並不服氣。

對於這個覬覦夫君的婢女，她雖然不曾出手對付她，可到底亦是甚為不喜，只不過她曾答應了婆婆會替她尋門好親事，是以才睜隻眼閉隻眼到如今。

她望了望低頭垂手的挽琴，不知怎的心中突然生出一股煩躁。她是這府中的主母，亦是紀淮明媒正娶的元配妻子，為何要容忍這些個覬覦夫君的女子在她面前上下蹦躂？

「我聽聞妳心悅夫君，有意在他身邊謀一席之地，可有此事？」她單刀直入，絲毫不願拐彎抹角。

挽琴面色一變，撲通一下跪倒在地，大聲分辯。「夫人明察，千萬莫要信了那賤蹄子之話，奴婢……奴婢絕不敢妄想！」她心中雖確實對自家主子有那等心思，可又怎敢當面在主母跟前承認。

柳琇蕊本就不是好耐性之人，見她抵死不承認，亦無心思再糾纏這些，直接一錘定音。「當日母親讓我替妳留意好人家，如今妳年紀已大，我也不好耽誤妳終身大事，從今日起我便讓藍嬤嬤替妳留意留意，若是尋到了合適人選，也好全了一場主僕緣分。只一點，那青青姑娘既是妳所傷，那妳便應該親自照顧她直至她傷癒為止，那浣衣房便不用去了。」

挽琴大驚失色，跪著上前幾步，泫然欲泣地哀求道：「夫人，奴婢不願嫁人，只願一輩子伺候夫人！」

柳琇蕊繼續翻著帳冊，毫不理會她的反應，只是淡淡地吩咐道：「下去吧，順道去後廚瞧瞧給青青姑娘的藥可熬好了。」

挽琴滿目哀傷，可見她這般淡然地吩咐自己做事，一時倒不知該繼續留下來懇求，還是聽從吩咐到後廚去。

「夫人讓妳下去呢！」一直默不作聲地站在柳琇蕊身邊磨著墨的佩珠出聲提醒。

挽琴不甘地望望低下頭去對帳冊、不再理會自己的柳琇蕊，又望望一臉不贊同地盯著自己的佩珠，輕咬下唇，垂頭低聲應了句。「奴婢告退。」

佩珠望著她離去的背影，又望了一眼正執筆寫著什麼的柳琇蕊，突然心中生出幾分佩服，眼睛閃亮亮地道：「夫人，妳這招可真高明！挽琴今日既當面承認沒有那等心思，日後想來便要收斂幾分了；再者，將挽琴與那青青湊到一塊兒，讓她倆鬥去……」

柳琇蕊疑惑地抬頭望著她，望得她將未盡之話生生咽了下去，訕訕然地摸摸鼻子，不敢再說。

「妳竟是這般想的？」柳琇蕊納悶。

「難道夫人不是這般打算的？」

柳琇蕊放下手中的筆，側著頭微蹙著眉對她道：「打算？我能有什麼打算？只不過想著快刀斬亂麻，她若承認了我便直接將她送到妳家大人身邊去，由他決斷；她若不承認，那便早些替她尋個良人打發出去。至於讓她去照顧青青……人是她傷的，由她照顧不是更能表示歉意嗎？」

佩珠張口結舌地望著她。這這、這真是她想得太多了？

「可……可若、若是大人留下了她，那、那可怎麼辦？」

柳琇蕊微微一笑，卻不搭話，回頭繼續翻帳冊。她既然敢將人送過去，自是相信紀淮不會讓她失望。

又過了半個月，到了以往紀淮下衙的時辰，柳琇蕊原以為他大概又回不來了，哪想到才輕輕嘆息出聲，便聽得外間響起佩珠驚喜的聲音和紀淮熟悉的腳步聲。

她心中一喜，一下從榻上跳了下來，匆匆趿上繡鞋，直直往正走進來的紀淮撲去。

紀淮下意識地接住撲到懷中的小妻子，見她對著自己笑得眉眼彎彎，連日來的疲累以及難受一下便被驅散了幾分，他一個用力，將柳琇蕊微微往上抱了起來，臉貼上她的，啞聲道：「可是想我了？」

柳琇蕊有幾分害羞地垂下眼瞼，片刻卻又睜著一雙亮晶晶的杏眼望著他，脆生生地承認。「想了！」

紀淮心中一暖，將她整個人抱了起來，走到床榻邊，抱著她坐在床上，摟著她輕輕晃了晃。「阿蕊……」

柳琇蕊靜靜地伏在他懷中，聽著那一下又一下的心跳聲，只覺得歲月靜好。

「阿蕊，李統領只怕是凶多吉少了……」一聲壓抑的嘆息在她耳邊響起，繼而便是如晴天霹靂的消息。

「什麼?!」柳琇蕊猛地從他懷中抬頭，震驚地望著他。

紀淮眼眶微紅，哽聲道：「他掉下了山崖，被急流不知沖到何處去，青衣衛及府上差役日以繼夜地搜尋，可始終尋不到人，生不見人，死亦不見……」最後那字，他無論如何也吐不出來。

「既然尋不到人，那代表著仍有生還的希望……」柳琇蕊顫聲道。

紀淮平復一下心緒，搖搖頭。「只怕是險了，已經尋了一月有餘，李統領原就受了傷，那般直直墜下崖，崖下急流沖出二十里便分兩道，一道往西至高和縣，一道往東至嶺海，我們兵分兩路，往高和縣去的雖尋到幾具遺體，可均不是李統領的；而往嶺海的……僅走幾里路便再無路可去……」茫茫大海，又何處去尋？

「李、李夫人可知曉了？」柳琇蕊渾身顫抖。

紀淮沈默了片刻，沈聲道：「尚未通知她，我今日回來，有一事，便是請妳到李府去，將……將李統領遇害一事告知她。」

柳琇蕊緊緊揪住他的前襟，身子不停地打顫。要她怎麼將這噩耗告知洛芳芝？她一個婦道人家，可承受得住這打擊？

「夫人，紀夫人求見。」

正靠坐窗邊失神的洛芳芝，聽到貼身婢女鳴秋的話後怔了怔，這才起身整整衣裳，溫婉地點點頭。「快快有請。」

柳琇蕊懷著沈重的心情進了李世興位於耒坡縣東城的老宅，待見到笑得溫婉得體的洛芳芝盈盈迎上前來，心中更感難受，勉強揚起笑容與她見了禮。

雙方落坐後，洛芳芝含笑道：「紀夫人可真是稀客，妾身本亦打算過得幾日便上門拜訪，沒想到夫人反而先了一步。」

柳琇蕊勾勾嘴角，想說幾句場面話，可當她對上洛芳芝的笑容時，喉嚨便似被堵住了一般，再也說不出話來。

洛芳芝見她神色有異，疑惑地問：「夫人此番前來，可是有為難之事？」

柳琇蕊死死絞著手中帕子，一咬牙，避開她的視線，一股腦兒地將紀淮告知她的那番話一五一十說了出來。

「死……死了？」洛芳芝聽罷陡然站了起來，臉色一下變得慘白，繼而一陣無力，跌坐在椅上，眼神無光，定定地望著前方。

「不、不是的，只是、只是下落不明，說不定、說不定……」柳琇蕊下意識便出言安慰，可轉念一想，萬一李世興真的無法生還，如今給她一個希望，將來她得知真相，勢必又會遭受更大的打擊。

「死、死了，死了……」洛芳芝卻似聽不到她的話般，口中不停地喃喃道。

柳琇蕊強自壓下心中難受，上前幾步哽聲道：「李夫人，妳……」

「我沒事……哦，我還有點事，就不招呼妳了，妳、妳自便。」洛芳芝顫抖著說完，便起身跌跌撞撞往內室走去，方走幾步，一個踉蹌跌倒在地，嚇得柳琇蕊快步上前欲扶起她。

「他死了，死了呢！我恨了他這麼久，他終於死了，我終於可以解脫了……解脫了……這是好事呢，我應該高興的……」

柳琇蕊扶著她的胳膊，用力將她從地上拉了起來，卻聽得她這番奇怪之話。

「李夫人……」柳琇蕊看著一邊說著高興，一邊卻淚珠滾滾的洛芳芝，眼淚一下便掉了下來。

「好事呢，這是好事啊，再也沒有人逼我做不願做的事了……再也沒有了……」

洛芳芝淚如雨下，可口中卻仍倔強地說著截然相反的話，漸漸的，聲音越來越低，最後戛然而止，整個人一下歪倒在柳琇蕊懷中，嚇得柳琇蕊失聲大叫。

「來人啊，快請大夫！」

第三十章

「這位夫人懷有兩個月身孕，一時受不得刺激，這才暈了過去……」

柳琇蕊腦中一片空白，根本聽不進大夫後面未盡之語。洛芳芝懷有身孕，可她的夫君卻……

她微微抬頭，將又要湧現出來的淚水逼了回去，聽著身後鳴秋帶著大夫離去的腳步聲，她慢慢地在床沿坐下，定定地望著躺在床上面無血色的洛芳芝，視線逐漸朦朧起來。

也不知過了多久，洛芳芝幽幽轉醒，雙眼無神地望著帳頂，彷彿身邊一切都與她無關一般。

柳琇蕊抓住她的手，嗚咽著道：「李夫人，如今、如今妳懷有李統領的骨肉，便是不為自己，也請為肚子裡的孩子想一想，這畢竟是李統領的血脈……」

「孩、孩子？」似是被人召回了魂魄一般，洛芳芝伸手輕輕覆上腹部，聲音飄渺。

「是，妳有了孩子。」柳琇蕊緊緊抓住她冰涼的手，意圖將手上溫度傳過去。

站立一旁的鳴秋緊緊咬著帕子，無聲落淚。

自這日起，柳琇蕊得了空便往李宅去，間或送藍嬤嬤專門燉的孕婦補湯，間或單為了陪洛芳芝說會兒話；可洛芳芝雖很是順從地將補湯統統喝掉，整個人卻仍是快速消瘦下去，急得柳琇蕊及鳴秋不知如何是好。

「洛姊姊，妳……」柳琇蕊坐在床榻邊的繡墩上，望著洛芳芝消瘦的臉龐，心中難受至極。還能怎麼勸？她雖總會失神，可卻已經很聽話地服藥、用膳，不哭不鬧。

洛芳芝幽幽地開了口。「我以為我是恨他的，他心狠手辣、冷血無情，乘人之危逼娶我。如今他死了，我終於可以解脫，再不會有人逼我，可是……也再不會有人像他那般一心待我，再不會有人三頭兩日被我氣得拂袖離去，轉眼間又若無其事地湊上來，再不會、再不會有人為我擋去種種煩擾之事……我以為他無堅不摧，不是常說壞人活千年嗎？他做了那麼多壞事，怎麼可能這麼早就死了！」

她越說越激動，淚水亦如決堤的洪水般肆意而下。「他臨行前讓我等著，我在等，可是他怎麼失約了？他怎能失約？他把我搶過來，怎能中途又把我抛下！他怎麼可以！」

柳琇蕊望著掩面痛哭的洛芳芝，眼淚也不由自主地砸落下來。到底是怎樣的孽緣，才導致她這般愛恨交織？從來愛恨便是一線間，她口口聲聲說著恨，可是，或許在她不知道的時候，有些所謂的「恨」已開始慢慢發生了變化。

好不容易才安頓好有幾分失控的洛芳芝，柳琇蕊又細細叮囑了鳴秋好好照顧她，這才邁著沈重的步伐離開了李宅。

這連日來總這般奔波，她只覺得疲累不堪，身子的勞累倒是其次，看著一日比一日瘦，猶如一潭死水，再無半分生氣的洛芳芝，她心中的沈痛與難過更是壓得她喘不過氣來。

在歸返縣衙的路上，她耳邊一直響起洛芳芝那聲聲悲泣，整個人有幾分恍惚，待下了車，進了垂花門，突地腳下不知踩到了什麼，差點摔倒在地，虧得她身邊的佩珠動作飛快地扶住了她。

「夫人，小心！」

柳琇蕊驚出一身冷汗，徹底回過神來，她扶著佩珠的手，側過頭朝她感激地笑笑，此時，一陣悠揚動聽的琴聲伴著清風隱隱傳入她耳中。

柳琇蕊一怔，疑惑地問：「何人在撫琴？」

佩珠亦是大惑不解。府裡從不曾請過歌姬，倒是大人偶爾興致來了便會拿出玉簫吹上一曲，可大多是陪著夫人時才會如此，如今這琴聲……

「奴婢去打聽打聽？」她一邊跟在柳琇蕊身側往正院方向走去，一邊試探著問。

柳琇蕊稍稍想了想，頷首應允。「如此也好。」

回到了正院，屋裡的小丫頭上前來伺候她淨過手後，她靠坐在太師椅上，微微合著眼，滿腹惆悵。

「夫人。」佩珠輕柔的聲音在屋內響起。

柳琇蕊直了直身子，收斂神情後道：「說吧。」

「夫人，這些日子都是青青姑娘在撫琴。」頓了頓，又氣憤地道：「她這是司馬昭之心，路人皆知！瞅著夫人不在府中，便做些小動作引人注意，整日不是在屋裡彈琴，便是到後花園裡閒逛，還總愛往平日大人回來的道上去，誰不曉得她打的是什麼主意呢！」

柳琇蕊蹙了蹙眉，這段日子她不是在府中忙著準備送回燕州的年禮，以及與錦城內大小官家的人情往來，就是前往李宅探望洛芳芝，都恨不得將自己一分為二，好減輕些負擔，又哪有空閒時間去理會旁的有的沒的。

「大人那邊可有說些什麼？」她想了想，又問道。

「大人倒不曾說過什麼，每日下了衙或是回到正院裡看會兒書，或是到書房裡辦公。」佩珠回道。

「既然大人都不曾說什麼，她愛彈便彈吧，如今春節將至，府中恰好缺些絲竹之聲，她既撫得一手好琴，倒省了府裡一筆開銷，甚好！」柳琇蕊一邊接過佩珠送到面前的茶，一邊毫不在意地道。

佩珠噗哧一下笑了出來。夫人這招，真是、真是……物盡其用，人盡其才啊！

「對了，我彷彿記得前不久吳掌櫃送了膳和樓的帳冊過來，這幾個月酒樓裡的生意貌似不大好，可有此事？」柳琇蕊呷了口茶，想起此事，轉過頭去問佩珠。

「確有此事，聽說是南城那邊開了間滿福酒樓，搶了不少生意。」

柳琇蕊若有所思地放下手中茶碗，半晌又問：「聽聞這青青姑娘是藏花院裡的魁首，不少男子一擲千金只願一睹芳容……」

「那等煙花之地，能有什麼正經女子，夫人妳瞧她如今這番做派便曉得了。」佩珠不屑地道。

柳琇蕊微微一笑。「我倒有個法子，或許能改變一下膳和樓的狀況。」

這膳和樓是柳耀江送給她的賀禮，雖他無法趕回京城親自送小堂妹出嫁，可亦是費盡心思為她打點，聽聞紀淮婚後將任耒坡縣知縣，柳耀江便著人買下了這間膳和樓送給柳琇蕊，也好讓他們夫妻倆在耒坡縣生活期間能多一個進項。

「是什麼樣的法子？」佩珠眼睛一亮，湊上前來問。

「青青姑娘既有那樣大的名聲，加上又彈得一手好琴，若是在酒樓裡設置個雅間，讓她撫琴一曲，說不得會有不少人聞聲而來。」

佩珠樂得一拍手掌。「夫人此法極妙！」

她不是愛彈琴嗎？那便找個地方讓她彈去，順帶著改善改善酒樓的生意。

柳琇蕊見她叫好，也不禁來了興致，思索片刻又道：「此事關鍵還得靠青青姑娘，若是她胡亂撥兩下糊弄客人，對生意百害而無一利。妳瞧著這樣如何？若是生意有了好轉，我容她從營利當中抽取一定比例的酬勞，生意越好，她的酬勞便越多。」

佩珠聽了努努嘴道：「夫人做什麼要對她這般好，她不過是別人買了送過來的，府裡供她吃住便已是仁至義盡了，又何須再另外給她錢。」

柳琇蕊卻不贊同。「總得讓她有幹勁才是，否則她又怎會真心出力呢？妳明日讓吳掌櫃來府裡一趟。」頓了一下，又吩咐道：「乾脆妳現下便讓人請青青姑娘來一趟，我將這意思向她說明，看她有何想法。」

佩珠雖仍是不大樂意，可亦不敢違抗她的命令，是以只能不甘不願地應了一聲便退出去吩咐。

只一盞茶的工夫，青青便跟在小丫頭身後進了正院，待她見到了柳琇蕊，聽了柳琇蕊的意思後，雙唇緊緊地抿起，稍思量了片刻後，痛快地點點頭。「夫人既然看得起青青，青青便恭敬不如從命了。」

她自從被劉知州送到耒坡縣衙，見了清雅俊逸的年輕知縣，心中也並非沒有想法，畢竟對方如此天才橫溢，又生得丰神俊美，哪個女子不心生愛慕，更何況她還是對方上峰所贈，於情於理，她都應有機會陪伴他身側才是。

怎知她一進門便先被晾了幾日，不過那些個下人敷衍的態度倒也沒什麼，她出身貧苦，什麼苦沒吃過？真正讓她滿腔熱情漸漸冷卻的是紀淮那清清淡淡的態度。他瞧著她的眼神，與待府中的小廝、婆子無甚區別，讓素有豔名的她挫敗不已，好不容易趁著柳琇蕊不在府中，用盡心思「偶遇」了紀淮幾回，更施展渾身解數展現她的多才多藝，可結果卻更讓她洩氣。

其實她求的只不過是一個安身立命的機會，如今既然一條路走不通，倒不如嘗試走另一條路。

柳琇蕊意外她竟會應得這般痛快，對她倒有幾分刮目相看了，上上下下打量了她一番，見她目光坦然，不像是口不對心地應付自己，她想了想，又道：「妳若有其他要求不妨提出來，此事不過你情我願，妳雖名義上是劉大人送到我府裡的，可我手上並沒有妳的賣身契，在耒坡縣衙裡，妳是自由身。」

說來那劉知州也不知是有意還是無心，雖將青青送到了耒坡縣衙，可卻沒將她的賣身契一起交給柳琇蕊。

「青青如今除了一身琴技外再無其他，夫人能許青青一個安身立命之處，青青已感激不盡，至於要求……還是待酒樓生意上正軌再提，不知夫人意下如何？」

柳琇蕊這下真的對她改觀了，如今的她籌碼太少，提的要求也是有限，若是酒樓真的因為她而有了起色，到時再談她便多了幾分底氣，可這結果卻偏偏又是雙方樂意見到的。

「如此也好，那我便等著妳來提要求的那一日。」柳琇蕊頷首微微笑道。

夜裡，紀淮聽聞她這番打算，先是一愣，而後大笑起來，摟過她在臉上狠狠親了一口，笑咪咪地道：「我家夫人竟然有那等生意頭腦，真是始料不及，往日是為夫小瞧夫人了！」

柳琇蕊臉蛋一紅，有些不好意思地別過臉去，片刻才回過頭來衝著他得意地抿嘴一笑，紀淮愛極，又是伸手戳了戳她嘴角那調皮的小梨渦，引來她一記嬌瞋。

「大人、夫人，大人、夫人！」

佩珠驚喜的聲音在外間響起，讓正情意綿綿的夫妻倆不約而同地循聲回望。

佩珠一向是極有眼色，又懂規矩，如此失態倒也罕見。

「大人、夫人！」佩珠微微喘著氣，臉上激動得滿是紅暈。

「出什麼事了？怎的這般模樣？」柳琇蕊率先問。

「大人、夫人，侯爺到了！」

「侯爺？」柳琇蕊一時反應不過來。

可她身側的紀淮卻一下便驚喜地道：「四叔到了？如今人在何處？」

柳琇蕊這下可反應過來了，這侯爺指的可不正是她的小叔叔，如今的鎮西侯柳敬北嗎？

聽聞小叔叔到了，她高興得差點蹦起來，手足無措地吩咐佩珠替她重新綰好有些鬆散的髮髻，又仔細打量了衣著一番，確信再無絲毫不妥後便快步追在早就已經出了房門的紀淮身後，前去見柳敬北。

她歡天喜地地正欲伸手推門，卻聽得裡頭傳出柳敬北沈穩的聲音。

「府裡守候之人要再加強些，若是對方狗急跳牆那便不妙了；至於李家夫人，如今卻是不便離開，只能接到府衙暫且安置，待事情解決後再做打算……」

聞言柳琇蕊大吃一驚。好端端的為何要加強府中守衛，莫非有要事發生？再聯想一下至今生死未卜的李世興，她心中更是忐忑不安起來。

「小叔叔！」她收斂思緒，揚起滿面的笑容推開了門。外頭之事她不懂，但她知道他們會保護好自己，是故她唯一要做的便是讓他們無後顧之憂。

裡頭正交談著的柳敬北與紀淮見她進來，不約而同地止了話，迎上她的笑顏。

「小叔叔，怎的來了也不提前告知我們，也好讓我們親自去接你啊！」柳琇蕊若無其事地仰著臉，望著柳敬北憨憨地笑道。

柳敬北微微一笑，眼角瞥了眼她又習慣性地扯著自己寬大袖口的小手，無奈地搖搖頭，猛地伸手輕輕彈了一下她的額頭。「都嫁人了還這般嬌氣，也不怕別人看了笑話。」

柳琇蕊嬌哼一聲，氣勢十足地一揚手。「誰敢笑話！」

柳敬北見她如此做派，忍不住輕笑出聲，眼神卻不動聲色地瞄了瞄滿目柔情、含笑望著妻子的紀淮，心中暗暗點頭。看來這對小兒女相處得甚好，他也就放心了！

「爹娘、大伯父、大伯母、三叔、三嬸及兩位兄長可還好？」三人各自落坐，柳琇蕊急切地詢問。

「都好，就是幾位嫂嫂甚為掛念妳，擔心妳不能適應新環境，臨行前還託小叔叔帶了不少好東西給妳。」柳敬北淺笑著道。

「我真是想念他們……」柳琇蕊喃喃地道。她彷彿許久許久不曾見過他們了，自有記憶以來，這還是頭一回與他們分別這般久。想到此處，她便覺得鼻子酸酸的，眼眶亦微微泛紅。

坐在她身側的紀淮見她神情不對，輕輕移過手去握住她的，無聲給予安慰，寬大的衣袖下兩人的手緊緊相握，柳琇蕊側頭朝他抿抿嘴，一絲清清淺淺的笑意慢慢浮現臉上。

柳敬北察覺兩人的小動作，心中又是欣慰又是好笑，端過茶碗呷了一口熱茶，清清嗓子又道：「有個好消息，不知你們可有興趣一聽？」

在他佯咳聲響起的那一瞬間，柳琇蕊下意識地抽回了被紀淮握著的手，又是甜蜜又是不自在地挪挪身子，也不敢看柳敬北那滿是戲謔的眼神，故作鎮定地點點頭。「小叔叔請講。」

相較之下紀淮的臉皮倒是比她厚得多，泰然自若地替自己倒滿了茶，施施然地抿了一口，而後對上柳敬北的眼神，示意他有話直說。

柳敬北心中好笑，又是掩嘴輕咳一聲，這才沈聲道：「耀江的親事訂下來了。」

柳琇蕊一怔。堂兄的親事有著落了？

自葉英梅過世後，柳耀江整個人變得沈默許多，讓人見了又是擔心又是難受，柳敬東夫妻倆雖有心為他再擇賢妻，可又顧及他的心情，是故一拖再拖，如今他終於訂了親，柳琇蕊亦不禁鬆了口氣。英梅姊姊早已身故，堂兄又是伯父、伯母的獨子，她自是希望他身邊能有位貼心人照顧著。

「不知訂的是哪家姑娘？」紀淮好奇地問。柳耀江的遭遇他亦深感同情，心悅已久的未過門妻子無端慘死，尋常人都會受不住這打擊。

「這姑娘……阿蕊妳也認得，乃易州陶家二房所出的嫡姑娘。」柳敬北含笑地道。

「易州陶家二房的姑娘？靜姝姊姊！」柳琇蕊詫異地瞪大眼睛，微微張大嘴巴。

紀淮亦有幾分意外，不過片刻便回過神來。「這確實是門不錯的親事，易州陶府乃書香世家，陶家姑娘想來亦是知書達禮、賢良淑德，與舅兄稱得上是天作之合。」

柳敬北微笑不語。這門親事結得倒有幾分坎坷，所幸最終仍是確定了下來，如今兩府已商議了婚期，明年大姪兒任滿後，兄長便打算上摺子懇請皇上恩准他回京成婚，屆時姪兒官位何去何從，均聽從聖意安排。

他望了望高興得滿臉紅撲撲的姪女，又看看喜形於色的姪女婿，想想如今兄嫂們數十年如一日的相扶相持，不知怎的心中突然生出幾分羨慕來；若是當年他順利成了親，如今孩兒便像姪兒、姪女他們那般大了吧？

歲月催人老，一眨眼他都不惑了，這一生，他恣意灑脫了大半輩子，看來也該承擔起某些他一直無視的責任了。

因見到了久別的親人，柳琇蕊這一晚都處於極度興奮中，紀淮無奈地望著毫無睡意的小妻子，見她一會兒嘰嘰咕咕地不知在嘀咕些什麼，一會兒又翻身下床提筆記著什麼，絲毫不理會自己，忍不住哀怨地嘆了口氣。

「夫人，不早了，該安歇了，四叔既然都在府裡了，妳還有什麼不放心的？」

柳琇蕊一邊將寫好要為柳敬北添置的物品單子收好，一邊隨口應了聲。「知道了。」

紀淮見她完全是在敷衍自己，可憐兮兮地重重嘆息一聲。「四叔一來，妳眼中便只有他了……」

柳琇蕊被他這番酸溜溜的話逗得噗哧一下笑出聲來，她回頭望望散發著濃濃哀怨氣息的夫君，咚咚咚地跑到床邊，半蹲著身子，手肘撐在床沿托著腮，一雙烏溜溜的大眼一眨不眨地盯著他，盯得紀淮渾身不自在。

「妳、妳這是做什麼？地上涼，快快到床上來！」

柳琇蕊笑咪咪地湊到他面前，離他臉頰只有一拳的距離，鬢邊的幾綹髮絲垂了下來，調皮地一下又一下地拂著紀淮的臉龐，讓他不禁抬手輕輕撓了撓被拂得微癢的臉。

「我在看，看著英明睿智的紀大人化身閨閣怨婦……啊！好大的酸氣，真是太酸了！」

柳琇蕊雙手環胸，故作惡寒地抖了抖身子，氣得紀淮暗暗磨牙。

他恨恨地用力一拉，將樂不可支的柳琇蕊拉上了床，再一個翻身，將驚呼著的她壓在身下，往她臉蛋上輕輕一咬。

「反了妳，連夫君都敢取笑！」說完，也不給她反應的時間，直接用嘴堵她的，屋裡一下子便只聽得一陣「唔唔唔」的抗議聲……

柳敬北到來之後，紀淮瞧著越發忙碌起來，下了衙便與柳敬北兩人關在書房裡不知商議何事，柳琇蕊隱隱猜測著或許與那日聽到的談話有關，可卻也不多問，只一心一意地準備年關之事以及照顧洛芳芝。

洛芳芝在柳敬北到來的第三日便從李宅搬到了耒坡縣衙，也不知柳敬北是如何與她說的，原有幾分不樂意的洛芳芝聽罷便答應搬到縣衙暫住，如此一來，柳琇蕊倒也省了於李宅與縣衙來回奔波。

而洛芳芝自那日發洩過後，整個人更沈默了，所幸隨著她的肚子慢慢隆起，她的注意力也漸漸轉移到了肚裡的孩子身上，雖仍是不多話，可卻不像之前那般陰沈，大多時候便是繡著些小衣裳，亦十分配合用著安胎藥與各式補品。

柳琇蕊見此情形不禁鬆了口氣。一個陷入絕望當中的人，一旦有了新的希望，便多了幾分堅強活下去的信念，她親眼目睹過洛芳芝眼中的絕望，真的怕她有朝一日承受不住，從而跟隨李世興去了。

到了大年三十，耒坡縣城行人匆匆，各式商鋪亦早早打烊，家家戶戶處於團聚的濃濃節日氛圍中。

縣衙裡，下人們井然有序地忙碌著，府裡佈置得一派喜氣。

如此特別的日子，紀淮提前放差役們假，自己亦早早便回了後衙，由著興致大發的小妻子磨著他寫春聯，原本笑盈盈地坐著喝茶的柳敬北免不了被拖下水，失笑地搖搖頭，接過姪女塞到手上的筆，稍想了想便揮毫起來。

「侯爺！」屋內正其樂融融，柳敬北的隨從許壽臉色凝重地走了進來，直接走到他的身邊，壓低聲音說了幾句。

柳敬北臉色一變，將筆放下，沈聲對紀淮道：「慎之，快準備人馬與我出城。」想了想又吩咐柳琇蕊。「阿蕊，妳好生在家，我與慎之出去一陣子，記住，我們走後便命人將大門緊鎖，除了我們，不論是何人到來都一律拒之門外。」

柳琇蕊見他神色凝重，慌得一下扯住他的袖口，顫聲問：「小叔叔，發生什麼事了？你們要到哪兒去？」

柳敬北無暇多講，只安慰性地拍拍她的肩膀，便轉過頭去對紀淮點點頭。

紀淮會意，大步往門外走去，方走幾步頓了頓，又踅回來輕輕拉起柳琇蕊的手。

「莫怕，等我們回來。」他柔聲說罷，便毅然轉身，頭也不回地與柳敬北雙雙離開。

第三十一章

柳琇蕊怔怔地望著兩人漸行漸遠的背影，良久，輕嘆一聲，將方才柳敬北叮囑她緊鎖大門的意思傳達了下去。

她望了望擺在桌上尚未寫完的對聯，先前那陣陣歡聲笑語彷彿仍縈繞在耳邊，對比如今滿室安靜，她突感不適應，便是濃郁的節日氣氛也再無法讓她展顏。

「洛姊姊那邊怎樣了，今日胃口可好？」她想了想，覺得再這般一個人呆著只會更加胡思亂想，倒不如去看看洛芳芝。

佩珠小步跟在她身後回道：「方才鳴秋姊姊著人來回過了，說李夫人今日多喝了半碗粥，人也精神多了。」

柳琇蕊點點頭。「如此便好，讓大家小心伺候著，若是有什麼不妥馬上著人回我。」

洛芳芝如今孕吐不止，加之心情抑鬱，整個人瞧著又消瘦了不少，藍嬤嬤曾憂心忡忡地道「若是再不調理好，只怕生產時會有些困難」，令柳琇蕊更是擔心。婦人生產自來便是一隻腳踏入鬼門關中，更何況洛芳芝如此狀況，藍嬤嬤的擔心也算不得杞人憂天。她不敢想像，萬一洛芳芝生產時有個不測……

「洛姊姊今日氣色瞧著倒比昨日要好些。」柳琇蕊走進屋裡，見洛芳芝正滿臉溫柔地做著小衣裳。

聽到她的聲音，洛芳芝朝她微微一笑，便要起身見禮。

柳琇蕊快步上前阻止她。「洛姊姊無須多禮，身子要緊！」

洛芳芝倒也不再客氣，挺著肚子重又坐了回去，溫婉地道：「這大過年的，府裡要忙之事想來必不少，妳也不須總念著我，我如今比之前要好了許多，這小搗蛋今日亦安分了不少。」

她輕輕撫摸著肚子，臉上帶著濃濃的期待與愛意。這是他們的孩子，他留在這世間唯一的骨肉，無論如何她都要好好地將他生下來，認真撫養他長大成人。

柳琇蕊愣愣地望著她，只覺得她渾身散發著柔和溫暖的母性光輝，彷彿她肚子裡的孩子便是她的全部，是這世間上最為珍貴的。

她突然有些羨慕，若是她有了孩子……也不知她與那書呆子的孩子會是哪般模樣？是像他爹爹在外頭那般溫雅斯文，還是像他私下那般無賴氣人？都說外甥肖舅，說不定他會像二哥那般愛好持刀弄棒……想到此處，她下意識摸了摸平坦的小腹。成婚後，她每月癸水均準時到來，藍嬤嬤亦小心地照顧著她的身子，為何至今都沒有懷上？

紀淮年已弱冠，同齡人當中早就不乏有妻有子的，可他至今膝下荒涼。上個月她收到了婆婆的來信，紀夫人在信中委婉地問起了子嗣之事，可見紀家父母也是急著想抱孫的。

洛芳芝見她突然沈默下來，不禁疑惑地抬眸望了望她，見她右手輕輕搭在小腹上，一臉羨慕不已的樣子，心中一下便明白她的心思了。

「妳年紀尚小，女子過了十八歲再懷孕較好些，想來紀大人亦是這般想法，他對妳珍之重之，為妳的身體著想，必也不贊同妳太早有孕。」她柔聲安慰道。

柳琇蕊臉上一紅，知道自己的心思被她看出來了，有幾分不自在地笑了笑。

洛芳芝體貼地轉了話題，兩人有一搭沒一搭地閒聊著。對於柳琇蕊大過年的走過來陪自己閒話，洛芳芝也不多問，只猜測著紀淮又有公事外出了；紀淮夫妻倆給她的照顧已讓她感激不盡，終其一生，她恐怕都無以為報。

外頭響起的鞭炮燃放噼啪聲，讓兩人不由自主地停下了交談，柳琇蕊有幾分失神地側頭望著漆黑一片的窗外，聽著震天價響的鞭炮聲，心中更為柳敬北及紀淮擔憂。

到底是出了什麼大事才使得他們連這麼重要的節日都不能待在家中，臨行前還叮囑自己關緊大門？如今一想，他們此行必定不太平，極可能遭遇凶險……想到這，她更是坐立不安。

此時佩珠輕輕走了進來，提醒道：「夫人，晚膳準備好了，是在正院裡擺膳，還是就在此處？」

柳琇蕊垂眸。今日本是準備了豐盛的菜餚，可惜如今只有她一個人……

「柳妹妹若是不嫌棄，不如便在此擺膳吧？就讓妳我兩人共度這難得的佳節，妹妹意下如何？」洛芳芝溫聲建議。

她這番倒也不全是為了柳琇蕊，她自己亦是心中空落落的，從此以後，身邊再也沒有那人陪著她度過每一個節日，將來她總得慢慢適應這樣的日子；可是，現在她還不行，先前口口聲聲讓她等著他回來的人，一去便是天人永隔，教她怎能接受……

柳琇蕊勉強揚起幾分笑容。「怎會嫌棄？如此便叨擾姊姊了。」

佩珠聽她這般說，輕嘆一聲便退了出去，命人擺膳。

往年過節均是熱熱鬧鬧的，如今除了偶爾炸響的鞭炮聲提醒著柳琇蕊這是一個什麼樣的日子外，她根本不敢相信，自己成婚後的第一個年關，竟這般冷冷清清地過去了。

洛芳芝縱使有心陪著她守歲，可孕婦容易疲累，只得抱歉地朝她笑笑，告了罪後便進去歇息了。柳琇蕊細聲吩咐了下人們小心照顧後，這才由著佩珠為她披上披風，踏著滿院的點點星光往正院而去。

行進間，一陣陣急促嘈雜的腳步聲驀地響起，柳琇蕊心中一緊，急忙叫住正快步往前院而去的小廝。「出什麼事了？」

走得滿臉汗珠的小夥子見自家夫人問起，急忙躬身回道：「回夫人，東側門那邊有賊人欲強行闖入，馬捕頭帶著衙裡的各位大哥死死守著。」

柳琇蕊大驚失色。難怪小叔叔臨行前那般叮囑自己，今夜果然有事發生！

「府裡人手可夠？其他各門可都派人守著了？賊人只是在東門這一處，還是各處都有？」

「大人出門前已經安排妥當，如今各門均有人守著，夫人無須擔心。賊人原是想從大門處闖入，估計是不得法，這才想著在側門搏上一搏。」

柳琇蕊強壓下心中慌亂，拚命告訴自己要冷靜，如今府裡真正能做決定的只有她一人，既然紀淮臨行前已安排人手，她也只能相信他。

她先是揮揮手讓小廝退了下去，稍想了想又細聲囑咐身邊的小丫頭，讓她請劉管家將府裡年輕力壯的長隨分派到各門處，務必不能讓賊人闖進來。

嚇得臉色煞白的小丫頭戰戰兢兢地領命而去，柳琇蕊緊緊抓著佩珠扶著她的手，主僕兩人相互攙扶著回了正房。

「夫人！」藍嬤嬤見她們回來，憂心忡忡地上前來。

柳琇蕊勉強朝她笑了笑，推開佩珠的手進了裡間，打開櫃子取出出嫁前高淑容給她的錦盒，將裡頭亮錚錚的剔骨刀藏到了身上。

如今府中的男丁大多分派到府衙各門處防守著，若是能將賊人擊退自然是好，萬一真的不敵，讓他們攻了進來，她也得有個防身之物，絕不能束手待斃。

將刀子藏好後，她強作鎮定地出了裡間，坐在外間上首的榻上。

時間一點一點過去，遠處隱隱傳來的炮竹聲襯得屋裡更是靜謐，盈盈跳動的燭火將屋內眾人的身影投到窗櫺上。柳琇蕊一手伸入袖中，緊緊握著那冰冷的剔骨刀，一手搭在腿上，全神貫注地盯著門外。

也不知過了多久，一陣急促的腳步聲從外頭傳來，柳琇蕊呼吸一窒，將刀子握得更緊，全身亦繃得緊緊的。

「夫人夫人，賊人退走了！」

小丫頭滿是喜悅的聲音乍響，讓柳琇蕊身子一鬆，輕輕吁了口氣。這就好！

「那些賊人見久攻不下便撤退了，如今馬捕頭命人加強守衛，並著人來回稟夫人，讓夫人放心！」小丫頭清脆的聲音將原先緊張的氣氛驅散了不少。
「可有人傷亡？」柳琇蕊問。
「有幾位差役大哥受了傷，劉管事已經命人包紮妥當了，夫人不必擔心！」

天空漸漸泛起的魚肚白，一點一點將黑幕驅散開來，一夜未合眼的耒坡縣衙眾人均不約而同地鬆了口氣。
街上歡天喜地的互相道賀聲、孩童的嘻笑聲伴著偶爾的炮竹聲，拉開了新一年的序幕。
經過一夜的擔驚受怕，柳琇蕊突然有種劫後餘生之感，她怔怔地望著大門的方向，心中憂慮著一夜未歸的紀淮與柳敬北。府裡都發生了如此凶險的一幕，那他們豈不是更……
「夫人，大人與侯爺他們回來了！」
佩珠萬分驚喜的叫聲令柳琇蕊精神一振，大步往門外奔去。
滿身疲累的紀淮方進了正院院門，便見一個身影猛地撲進他懷中，將他緊緊抱住，他先是一怔，而後微微一笑，回抱著激動得渾身顫抖的柳琇蕊，輕聲道：「阿蕊，我回來了。」
柳琇蕊嗚咽著嗯了一聲，帶著幾分哭音道：「你怎麼這才回來，嚇死我了！」一邊說，一邊收回抱著他的雙手，掄起拳頭就要往他胸膛上砸去——
噹啷一聲，一個金屬物體從她袖中掉了下去。
兩人應聲低頭望去，紀淮嘴角抖了抖，望著紅著臉彎腰撿刀的小妻子，清咳一聲。「夫人，此物……」

柳琇蕊小心翼翼地將剔骨刀上的塵土抹掉，頭也不抬地回了句。「剔骨刀啊！我娘給的。」

紀淮嘴角抖得更厲害了。岳母大人給她這麼一把鋒利的刀子要做什麼？不會是他想的那般吧？

「岳母、岳母大人為何要給妳這樣一把刀子？」忍了又忍，他終是忍不住問道。

「哦，娘說若是你將來敢對不住我，便讓我用此刀狠狠地教訓你。」柳琇蕊將刀藏好，毫不在意地回道。

紀淮目瞪口呆。先是雞毛撢子，再是剔骨刀，這……想想未來的日子，他突然不寒而慄，不敢再想像下去。

「小叔叔！」柳琇蕊抬頭便見到柳敬北熟悉的身影，顧不得理會紀淮那些心思，胡亂將剔骨刀塞進袖裡，揚著愉悅的笑容迎上前去。

柳敬北含笑對她微微頷首。「昨夜之事小叔叔已經知道了，阿蕊莫要害怕。」

「阿蕊不害怕！」柳琇蕊可不會承認。

柳敬北笑笑地也不拆穿她。「小叔叔與慎之還有事要忙，等會兒要再出門一趟，妳好生照顧自己，莫要擔心我們。」

柳琇蕊見他們剛回來又要出門，眼中一片失望，可也知道若不是事關重大他們定不會這般奔波，是故只是點點頭道：「那我命人給你們準備些吃的？或者再準備些熱水，這樣也能解解疲累。」

柳敬北搖搖頭。「不必了，妳自個兒先去忙吧！」頓了一下又道：「大過年的若是有人上門，妳儘管放心招呼著，其他事交給我們。」言畢，朝紀淮點點頭，兩人又再安慰了柳琇蕊幾句，便並肩往書房去了。

新年第一日，她便要這般孤孤單單地度過了？一想到此，柳琇蕊有些不高興地努努嘴，片刻，重重地嘆息一聲，耷拉著腦袋、無精打采地回了正院。

新的一年，縣城中不少大戶人家的夫人上門來，柳琇蕊勉強打起精神應付著。

這回結伴來訪的四位夫人均是城中富商家的當家主母，柳琇蕊年紀雖輕，可在這耒坡縣中身分卻最為尊貴，那些年紀比她大上一輪有餘的夫人雖感彆扭，可亦不得不親自上門來。

「聽聞昨夜錦城中出了大事，不知紀夫人可知曉？」城中米商包家夫人試探著問。

其他三位夫人聽她如此問，均直了直身子，豎起耳朵想聽柳琇蕊如何回答，畢竟這也是她們夫君讓自己上門拜訪的真正用意。

柳琇蕊心中微微一驚。昨夜錦城出了大事？莫非這便是小叔叔他們匆匆離去的真正原因？

不過她心裡雖吃驚，臉上卻擺出一副極度好奇的模樣道：「這我倒是頭一回聽到，不知錦城中發生了何事？包夫人不如細細說與我聽聽。」

包夫人見她如此反應，也猜不透她是真的不知道，還是故作不知道，只能訕訕地道：

「妾身也是在來的路上聽人說起，說是昨夜裡錦城知州府衙發生了大事，劉大人被青衣衛捉去了，如今知州府衙亂成一片，也不知是真是假。」

柳琇蕊暗暗心驚，面上亦露出吃驚的神情，身子微微往前探，蹙著眉問：「夫人此話當真？劉大人無緣無故怎會被捉了去？」

「千真萬確，如今城裡都傳遍了！」另一名夫人肯定地道。

包夫人不動聲色地打量著柳琇蕊臉上表情，有幾分失望地暗嘆口氣。看來這位年輕的知縣夫人真的不知道，還以為紀知縣會向她透透口風呢！

另外三位夫人亦是同樣心思，不著痕跡地觀察了柳琇蕊好一會兒，確信今日是探不出什麼消息了，只好又各自客套了幾句便起身告辭。

錦城知州出了事，牽連甚廣，自來官商勾結，往日各縣富商也沒少孝敬劉知州，如今他糊裡糊塗被抓了起來，不少與他有交情的心中直打鼓，猜不透他到底所犯何事，就怕會牽連自身。

柳琇蕊隱隱猜得到她們的用意，只是她確實不清楚發生何事，如今聽聞錦城知州被抓，她頭一個想的便是——章碧蓮怎樣了？

雖彼此早已漸行漸遠，可到底亦是故交，加上章大叔夫婦待她一向和善，章碧蓮是他們唯一的女兒，無論怎樣，她都希望她能平平安安地度過餘生。

又過得幾日，她心不在焉地翻著書卷，如今上門拜訪之人漸漸少了，她終於可以落得個耳根清淨，這些大家夫人明裡暗裡地向她打聽知州府的事，實在讓她煩不勝煩。

「夫人，門外有個小丫頭塞了封信給門房……」佩珠猶豫了許久，終是將手中捏得快瞧不出樣子的信封遞到了柳琇蕊跟前。

柳琇蕊疑惑地接了過來，細細一看，見上面的字跡歪歪扭扭，可卻又有幾分熟悉，她想了想猛然醒悟。這不是章碧蓮的字跡嗎？

當初在祈山村時，章碧蓮因未來夫婿是個秀才，她怕自己目不識丁會被對方嫌棄，是以拜託柳琇蕊私下教她寫字，雖日子尚淺，她識的字有限，可信中大體意思卻是表達清楚了。

柳琇蕊看罷沈默了片刻，隨後低聲吩咐佩珠讓人準備馬車，打算出門一趟。

佩珠有幾分遲疑地道：「夫人，如今城中不太平，這般外出，若是遇到賊人該如何是好？」大年三十那晚的驚心動魄至今讓她心有餘悸，只怕那些賊人不死心，趁著自家夫人外出又要……

柳琇蕊亦考慮過這一點，可自劉知州出事後她便一直擔心著章碧蓮，如今她終於有消息傳來，約她一見，於情於理她都得去一趟。

「這樣吧，妳讓吳管事將我要出門的意思傳達給馬捕頭，看他能否抽出人手護送我一程。」

佩珠見她執意要去，也只能咬咬唇退了出去，著人將她這番話傳給了吳管事。

只片刻工夫，吳管事便差人來稟，說是馬捕頭一切準備妥當，願護送夫人外出。

柳琇蕊心神不寧地坐在往西城去的青布篷馬車上，心中隱隱有幾分憂慮，直到車伕停下了車，在外頭低聲喚了句「夫人到了」，她方斂下雜亂的思緒，扶著佩珠的手下了車。

這是一間僻靜的小宅院，柳琇蕊依著信中所說往後門走去，抓著門上的門環有節奏地敲了三下，停頓片刻又再敲三下，如此重複三次，門便吱呀一聲從裡頭打了開來。

一位梳著雙丫髻的小丫頭從門縫中探出頭來，認清來人，便將門再打開了些。「紀夫人，請。」

門外的馬捕頭緊跟在柳琇蕊與佩珠身後進了門，那小丫頭欲言又止地望了望他，終是沒有說話，由著三人跟在身後進了屋。

「妳來了……」臉色蒼白如紙的章碧蓮虛弱地靠坐在太師椅上，對著剛踏進門的柳琇蕊笑了笑。

柳琇蕊被她這副模樣嚇了一跳，急步上前問：「碧蓮姊，妳怎麼了？怎的變成這副模樣？」

「不礙事，我原以為妳不會來，沒想到，終究還是讓我在閉上眼之前見到妳最後一面。」

馬捕頭不動聲色地環顧屋內，確信並無異常後便知趣地退了出去，筆直地站在門外，絲毫不敢鬆懈地注意著周遭一切。

「想來妳也得到消息了，劉知州被青衣衛帶走，如今知州府亂成一團，上自吳氏，下至守門的婆子均四處尋著出路。夫妻本是同林鳥，大難來時各自飛，如今我可算是見識到了。」章碧蓮露出一個嘲諷的笑容。「不過，以劉達那種人，也別想有女人對他死心塌地，不落井下石已經是仁至義盡了！」

柳琇蕊沈默地望著她，神色複雜。

章碧蓮沒理會她，自顧自地繼續說道：「劉達與雲州知府、徐州知府等人狼狽為奸，五年前意外在雲山一帶發現了鐵礦，不但不上報朝廷，反而囚禁了一批村民私自開採，再將鐵礦賣到西其等國去，從而獲得高額利潤。這回青衣衛將他們一網打盡，也算是咎由自取。」說到這，她抬眼瞄了下柳琇蕊。

「其實這耒坡縣原縣令亦是他們的人，因要將鐵礦運到西其，無論水路還是陸路都得經過耒坡縣，是故劉達才會一心想拉攏紀大人；可沒想到紀大人一直敷衍著他，要不是因妳出自京城威國公府，他有幾分投鼠忌器，不敢私下搞太多動作，否則，紀大人幾回逆了他的意，以他的小雞腸子早就要暗招教訓紀大人了。」

柳琇蕊因她這番話而感到十分震驚，一時說不出話來。

章碧蓮說了這麼一會兒話，氣息有幾分不穩，喘了幾口氣又道：「想來青衣衛這般大動作，上頭應該早就察覺了，否則他們也不會狗急跳牆，大年三十便出動人馬襲擊青衣衛。」

柳琇蕊心中一緊。那天小叔叔他們果然也遇到了危險！

「那一晚，耒坡縣衙也有賊人入侵吧？妳可知道為何會有人襲擊小小的縣衙？紀大人不過區區縣令，到錦城上任時間亦不長，論理他們再怎麼惱恨，這帳也算不到他頭上去……」章碧蓮有幾分古怪地望著她。

柳琇蕊袖中雙手死死緊握。這事也是她想不明白的。

「柳四叔到錦城了吧？這吳氏竟以為他至今未娶是因為心中仍放不下她，不知廉恥地走到他跟前哭訴當年退親的不得已以及這些年的不易。」說到此處，章碧蓮不屑地撇撇嘴。

柳琇蕊呼吸一窒。小叔叔已經見過吳氏了？

「女子的妒恨心是很強的，她被柳四叔義正詞嚴地拒絕後，心生不忿，在劉達他們決定拚死一搏時提議抓妳為人質，以威脅柳四叔及紀大人。嗤，那不長腦的劉達居然真的召集了部分人手去襲擊縣衙，真不知道他當年是怎樣爬到知州這位置的！」

柳琇蕊抑制住心中驚濤駭浪，默默地望著滿臉嘲諷的章碧蓮，見她原本蒼白的臉色慢慢浮現了幾絲紅暈，不知怎的有絲不祥預感。

「碧蓮姊姊，妳的身子……」她上前幾步，抓住章碧蓮的手，觸手冰涼。

章碧蓮將手抽了回來，若無其事地道：「不礙事的……」

她緩緩對上柳琇蕊擔憂的目光，許久，苦笑一聲。

「阿蕊，我後悔了，後悔不該為了爭一口氣而自甘墮落，與人為妾……爹娘定是惱死我了，就連我離家時亦不肯再見我一面……」說到此處，她突然劇烈地咳嗽起來，嚇得柳琇蕊急忙坐到她身側，小心地幫她順著氣。

良久，章碧蓮才止住了咳嗽，顫抖著從身側摸出一個漆黑雕花錦盒，塞進柳琇蕊手中。

「阿蕊，這些銀兩，是我這些年存下來的，都是乾乾淨淨的，妳代我交給我爹娘，這輩子我讓他們失望了，若有來生……」

「妳胡說些什麼！要交妳自己交去，好端端的怎說起這些話來！」柳琇蕊慌得急忙打斷她的話。

章碧蓮哀求道：「阿蕊，答應我，劉達倒臺，我身為他的妾室也免不了受牽連，今日也是好不容易才避過旁人見妳一面……」

柳琇蕊低頭望著那個盒子，再望望滿臉懇求的章碧蓮，良久，將那盒子拿了過來，輕聲道：「當今皇上是聖明天子，必不會累及無辜，妳莫要灰心，總會有辦法的。」

章碧蓮又怎會不知她是在安慰自己，可見她收下了錦盒，心頭大石終於落地。好了，有了這筆銀子，父母就能過些輕鬆的日子，她也能安心地為枉死的孩兒報仇了……

想到不久前那一幕，她死死地攥緊雙手，任由指甲刺入掌心，心中僅餘刻骨的仇恨。吳氏，她必不會放過她的！

第三十二章

雲、徐兩州知府草菅人命，私採鐵礦賣到鄰國一事，隨著大理寺的介入而漸漸被傳揚開來，一干涉案人等先後被抓，而錦城下轄的八個縣當中，亦有三個縣官牽扯在內，一時間，雲、徐兩州官員人心惶惶，百姓則暗暗拍手稱快。

此時錦城知州府內，柳敬北面無表情地望著坐在地上滿身血污的章碧蓮，以及躺在血泊中的知州夫人吳氏。

驚愕的視線從章碧蓮被血珠飛濺的臉慢慢轉移到她腳邊那把飲血匕首上，再到睜大雙眼死不瞑目的吳氏……一個是他自幼看著長大的世姪女，一個是曾辜負了他的女子，他突然有幾分迷茫，到底是經歷過怎樣的生活，才能令她們有著這般翻天覆地的變化？

當年那個曾與他相約百年的率真女子，彷彿仍歷歷在目——

桂花樹下，人比花嬌，女子含羞帶怯地為他送上平安符，願佛祖保佑他早日得勝歸來……正因曾有過那般溫暖的回憶，在被退親後他才能不怨不恨。柳家已敗，她值得更好的，是以他放手，放手讓她去追尋想要的生活。

可一別二十餘年，故人不再，誰之錯？

「柳四叔，真想不到你我竟是在如此情況下再見。」章碧蓮仰著頭，漾開一絲淺笑道。

他回過神來，定定地望著她蒼白的臉，那沾在她臉頰上的幾滴血珠，為她的笑容增添了幾分魔魅。

「章大哥、章大嫂若是見到妳如今這模樣，只怕後半生都無法過得安穩。」他淡淡地道，聲音不帶半分感情。

章碧蓮臉色一變，笑容再也掛不住。「柳、柳四叔……姪女懇求你，千萬、千萬別將此事告訴我爹娘，求你……」

「妳既知道自己的所作所為會讓父母擔心，為何仍是一意孤行，徒讓他們擔憂，甚至……白髮人送黑髮人？」

「吳氏害了我的孩子，我絕對饒不了她！柳四叔，我知道她曾與你有過婚約，如今她死在我手上……想來你必是不會輕易放過我的；只是，念在柳、章兩家相識一場的分上，還請你、還請你瞞著我爹娘，就讓他們繼續以為我還好好地當著官家良妾。」章碧蓮顫聲道。

柳敬北眼珠子眨也不眨地望著她，良久，揹手轉身離去。

章碧蓮萬念俱灰，頹然地垂下頭。

「錦城知州劉達元配夫人吳氏，不堪流放之苦，揮刀自盡。」

耳邊意外傳來這越來越遠的聲音，令章碧蓮一怔，片刻，掩面而泣。

她賭贏了……

同啟帝雷厲風行，加上證據確鑿，涉案主謀均被抄家斬首，女眷或發賣或流放，劉知州一門亦免不了此命運，柳敬北即是奉命上門抄家的。

罪臣家眷受不了流放之苦而選擇自裁的並不在少數，加上知州府亂作一團，人人自身難保，根本毫無心思去理會旁人，是以吳氏之死並不曾引起他人注意。

經過這番動盪，錦城官員被徹底洗牌，新任知州及知縣不日將陸續上任。

柳琇蕊得知章碧蓮終是被判了流放，心中有些難過，上一回她身子瞧著明顯不對勁，後來方知那是因為她剛小產，而今緊接著流放，身子哪能好好休養啊！

紀淮明白她的心事，只道會儘量安排人照顧她，其他的，不過盡人事聽天命罷了。

陽春三月，城裡城外春意濃濃，百花競芳菲，和煦的春風拂面，讓人心曠神怡。耒坡縣衙送走了回京覆命的鎮西侯柳敬北，又迎來了失蹤數月的範文斌。

說來，這還是柳琇蕊頭一回見到這位範家表兄，加之又曾聽聞他與洛芳芝的那段過往，在看到他時總是免不了有幾分好奇。

對於他失蹤的緣由，按紀淮的說法，似是他偶然間救了被囚禁採礦的村民，從村民口中得知了這駭人聽聞之事後怒髮衝冠，當即便要上京告御狀，只可惜尚未走出雲州便被下了黑手。

柳琇蕊聽罷又是心驚又是慶幸，幸虧範文斌終究命不該絕，這才逃過一劫，否則公婆不知會有多傷心呢！

「夫人。」正耷拉著腦袋坐在門口的書墨眼角瞄到端著食盤走來的柳琇蕊，連忙起身行禮。

柳琇蕊笑盈盈地朝他點點頭。「怎的坐在此處？大人可在書房裡頭？」

書墨打起精神笑道：「在呢在呢！」一邊說一邊順手推開了房門，衝著裡頭喚了句。「大人，夫人來了！」

正翻看著父母來信的紀淮聽到聲響，甫一抬頭便見妻子端著食盤進了門，他微微一笑，不動聲色地將信件摺好，塞到了案卷下，起身迎了上去，接過她手中的食盤，柔聲道：「妳怎麼親自過來了，讓丫頭們送來不就好了？」

「不過是順路而已。」柳琇蕊笑笑地道。

將食盤放在一旁的小方桌後，紀淮湊到她跟前，「吧唧」一口親在她臉蛋上，笑得賊兮兮地問：「可是想我了？」

柳琇蕊被他親得一愣，片刻才紅著臉嗔道：「誰想你了，盡胡說！」

紀淮笑笑地也不拆穿她，小口小口地喝起了湯。

夫妻兩人又閒話一陣，紀淮因與人有約，便先行離去了，柳琇蕊本也想著回正院去，可卻看到有幾分凌亂的書案，她嘀咕了幾句後走上前，小心翼翼地將散亂的書卷收拾妥當。

直到書案變得整整齊齊她才滿意一笑，正要再認真打量一番，卻被壓在書冊下的紙張吸引了注意，她好奇地抽了出來，只一望，便認出那是婆婆紀夫人的字跡。

從書房出來後，她有幾分茫然地撫上腹部。在方才的信中，紀夫人追問了紀淮子嗣之事，成親至今，紀淮身邊只有她一個，而夫妻間的生活除了特殊情況外幾乎不曾斷過，可她卻始終沒懷上，到底是哪裡出了差錯？

她洩氣地垂頭，悶悶不樂地踏上鋪滿鵝卵石的小路，方走了片刻，突地隱隱聽到不遠處有說話聲，她停下腳步循聲望去，見不遠處的花圃旁，範文斌與洛芳芝相對而立。

範文斌眼神複雜地看著前方幾步之遙的溫婉女子，目光不受控制地落在她挺著的大肚子上。他已經搞不清楚自己如今是什麼感覺，似是有點酸、有點痛，又似是有幾分……釋然？

洛芳芝怔怔地回望著他，望著在她為母守孝的三年中，不止一次盼著他來將自己從那個令人窒息的家中救出的男人。曾經有幾分稚氣的少年，如今被歲月打造出滿身的堅毅，人生若只如初見，彼時年幼，慈母尚在，青梅竹馬，兩小無猜，如斯美好，卻奈何天意弄人……

她微垂眼瞼，許久，輕吁口氣，如同遇到久別故友那般，漾起輕輕淺淺的笑容，溫聲道：「文斌哥哥，好久不見。」

好久不見。如今的她，除了這麼一句問候，一分真摯祝福外，再無其他。有那麼一個人，那麼霸道的一個人，在她不曾察覺的時候，已悄悄將她心中那個美好少年的身影抹去，取代對方留在她的心底。

範文斌見她仰著小臉笑得如三月春風，不禁暗嘆口氣。該放下了……

「芝妹妹，好久不見。」

柳琇蕊愣愣地望著前方兩人定定對望片刻，而後一個往東、一個往西轉身離去，徐徐清風拂面，似是溫柔的嘆息，又似無盡的唏噓。

十年修得同船渡，百年修得共枕眠，他與她，終究是差了一步……

趁著這日天氣極好，柳琇蕊頗有閒情地帶著佩珠在園子裡觀賞滿園春色，方經過一處花圃，便見門口處步伐匆匆的雲珠。

「雲珠，妳這般急急忙忙的要做什麼？」佩珠皺眉叫住她。

雲珠停下腳步一看，見是她們，急忙上前見禮。「夫人。」

「妳這要到哪兒去？」柳琇蕊奇怪地問。

雲珠猶豫了下，終是期期艾艾地道：「藍嬷嬷讓、讓奴婢到回春堂抓抓、抓副藥。」

「誰病了？可嚴重？怎的不請大夫上門，反而要讓妳到藥鋪抓藥？」柳琇蕊更感奇怪。

「……挽、挽琴姊姊受了傷，可是大人如今盛怒，大家都不敢去請大夫，府裡的傷藥也不敢動用，藍嬷嬷便讓奴婢到回春堂抓藥。」雲珠遲疑了片刻才老實交代。

柳琇蕊聽出她話中的不對勁，眉頭擰得更緊。「挽琴受傷與大人盛怒有何干係？」

「奴、奴婢也不知，只知許是挽琴姊姊做錯事惹惱了大人，這才受了傷。」

柳琇蕊見她是真的不知道內情，也不為難她，揮揮手便讓她離開了。

「夫人，奴婢著人問問發生了何事。」佩珠體貼地道。

「去吧。」

回到了正房，小丫頭上前來伺候柳琇蕊淨過手，再上了熱茶，不久，佩珠便速速回來了。

「夫人，都問清楚了，要奴婢說，像挽琴那樣的，就該讓她受些苦，這才好認清身分！」佩珠行過禮後氣呼呼地道。

柳琇蕊兩道彎彎秀眉蹙了蹙。「妳怎麼說話有一截沒一截的，到底出什麼事了？」

「今日挽琴也不知尋了什麼理由將書墨調開來，隨後自己進了書房，外頭守門的小子說只聽到大人怒喝一聲『滾』，緊接著又聽得茶碗落地的響聲，估計挽琴額上的傷便是被飛濺的碎片劃傷的。」佩珠啐了一口，滿臉鄙視。「她在屋裡做了什麼惹惱了大人，這不是明擺著嗎？如今青青到了店裡幫忙，她估計是瞧著沒了對手，恰好夫人又不在府中，這才做出那般不要臉面的事來！」

「如今大人在何處？」柳琇蕊沒有接話，而是繼續問道。

「大人發了一通火氣便出門去了，這時還不曾回府。」

柳琇蕊點點頭，沒再多說。

佩珠接著又幸災樂禍地道：「大人出門前曾發了命令，讓她收拾行囊，明日一早便回燕州去。」

柳琇蕊微微一笑，對紀淮這等做法倒也不意外。

這一晚，紀淮受寵若驚地望向主動膩在懷中媚眼如絲的小妻子，見她眉目如畫，豔若桃花，終是忍不住欺身上前……

一場酣暢淋漓的發洩後，他心滿意足地摟著滿身疲累的妻子，有一搭沒一搭地順著她的長髮，此時此刻他也大概猜得出是因自己將挽琴遣了回去，這才引得妻子這般。

「紀書呆，你說我怎麼還懷不上孩子？」柳琇蕊有些睏意地往他懷裡縮了縮，夢囈般道。

紀淮動作一頓，臉上的淺淺笑意立即僵住。

柳琇蕊感覺到他的不自然，從他懷中抬起頭問道：「你怎麼了？」一頓，猛地推開他恨恨地道：「難不成你真打算納幾房妾室替你生孩子?!」

紀淮哭笑不得，用力揉了揉她的腦袋，再湊過去輕輕咬了下她的鼻子，笑罵道：「妳這隻偽兔子，胡思亂想些什麼，僅是養妳一個我都快應付不了了，哪還敢納妾！」

柳琇蕊聽他這般說便徹底鬆了口氣。她倒也不是不相信他，只是心中總有些忐忑不安，怕自己萬一真的生不了那可怎麼辦？如今得了他的再三保證，這才放下了心頭大石。

她在紀淮懷中尋了個舒適的位置正要睡去，猛然又抬頭盯著他問：「你方才叫我什麼來著？偽兔子？」

紀淮一驚，心中暗道不好，自己一時口快竟將私底下的稱呼叫了出來，他佯咳一聲，一本正經地否認。「沒有，妳聽錯了。」

柳琇蕊可不聽他胡扯，陡然出手在他手臂內側軟肉上一擰，紀淮痛得猛倒抽冷氣，未等他從痛楚中回過神來，柳琇蕊一個翻身便將他壓在身下。

「壞胚子，看來你私底下沒少罵我吧！偽兔子？我說你才是隻臭狐狸，一肚子壞水，還無賴！」她氣呼呼地道。

紀淮心虛得不敢對上她的視線，柳琇蕊一見還有什麼不明白的，正要教訓他一頓，卻被紀淮眼明手快地雙手一錮，將她牢牢困在身上，再趁勢一翻，霎時將兩人的位置換了過來。

他死命地將腦袋往柳琇蕊怕癢之處鑽，引得柳琇蕊笑個不停。

「壞、壞胚子，快停下……我、我要惱了！」

紀淮哪敢鬆手，只盼著就此混過去，不但不停，反而越發摩得厲害了。「不許惱，不許惱。」

「你乘人之危！」

「嗯。」

「你恃強凌弱！」

「嗯。」

「你欺負我！」

「嗯……哪有！」

家中走了個覬覦夫君的挽琴，柳琇蕊不得不承認，沒了這礙眼的人，她心情確實舒暢幾分。

這日，她與佩珠閒話一陣後，打算去看看洛芳芝，如今洛芳芝產期越來越近，可身子卻休養不好，先前大夫也委婉地表示過生產時恐怕會有些艱難，令她心中擔憂不已。

洛芳芝原想回李宅待產，可聽了大夫這番話，加上柳琇蕊亦再三挽留，她思量了片刻便謝過了柳琇蕊，決定繼續暫住縣衙，至孩子出生再作打算。

不過其實她心中早已想過，如今李家僅剩她與肚子裡的孩子，無論如何，她都要將李家這唯一的血脈平平安安地生下來，萬一她生產時真有不測，住在縣衙好歹有個託孤之人……

柳琇蕊帶著佩珠一路慢悠悠地往洛芳芝住處去，正穿過一方遊廊，便見書墨急匆匆地迎面走來，她心中詫異，揚聲叫住了他。

「書墨，你過來，這般急急忙忙的要到何處去？咦，你手上拿的是什麼？藥瓶子？誰的藥？」

書墨老老實實行了禮，見她問起手中藥瓶，下意識便藏到了身後，支支吾吾地說不出話來。

柳琇蕊更是狐疑，直接朝他伸出手掌。「拿來我瞧瞧！」

「夫人，沒什麼，不過是書墨平日吃的藥丸。」書墨涎著笑。

「你做什麼要吃藥丸？這藥丸有何功用？你身子何處不妥？」柳琇蕊哪會輕易被他這般拙劣的謊話糊弄過去，接連問道。

書墨紅著臉蠕蠕嘴唇，就是說不出個所以然來，柳琇蕊見狀直接奪過藥瓶子，輕輕搖了搖，聽到裡頭有細微的響聲，拔開瓶塞，將瓶口對著掌心一倒，一粒圓滾滾、黑漆漆的藥丸便滾到她手上。

她望望手中藥丸，又望望書墨，見他一臉焦躁難安，想了想，將藥丸塞回瓶子裡，順手交給身後的佩珠。「拿去讓藍嬤嬤看看。」

書墨一聽便急了，結結巴巴地道：「夫、夫人，那那那是、那是書墨的藥！」

柳琇蕊笑咪咪地道：「我知道是你的啊，不過是拿去讓藍嬤嬤學習學習，將來說不定亦能順帶著調理調理你家大人的身子呢！」

府裡哪個不知道藍嬤嬤是專門負責照顧夫人身子的啊？她這番話純屬氣人。書墨又哪會不懂她在逗弄自己，可眼睜睜望著佩珠的身影越來越遠，而自家夫人亦乾脆俐落地轉身走人了，他不禁急得連連跺腳。「哎喲，這一個、兩個的，怎的就讓人這麼不省心呢！」

而後，從佩珠手中接過藥瓶的藍嬤嬤，拿起藥丸聞了聞，眉頭一下便皺得死死的。

「這藥……是誰在吃的？」

佩珠見她這般反應有點慌了。「這藥可有不妥？這是夫人從書墨手上拿來的！」雖說書墨一再強調藥是他自己吃的，可明眼人都能瞧得出這小子絕對是在說謊。

「此藥，是男子服用的避子藥……」

第三十三章

「什麼？」剛進屋來的柳琇蕊聽到此話臉色突變，不可置信地衝上前來，死死抓住藍嬤嬤的手。「嬤嬤，妳說什麼？此藥是避子用的？」

藍嬤嬤見她反應如此激烈，心中一驚。莫非此藥是大人所服？

可她也不敢隱瞞，唯有硬著頭皮道：「是，此藥男子服用後有避子的功效。」

柳琇蕊雙腿一軟，差點跌坐在地，虧得佩珠及藍嬤嬤反應夠快，一人一邊扶著她，這才站穩了身子。

外出歸來的紀淮方下了轎，便見書墨滿臉焦急地守在大門外，一見到他的身影，大步跑了上來，胡亂行了禮後壓低聲音道：「大人，不好了，藥、藥被夫人拿走了！」

紀淮臉色一變，立刻快步進門，直直往正院而去。

正院裡一片靜謐，往日進進出出的丫頭、婆子一個也沒瞧見，他心中更慌，加快腳步進了正屋，見妻子正安安靜靜地坐在榻上做著繡活，察覺他進來了也不起身迎接，依舊不言不語地飛針走線。

「阿蕊……」紀淮更感慌亂，若是她氣呼呼地發作一通，他也許還不會這般害怕，如今她這般一聲不響的，反讓他有種大難臨頭之感。

「阿蕊……妳、妳聽我說。」他硬著頭皮在她身邊坐下，期期艾艾地道。

柳琇蕊終於停下手上動作，臉色平靜地望著他，一雙烏溜溜的杏眼清澈照人，照得紀淮心如擂鼓。

「阿蕊，我……我確實是有服用那藥，只不過、只不過這當中是有緣由的！妳如今年紀尚小，不宜有孕，可我、我又怕妳長期服用那些藥對身子不好，是故才、才……」紀淮強壓下心中慌亂，解釋道。

柳琇蕊定定地望著他，望得他越發緊張，整個人手足無措了起來。

「你既是一片好意，為何不先與我商量？這畢竟是關係著你我的孩子，你可知、你可知這段日子我有多害怕，多害怕真的是自己的問題，才導致你至今膝下無子……」柳琇蕊聲音嗚咽。

婆婆雖只是寫信問了一回，可她心中一直存有壓力，尤其當她看到紀淮書案上的家書，知道原來婆婆連夫君那邊都在催，這令她更是擔心；而他明知公婆給了壓力，怎能、怎能自作主張，怎能這般瞞著自己！

紀淮臉上一白，急忙擁著她道：「阿蕊，我錯了，這全是我的錯，我不該瞞著妳才是。只是、只是……」

最初他確實沒想過與她商量便私自決定了，後來得知父母因子嗣一事給了她壓力，他想坦白，可卻又不知該如何開口，於是就這麼拖到了如今。

柳琇蕊低低抽泣起來，紀淮聽了更是心疼，用力將她抱得更緊，一遍又一遍地表示歉意，只要能讓她停止哭泣，別說是雞毛撣子，便是剔骨刀他也願受一下！

「你明、明知道藍嬤嬤是、是娘親她們專門尋來給我料理身子的，難道、難道我適不適宜有孕不比你清楚？你做什麼這般偷偷瞞著我……」柳琇蕊一邊抹著眼淚一邊控訴。

出嫁前高淑容妯娌三個便考慮過這個問題，只不過想著紀淮是獨子又年長，紀家父母定是心中焦急，這才四處託人打聽，尋了藍嬤嬤來為她調養身子。

成婚至今，除了最初的半年藍嬤嬤有在補藥中用了避子藥外，後來便不曾再用，柳琇蕊自小身子康健，又被悉心照料那般久，按藍嬤嬤的說法，便是要懷也不是不可以的。

紀淮看著她的眼淚一顆又一顆地砸落在他的手臂上，心中又急又痛，知道自己這回真讓她傷心了，不禁悔恨難當。

當時收到娘親的來信，見她在信中問及子嗣之事，他一時不知該如何回她。若是老實說自己用了避子藥，怕娘親會對妻子有意見；若是不說，又怕父母會向妻子施壓。

他活至這般年歲，頭一回發現自己做事真的太欠缺考慮了，若是當初便開誠布公，又怎會像如今這般進退兩難！原是為了妻子著想，沒想到帶給她的卻是無盡的壓力及傷心……

佩珠這幾日很是苦惱，府中兩位主子如今不冷不淡地處著，再也聽不見往日女主子嬌嬌的嗔罵聲及男主子爽朗的笑聲，府中下人屏聲息氣，小心謹慎地忙活自己的差事，生怕一個不小心便惹火燒身。夫人倒還好，安安靜靜、神色淡淡的，反是平日溫文爾雅的大人，如今讓人不敢接近。

柳琇蕊則是心裡堵得厲害，因紀淮的出發點是為了她著想，如今又是一副任君處置絕無怨言的模樣，讓她發作也不是，不發作也不是，一口氣生生堵在心口上，是故乾脆眼不見為淨，無視他時不時在自己身邊徘徊的身影。

至於紀淮嘛，自那日起便被趕出了正房，每晚不得不歇在書房，當時柳琇蕊還振振有辭地道：「你擔心我服用避子藥傷身，身為你的妻子，我亦有此憂慮，乾脆從今日起你便睡書房吧，這樣你也不用服藥，又不必擔心我會有孕，一舉兩得，極好極好！」

紀淮張口欲分辯，可見她似笑非笑的表情，只得將話咽了回去。這一回可不是他用「認床」這種藉口便能糊弄過去的，除了老老實實地讓她發洩心中怒火外，目前也沒有別的辦法。

兩人就這般僵持不下，紀淮縱使每日一得空便往她跟前湊，可是卻總憋得自己難受；倒不是柳琇蕊給他臉色看，相反的，她待他可算得上是溫柔體貼，活脫脫一個賢良妻子，讓人完全挑不出錯處來。

可正是因為這般體貼入微才更讓他難受！

這隻偽兔子一向是心血來潮時做做賢妻的樣子，沒片刻工夫便又張牙舞爪起來，哪像如今這般……他長長地嘆了口氣。不習慣，相當地不習慣，他的小妻子應是嬌俏明媚，逗一逗便化身河東獅才對，現今這個，他實在是不習慣！

「夫人，李、李夫人發作了！」佩珠白著臉推門進來。

柳琇蕊一聽便急了，連忙起身往外走，邊走邊吩咐人去請藍嬤嬤。

先前得知洛芳芝產期便是這幾日，府中早就佈置好一切，大夫與產婆亦留在了縣衙隨時待命。

一陣尖銳的呼痛聲從產房傳出，讓剛踏進院門的柳琇蕊一下便白了臉。

緊跟在她身後的藍嬤嬤扶著她的手安慰道：「夫人莫要擔心，老奴前去瞧瞧情況。」

「嬤嬤快去！」

屋裡越來越密集的痛呼隔著窗櫺傳入柳琇蕊的耳中，嚇得她臉色更為蒼白。

時辰一點一點過去，柳琇蕊絞著雙手，定定地站在門外，專注地留意著裡頭的情況，洛芳芝漸漸減弱的哀叫聲讓她心臟彷彿被人擰住一般，就怕她會捱不住。

產房大門不時有人進進出出，又是端熱水，又是捧雞湯，隔了小片刻，突然傳出藍嬤嬤的大叫聲。「快，拿參片來！」

柳琇蕊身子一晃，一雙有力的臂膀緊緊圈住了她，她抬眸一望，見紀淮滿臉擔憂地望著自己。

她用力抓住他的手臂，顫聲道：「你、你說她怎樣了？會不會有事？都大半日過去了，怎的還生不出來？」

紀淮哪懂這些，只能柔聲安慰著，心中亦是有些憂慮。他又安慰了幾句後，抬頭想瞧瞧狀況，卻見範文斌站在不遠處，眼珠子一眨不眨地盯著產房，臉色蒼白如紙。

他先是一怔，繼而暗暗嘆息，心中突然生起一絲慶幸來，慶幸上蒼待他不薄，他愛慕的女子，如今可以名正言順地擁入懷中，而不是只能遠遠地守著、望著……

屋內端出一盆又一盆血水，原還斷斷續續痛呼的洛芳芝一下沒了聲息，柳琇蕊抓著紀淮的手越發用力，紀淮亦憂心忡忡地緊緊盯著房門。

另一側的範文斌下意識上前幾步，一會兒反應過來又生生止住，寬袖中的雙手死死握著，一張臉繃得緊緊的。

他不求兩人的今生來世，只盼她能母子平安！

「夫人，李夫人難產，裡頭問保大還是保小？」藍嬤嬤一臉焦急地衝出來。

柳琇蕊只覺腦中一下炸開了。保大還是保小？如今已這般危急了嗎？

「我要他們母、子、平、安！」柳琇蕊聲音顫抖，一字一頓地道。

「夫人，若非到了萬不得已的地步，老奴又怎敢這般問妳，如今李夫人已脫力，再遲些，恐怕母子都有危險！」

聞言，柳琇蕊猛地用力推開紀淮，頭也不回地往產房裡去，一陣血腥味撲鼻而來，她渾然不覺，目不斜視地走向躺在床上一動不動的洛芳芝。

「妳可聽到了？她們問我保大還是保小，我知道妳肯定想保小，可我不會，我只認識洛芳芝，不知道那個孩子，所以，我必定保大！妳若想保住李統領唯一的血脈，就給我醒過來繼續用力！」她半蹲著，用力抓住洛芳芝的手，湊到她的耳邊輕聲卻堅定地道。

片刻之後，一陣微弱的聲音響起。「……不……保孩子，我的孩子……」

孩子，她的孩子，她與他在這世間唯一的聯繫，絕不能就此沒了……

柳琇蕊大喜，連忙又道：「只有妳才保得住孩子，洛姊姊，妳一定要保住孩子！」

一旁的產婆見機亦大聲道：「李夫人，再加把勁孩子便能出來了！」

一陣又一陣的鼓勵接連響起，洛芳芝也不知自己努力了多久，只知道絕不能停下來。

「李夫人，再加把勁，見到孩子的頭了！」

當她感覺自己全身力量都快耗盡時，終於，聽到一陣嬰孩落地的哇哇哭聲。

還好，終於出來了。她整個人一放鬆，安心地墮入了黑暗當中……

柳琇蕊渾身僵硬地抱著紅通通、軟綿綿的小小襁褓，眼神柔和地注視著小人兒，心中柔情滿滿。

「夫人，小少爺睡過去了，讓奶娘抱去吧！」藍嬤嬤小聲地提醒。

柳琇蕊依依不捨地將孩子交給了一旁的奶娘，直到奶娘的身影徹底消失在視線裡，這才轉頭問藍嬤嬤。「李夫人可醒了？」

「還沒，夫人不必擔心，有鳴秋她們妥善照顧著，大夫也說了她不過是太累了，這才一直昏睡著，待她睡夠了便會醒了。」

洛芳芝自平安生下兒子後便昏迷不醒，雖大夫說無礙，可柳琇蕊卻總有幾分擔心，就怕她扔下兒子，追隨夫君而去。因存了這種想法，加上對那小人兒又喜歡得緊，她這兩日得了空便一直往這兒跑。

今日亦不例外，她處理完內宅之事便想著去看看洛芳芝及孩子，卻在離洛芳芝居住的東院不遠處，看見了範文斌站在高大的樹下望向院門出神，良久，才轉身離去，可行了幾步又停下來，深深地回望一眼後，這才頭也不回地離開了。
她輕嘆一聲，範文斌對洛芳芝的關心她全看在眼內，可也知道兩人今生只怕是無緣了……
一陣唏噓後，她正要進門，卻被突然從裡頭衝出來的小丫頭嚇了一跳。
「夫人，李夫人醒了！」
待聽清她的話，柳琇蕊喜不自勝地快步往屋裡走，果見洛芳芝虛弱地靠坐在床榻上，滿目慈愛地望著在她身側熟睡的兒子。
柳琇蕊見狀放輕了腳步，洛芳芝見她進來，示意奶娘將兒子抱下去，自己掙扎著就要下床行禮，嚇得柳琇蕊一個箭步上前，制住她的動作責怪道：「妳這是要做什麼，身子要緊！」
「紀大人與阿蕊妹妹大恩大德，洛芳芝無以為報，若不是你們，只怕我母子兩人再無活命的可能。」洛芳芝含淚道。
「洛姊姊，快別這樣，如今最重要的便是先養好身子，其餘的待妳好了再說不遲。」柳琇蕊臉上有幾分不好意思。
洛芳芝正要堅持，卻被隔壁傳來的一陣嬰孩大哭聲打斷，她著急地問：「孩子怎麼了？可是餓了？」
「別擔心，有奶娘她們在呢！」柳琇蕊安慰道。
陪著洛芳芝坐了一會兒，又抱了抱小傢伙，因怕耽擱她歇息，柳琇蕊便早早告辭回了正院。

「阿蕊！」百無聊賴地翻著書卷的紀淮見她終於回來了，一下將書扔到一邊，大步迎了上來，涎著臉叫道。

柳琇蕊嗯了一聲便在榻上坐了下來，佩珠望望討好地倒了茶送到妻子跟前的紀淮，掩嘴笑笑，知趣地退了出去，順手輕輕掩上了門。

柳琇蕊倒也沒有拒絕他的殷勤，接過他遞上來的茶碗抿了一口，紀淮又體貼地接了過去，放回了桌上。

柳琇蕊飛快地瞄了他一眼，在他察覺前若無其事地移開了視線。

紀淮在她身邊坐下，忍了又忍，終是沒忍住，伸手將她抱到了自己腿上。

「阿蕊。」感覺懷中女子稍稍掙扎了一下，他趕緊摟得更緊，又深深地喚了聲。「阿蕊……」

這兩日柳琇蕊閒了便往東院去，他一個男子不方便到孤兒寡母的住處，只能盼著她回來，兩人再好好談談。

自從由下人口中得知妻子對剛出生的李家小少爺稀罕得不得了，他不止一次在腦中勾勒著妻子抱著他們的孩子，一家三口緊緊靠在一起的美好畫面，是以這兩日他再三問了藍嬤嬤及專為柳琇蕊把平安脈的大夫，確認柳琇蕊如今的身子確實能受孕，這才懷著激動的心情在屋裡等著她。

「阿蕊，咱們也生個孩子吧！之前是我錯了，子嗣是夫妻間的大事，我不應該自作主張，更不應該瞞了妳這麼久。只是，阿蕊，我只為自己的自作主張道歉，不會為服用避子藥這事道歉，但凡有半分會傷害妳的可能，我都不會允許的，妳可明白？」

聽他這番話，清澈明眸頓時泛起水霧，柳琇蕊嗚咽著捶打他的胸膛。「哪有像你這樣道歉的，太可惡了……」

真的太可惡了！照他這霸道的性子，只要認定她不適宜有孕，便是事前問了她的意思，他也一樣會服藥的吧？

紀淮任她捶打著，只要她別再對自己賢慧客氣，再多捶幾下也沒什麼。

半晌，一個堅定的聲音在他懷中響起——

「我要生三個男娃。」

他先是一怔，片刻後咧開嘴無聲笑了起來。她這樣，便是不惱了吧？

「好，三個，兩個男娃一個女娃，像妳一般，有兩個兄長護著，日後誰也不敢欺負。」

「不，三個男的。」柳琇蕊糾正。

紀淮愣了一下，柔聲哄道：「阿蕊，要個女娃吧，軟軟嫩嫩的女兒多好啊！」

「不，三個男的！」

「分一個，就一個，岳母大人不也生了兩個男娃一個女娃嗎？」

「我娘是我娘，我是我，我就要三個男娃！」

他將額頭抵著她的，好脾氣地道。

「好好好，聽妳的聽妳的，別惱別惱。」

在門外聽了一會兒的書墨老氣橫秋地長嘆一聲，揹著手搖頭晃腦地道：「幼稚，真是太幼稚了！」

「表兄，你要離開？」紀淮定定地望著平靜的範文斌，有些意外，又似是在意料當中。

「新一科的會試將要舉行，我也要早些準備了，這段日子以來一直讓舅舅與舅母擔心是我的不是，我打算先轉道回一趟燕州，見過了兩位老人家後再上京赴考。」範文斌將他的計劃一一道來。

紀淮見他執意要走，也不再挽留，命人仔細收拾了他的行囊後，便親自送他出了城門。

範文斌一腳跨上了馬車，掀開車簾朝紀淮擺擺手。「回去吧，送君千里，終須一別。」

紀淮張張口欲說些什麼，最後暗嘆一聲，與他揮手道別。看著馬車越來越遠，最終消失在視線當中，他才滿腹惆悵地吁了口氣，轉身上了回府的馬車。

得知範文斌告辭離去，柳琇蕊靠在紀淮懷中，悶悶地問：「範表兄日後會好好的吧？」

紀淮將她摟得更緊了些，沈聲回了句。「會好好的。」

時間是治療傷口最好的良藥，他這般灑脫而去，想來是要徹底告別過往了。若干年後，當他嬌妻在懷、稚子繞膝時，想起故人，或許能釋懷一笑，畢竟，誰沒有年輕的時候呢！

新任錦城知州終於上任，這人不是別人，正是與紀淮同科的探花郎簡浩。

對同啟帝安排了簡浩出任錦城知州，紀淮有幾分意外，他原以為會來一位經驗豐富的老大人，哪想到竟如他這般又是位初生之犢；不過能與故人重逢，他心中也極為高興，今科進士中，他與簡浩的交情算是極好的。

新知州到來，其他空缺的縣令亦陸陸續續上任，這日柳琇蕊便與其他七位縣令夫人一起到知州府拜見知州夫人。

她其實不大願意去，有那個空閒時間她更想留在家中逗弄粉妝玉琢般的小念恩。

小念恩，正是李世興的遺腹子，洛芳芝感念紀淮與柳琇蕊的恩情，故給兒子取了這麼個小名。小傢伙雖生得艱難，幸運的是健健康康的，如今滿月後更是冰雪可愛，讓柳琇蕊簡直愛到不行，每日不抱上幾回都覺得渾身不自在。

範文斌離去不久，洛芳芝便出了月子，她原打算回李宅去的，可是柳琇蕊捨不得小傢伙，硬是賴著她留到小念恩百日後，她被纏得沒法，只得應了下來。

對新來的錦城知州，柳琇蕊沒什麼印象，可對他的夫人卻是印象深刻得很，皆因這知州夫人不是別人，正是與她極不對盤的永寧縣主江敏然！

「果真是冤家路窄，離京城這麼遠了都還能遇到她，簡直是陰魂不散！」坐在往錦城的馬車上，柳琇蕊一路嘀咕個不停。

她身側的佩珠亦有同感，每回自家夫人與永寧縣主對上絕無好事，如今對方成了上峰夫人，只怕日後還真有得見了。

到了知州縣衙，自有人引著她們往後衙去，一路上的花團錦簇也無法吸引柳琇蕊半分注意。

「紀夫人，請。」

進了垂花門，又有打扮光鮮的婢女上前來迎接，柳琇蕊客氣地點點頭，順著她的指引進了待客的花廳。

進門便見三三兩兩幾位官家夫人正圍著永寧縣主不知在說些什麼，間或發出陣陣笑聲。算起來，永寧縣主本就身分高貴，又是錦城內最高品級的官家夫人，自然有不少人想趁這次見面打好關係。

柳琇蕊也不想去做那討人嫌之人，她不喜永寧縣主，永寧縣主亦不喜她，兩人還是離得遠遠的好，眼不見為淨，彼此都好過。

她正想著毫無聲息地尋處地方坐下來，熬到時辰到了便直接告辭離去，哪料到她才進門，便有眼尖的丫頭高聲叫了句。「耒坡縣紀夫人來了！」

霎時間，屋內的說話聲停了下來，眾人目光齊刷刷地落到柳琇蕊身上。沒想到她竟是最後一個到的，雖不至於誤了時辰，但與那些早早就過來打交道的官家夫人相比，確實醒目了些。

柳琇蕊無法，只好硬著頭皮朝上首坐著的永寧縣主行了禮。「見過知州夫人。」

永寧縣主淡淡地掃了她一眼，很快便移開視線，面無表情地應了句。「嗯。」

她這般冷冷的態度，和方才耐心地與眾位夫人寒暄大為不同，令在場的官家夫人不禁暗暗猜測，莫非這位縣主兼知州夫人不待見紀夫人？

柳琇蕊也不在意，施施然地尋了處離她最遠的椅子坐下，悠哉悠哉地品著茶點，讓時不時有意無意瞄過來的永寧縣主氣惱不已。

這鄉下野丫頭，難道不知道自己如今是她夫君頂頭上司的夫人嗎？居然還這般目中無人、這般沒眼色，果然是見識少！

她鄙視地斜睨了柳琇蕊一眼，重又揚起得體的微笑應酬著那些笑得越發親切熱情的官家夫人；可聽著那一聲又一聲的恭維、誇讚，她心中漸漸生了一絲不耐，這些話她自小便聽得不少了，來來去去不是誇她身分尊貴，就是誇她才貌雙全，如今不過多了一項，便是誇她夫君年輕有為。

望著一臉愜意地坐在一旁的柳琇蕊，再對比如同眾星捧月的自己，她突然有些羨慕對方。這野丫頭怎麼就那麼好命呢？鄉下丫頭一下成了公府嫡女，家人寵愛、兄長又有出息，據聞成婚後那個陰險小人紀淮待她也不錯……

柳琇蕊倒也不全是那麼清閒，中途也陸陸續續有幾位夫人上前來交談幾句，畢竟她的出身亦不算低，若能攀上去，對自家絕對有利。

柳琇蕊客客氣氣地招呼著，也不多話，無論旁人說什麼她都是微微笑著，既不親近，也不疏離。好不容易熬到眾人告辭的時候，柳琇蕊吃飽喝足，拍拍屁股就要走人，不料行至後花園便聽得身後有人喚她。

「紀夫人請留步，我家夫人有請。」

她回頭一看，認出是永寧縣主身邊的丫頭。眾目睽睽之下，她也不好落主人家面子，只能暗暗撇嘴。

走在她前方的幾位夫人聽到聲音亦不由自主停下了腳步，見坐了一日冷板凳的耒坡縣令夫人被請了回去，不禁面面相覷。這兩人關係到底是好還是不好？

柳琇蕊無聊地跟在丫頭身後，到了一間裝飾得精緻典雅的屋裡，永寧縣主坐在上首軟榻上，微仰著下巴嫌棄地道：「野丫頭就是野丫頭，連應酬都不會。」

柳琇蕊自動自發地搬了張繡墩坐下，順手拿起桌上還冒著熱氣的糕點咬了一口，毫不吝嗇地誇道：「味道不錯，不愧是縣主娘娘，吃個點心都比別人講究！」

永寧縣主被她這番毫不客氣的舉動氣得臉都青了，咚咚咚地跑了過去，將整碟糕點奪回。「不許吃！」

柳琇蕊不以為然地擦了擦嘴角。「小氣巴拉，連塊點心都不許吃，縣主還真懂待客之道。」

「妳——哪有客人如妳這般厚臉皮的！」

柳琇蕊又替自己倒了杯茶，小小地呷了一口，手肘撐在桌上，單手托腮無趣地注視著窗外。

「喂！柳琇蕊，我如今可是妳夫君頂頭上司的夫人，妳這般無禮，就不怕我告上一狀，到時妳家夫君……」永寧縣主見她不理自己，忍不住湊上去道。

柳琇蕊懶洋洋地瞟她一眼。「不怕，妳夫君敢公報私仇，我直接上京告御狀去。」

永寧縣主被噎了下，氣呼呼地瞪著她的後腦勺，見她又不理自己，亦賭氣別過臉去。

屋裡一時安靜了下來，也不知過了多久，柳琇蕊才聽到一聲若有還無的嘆息，緊接著便響起了永寧縣主有些悵然的聲音。

「柳琇蕊，我爹搬到別莊去了……」

柳琇蕊一怔，又聽對方悶悶地道：「雖然他對我說是因為身子不好要調養才搬過去的，可我知道他是失望了，自上回他聽到我與娘的談話後，便對娘失望了，一直忍到我出嫁才走……」

永寧縣主自己也不知道，為何這些連對夫君都不願說的話，會對這一直看不上眼的野丫頭說。她那日在慈雲庵見到娘親對柳擎南的態度後，回去便衝著她娘發了好一頓脾氣，說出的話都有些難聽，可她又哪想得到爹爹會將她們母女的對話一字不漏地聽入耳中……

從此，夫妻、母女之間的關係全都降到了冰點，甚至，在她出嫁後不久，五駙馬便以休養為名搬到了京郊別院。

柳琇蕊一時不知該說些什麼才好，父輩這些恩恩怨怨，為人子女的不好置評。

「你們這些姓柳的真討厭！」永寧縣主拭拭眼角淚水，恨恨地道。

「你們姓江的更討厭，明明自己就有諸多問題，偏要將源頭推到別人身上去！」柳琇蕊毫不相讓地反駁。她的娘親也因這些煩人事堵心了許久，憑什麼就她們一副被害慘了的模樣？

見永寧縣主要回嘴，她立即又道：「難道我有說錯？若是內裡真那般牢不可破，又哪會輕易被外頭影響！」

永寧縣主嘴巴張了又張，終是頹然靠坐在椅上。

「我見過妳爹娘的相處，那日，飄著小雨，妳爹親手打著傘扶著妳娘下了車，也不怕周圍人的異樣目光，就這樣一直牽著她進了府……可我卻從不曾見過我……」對比柳家夫妻，再想想自己的父母，她心中更為沮喪。「妳說，有……怎麼就不能好好地過日子呢？」

柳琇蕊沈默片刻才道：「不論他們怎樣，可有一點卻是不容質疑的，那便是他們對妳的疼愛。」

屋裡一時又陷入了沈默，許久後，永寧縣主壓下眼中淚意，驕傲地道：「這還用妳說？妳以為就妳一個鄉下野丫頭有人疼？」

柳琇蕊氣悶地瞪著她。這討厭的傢伙，就不該同情她！

她恨恨地奪過永寧縣主身側裝滿糕點的碟子，順手拿過一塊千層糕咬了一口，彷彿咬的是對方一般。

「夫人，前頭大人著人來道，紀大人來接紀夫人回府了。」

一陣清脆的小丫頭聲傳進來，柳琇蕊也不等永寧縣主招呼，直接起身往外走，氣得永寧縣主死死瞪著她的背影。

「走吧走吧，免得礙了我的地方！」

第三十四章

出了大門，果見紀淮身著一身月白色常服，揹著手立於門外，她抿抿嘴，微提著裙襬加快腳步走出來，惹得紀淮臉上不由自主地蕩開一絲輕輕淺淺的笑容。

「莫要急，我總會等妳的。」紀淮不著痕跡地捏捏她的手背，用著只有兩人聽到的音量一語雙關地道。

柳琇蕊臉上一紅，瞋了他一眼便率先上了馬車。紀淮被她眉眼間的風情晃得有幾分失神，片刻才失笑地搖搖頭，跟在她的身後上了車。

他死皮賴臉地膩在她身邊，無視她的嗔怪，硬是摟著她的腰肢，在她要發作之前連忙問道：「今日在知州府裡可見著了知州夫人？」

「見著了。」一聽他提起死對頭，柳琇蕊再也顧不得其他，一個勁兒地直抱怨。「那傢伙真是一如既往的討厭，真是的，好不容易離得遠些，這回又湊到一處來了，真倒楣！」

紀淮自然知道她與永寧縣主不對盤，如今聽著她嬌嬌的抱怨聲，心中癢癢的，忍不住在她臉上親了一口，又惹來柳琇蕊一記瞪視。他低低地笑了幾聲，得寸進尺地將她摟得更緊，囂張地又在她唇上輕輕咬了一口。

「壞胚子，這是在外頭！」柳琇蕊又羞又氣地捶了他一下，完全拿這個沒皮沒臉的無賴沒轍。

紀淮這段日子可是勒緊了褲帶過日子，前些時候因避子藥一事被轟到書房歇息，後來兩人雖和好了，卻遇上柳琇蕊的小日子，緊接著又總有些有的沒的事讓他無法如願，如今見小妻子紅霞滿頰，雙眸如水，含羞帶惱地窩在自己懷中，他早就有些心猿意馬了，偏偏地點、時間皆不對，他也只能暗嘆一聲。可惜了……

柳琇蕊不經意地瞄見他臉上遺憾的表情，稍怔了怔便明白他腦子裡肯定又在想些不正經之事了，成親至今，若她還不瞭解這個白日瞧著人模人樣、晚上如狼似虎的夫君那些心思，那她也枉為人妻了。

她悄悄伸出兩根手指，挾著紀淮腰間軟肉用上幾分力一擰——

紀淮倒抽口冷氣，那些旖旎心思立即跑得一乾二淨，他苦笑著求饒。「夫人手下留情，為夫知錯了！」

柳琇蕊得意地抿嘴直笑。壞胚子，便是身邊沒有雞毛撣子和剔骨刀，她一樣有的是法子治他！

紀淮望了望她嘴角兩個out張地時隱時現的小梨渦，又望著她笑得眉眼彎彎的模樣，將額頭抵著她的，笑罵了一句。「壞丫頭，果真是反了天去了！」

柳琇蕊乾脆將整張臉埋入他懷中，直笑得身子不住地顫抖。

嘻嘻鬧鬧地回到了縣衙，夫妻兩人淨過了手，正坐在一起閒話著，書墨歡快的腳步聲突然響起。「大人，夫人，有京城來的書信！」

柳琇蕊一怔，繼而大喜。京城來的書信，除了父母、親人不作他想！

「快快拿過來讓我瞧瞧！」她迫不及待地伸手，佩珠笑盈盈地從書墨手中接過書信交到她手上，她兩三下便將封口撕掉，拿出屬於自己的那幾封，其他的則扔給了一旁的紀淮。

紀淮笑笑地接過厚厚的信封，慢悠悠地拆了開來。

許久，柳琇蕊悵然地將信摺好，正伸手去端茶碗的紀淮餘光掃到她的樣子，好奇地問：「可是岳父、岳母在信上說了什麼？妳怎的這般模樣？」

柳琇蕊悶悶地靠坐他身邊，情緒低落地道：「其中有一封，是靜姝姊姊寄來的，她……她問了我關於英梅姊姊的事。」

紀淮怔了怔，片刻才想起這「靜姝姊姊」指的是柳耀江即將過門的妻子，而「英梅姊」則是柳耀江曾經的未婚妻，祈山村無辜枉死的葉英梅。

他將信件放到桌上，摟住她的肩膀柔聲道：「她既然問起，說明她早已知曉葉姑娘的存在，不管她有何打算，妳除了如實相告外亦無別的辦法。再者，她這般直接問妳，而不是私自派人去打探，說明她行事磊落，大抵是好奇葉姑娘之事，加上又與妳交好，這才寫信問妳。」

「我明白，只是……只是不清楚大堂兄對這門親事的態度，他對過世的英梅姊姊用情至深，日後可會將身為妻子的靜姝姊姊放在心上？我與靜姝姊姊相處過數月，知道她性情外柔內剛，陶家伯父、伯母疼愛她，這門親事必是得了她點頭才訂下的；若是她對大堂兄有情，而大堂兄對她……」紀書呆，自小大堂兄便待我極好，靜姝姊姊雖與我接觸時間不長，可亦待我如親妹妹一般，無論他們當中的哪一個，我都希望能好好的……」她抱著紀淮胳膊，低低地道。

紀淮一時語塞。男女之情是這世間上最莫測的，柳耀江在葉家父女過世後的表現，在在表明了葉英梅在他心中的分量不輕，加上又是那般死去……人死了，她生前的不是亦會隨之而逝，而那種種的好則會無限地放大，陶靜姝，真的要與過世之人爭柳耀江心中位置嗎？

「娘親的信中說，如今靜姝姊姊已在京城待嫁，她在婚期將近之時問起，可見此事壓在她心中的時日必不短。若是……若是她聽過後便放了開來，那倒還好；若是她聽了更是記在心中，往後此事如一根刺般扎在她心底，這樣的她，未來真能過得順心舒暢嗎？她若過得不好，身為她夫君的大堂兄又怎能過得好……」柳琇蕊長長地嘆息一聲，將紀淮抱得更緊了。

兩個月前，柳耀江被召回京，柳敬東乘機上了摺子，請求同啟帝允許兒子暫留京城與陶家嫡女完婚，婚期過後再為君分憂，同啟帝不但允了，還賜下不少貴重之物。

下個月二十八日，便是威國公府嫡長子柳耀江與易州陶府嫡出小姐陶靜姝的大喜之日。

京城的來信讓柳琇蕊好幾日都提不起精神，為了轉移注意力，她乾脆翻出自己的百寶箱打算好好整理一番，裡頭放著的都是些零零碎碎又捨不得扔的小東西。她今日一早就命人將回信送出去了，陶靜姝想知道的事，她都在信中一五一十地告知她了。

正收拾間，一個用布包得嚴嚴實實的長方盒吸引了她的視線，她停下手中動作，怔怔地望著躺在箱子一角的盒子，片刻，顫著手將它拿了出來，一層又一層地將裹著的布解了開來，輕輕打開盒子，一支樣式簡單的銀簪子露了出來。她定定地望著那簪子，許久，微微嘆息一聲，將簪子拿到手上來回摩挲著。這是她當年打算送給葉英梅的新婚賀禮，只可惜卻再也送不出去……

想起一年前二哥柳耀海在給她的信上說，大堂兄曾回到祈山村，親自出面懇請葉氏一族給葉老伯過繼了一名嗣子……可想而知，葉家父女之死始終是他心中放不下的包袱。

也不知過了多久，她又是輕嘆一聲，將手中的銀簪子重又放回盒中，小心翼翼地將它包紮妥當，再放回原位。

逝者不可追，她如今唯願大堂兄與靜姝姊姊能舉案齊眉、白頭偕老……

小念恩百日過後，洛芳芝便前來請辭，柳琇蕊再三挽留不得，只得依依不捨地送著母子兩人回了李宅，幸而李宅離縣衙不算太遠，若有什麼事的話還能照應得到。

這日，她正在屋裡翻著帳冊，佩珠走進來輕聲稟報。「夫人，玉青姑娘求見。」

玉青姑娘，便是前知州劉大人送給紀淮的青青姑娘，如今在柳琇蕊名下的酒樓裡幫忙；也多虧了她，這段時間酒樓的生意紅火得不得了，雖開始時不少人都是衝著花魁娘子青青姑娘而來，但吳掌櫃亦懂得抓住時機，重金聘請了位手藝高超的廚子，研製了不少特色菜，不久後膳和樓的名聲便傳了出去。

而自生意好轉後，玉青便極少再出場彈唱，她親自訓練了一批姑娘接替自己，除非她心情好，又或是遇上了推脫不得的客人，這才彈上一曲。

如今她名聲雖仍是不怎麼好聽，但總比在煙花之地時好多了，再者，柳琇蕊也十分大方，每月給她的分成並不少，如今她有錢銀在手，下半輩子也就無憂了。

「玉青見過夫人。」

柳琇蕊正正身子，望著前方垂首行禮的玉青，心裡有幾分吃驚。眼前的女子落落大方，神采飛揚，與初見時的柔弱相比，簡直像是換了個人似的。

她定定神，含笑著免了對方的禮，請她入座後，這才笑道：「果真是士別三日當刮目相看，一段日子不見，玉青姑娘倒越發讓人移不開眼睛了。」

「夫人客氣了。」玉青有些不好意思地笑笑。面對柳琇蕊，她終是有幾分不自在，皆因自己當初對紀淮有過那等心思，亦做了不少貽笑大方之事，若是換了個心狠的，說不定便直接將她打發了，又哪會有如今的逍遙自在，更別說前不久柳琇蕊還給她送來了自己的身契，更是令她感激不已。當初劉知州將她買下送到縣衙，可身契卻是留在了他的手中，及至劉府被抄，女眷或流放或發賣，若不是柳琇蕊將她的身契拿了出來，說不定她又不知會被賣到何處去。

玉青身契一事，倒真是個意外，柳琇蕊並不清楚她的身契在何人手上，只不過奉旨去劉府抄家的恰是鎮西侯柳敬北，他也是因屬下來報，才知道劉家竟然有在膳和樓裡彈唱之女的身契，這膳和樓是他姪女名下的，為免麻煩，他才順手將身契抽了出來，交到柳琇蕊手中。

柳琇蕊問了她一些關於酒樓之事，見她說得眉飛色舞，瞧得出她對酒樓確實十分上心，心中也甚是欣慰，總歸她沒有選錯人不是嗎？

兩人又閒話了一陣，因酒樓還有事，玉青便告辭離去了，柳琇蕊也不多作挽留，讓小丫頭送了她出門，想想玉青的轉變之大，她不免在心中感嘆一番。
而後下衙歸來的紀淮一面擦著手上的水珠，一面偷偷打量著妻子的神色，見她似喜似怒，似笑非笑的，心中不禁直打鼓。他今日一直老老實實在縣衙處理公事，並不曾外出過啊，怎的她這般表情？難道……難道晌午時讓書墨偷偷到後廚拿了碟甜糕之事被她察覺了？
想到此處，他心中一突，硬著頭皮走上前來，誠懇認錯。「夫人，為夫錯了，下次絕不敢了，妳大人有大量，可千萬別記在心上！」
識時務者為俊傑，她這般態度，想來是等著自己坦白呢，坦白從寬，還是先認錯再說！
柳琇蕊一怔。這、這是什麼話？好端端的為何要認錯？難不成……難不成他真做了什麼對不住自己的事來？
夫綱什麼的與睡書房相比，實在是算不得什麼！
她臉色一沈，猛地一掌拍在桌面上。「堂下之人所犯何事？還不快快從實招來！」
紀淮被她拍得心臟怦怦亂跳，也不敢隱瞞，一五一十地將自己犯了癮，讓書墨偷偷到後廚捧了碟甜糕之事說了出來。
柳琇蕊聽罷哭笑不得，瞋了他一眼。「你這人，怎的總不聽話呢？不讓你多吃甜，還不是為了你好！再說，哪有男子像你這般好甜的，像個姑娘家一般。」
紀淮見她話中雖責怪著，臉上卻隱隱有幾分無奈的笑意，心中知曉這是安全過關了，立即打蛇隨棍上，擠到柳琇蕊身邊，死死摟著她的腰，有幾分委屈地道：「不能多吃，又不是不能吃，妳越是這般限制，我那心裡便越是想得緊，倒不如偶爾鬆一鬆，解解饞，說不定日後我便不再想了。」

柳琇蕊見他這般大的人居然還對自己撒嬌，又是好氣又是好笑，恨恨地戳了一下他的額頭。「真該讓衙裡的人來瞧瞧，英明睿智的紀大人私底下是何等不要臉面的模樣。」

紀淮嘻嘻地笑了幾聲，正打算再逗幾句，便聽到佩珠在外頭道：「夫人，湯來了。」

「又喝湯，我身子都好好的，怎老要喝這些。」柳琇蕊不滿地嘟囔。這段日子也不知藍嬤嬤是怎樣想的，囑咐後廚每日給她燉各式補湯，讓她苦不堪言。

紀淮同情地望了望她，可亦知道藍嬤嬤此舉定有用意，於是親自接過碗送到她跟前。

「喝些吧……」

「拿開，快拿開！」未等那飄著肉香味的雞湯送到她面前，柳琇蕊猛地一把推開，轉身背過去乾嘔起來，嚇得紀淮與佩珠臉色大變。

屋外的藍嬤嬤聽得聲響走了進來，見此情形一喜，快步上前抓著柳琇蕊的手，小心地把起脈來。

紀淮原就緊皺的眉頭在瞄到藍嬤嬤臉上顯而易見的微笑後便擰得更深，片刻，他心中一突。莫非……他按下心中激動，滿臉期盼地望著藍嬤嬤，見她含笑收回把脈的手，心裡那個隱隱的希望又大了幾分。

「嬤嬤，我可是有什麼不妥？」柳琇蕊微微蹙眉望著神色古怪的藍嬤嬤，不由得有些狐疑。

「老奴醫術不精，並無十分把握，方才佩珠已經吩咐人去請大夫了，不如等大夫到來再說？」藍嬤嬤笑笑地道。

柳琇蕊見她這般模樣，心中暗暗鬆口氣，只要自己身子無礙便好。

紀淮雖猜出了幾分，可見藍嬤嬤如此說，也不免有些七上八下。

幾人等了一會兒，方聽到佩珠的通報聲。「大人、夫人，大夫來了。」

「請他進來！」紀淮揚聲回了句後，扶著柳琇蕊坐到軟榻上，兩人一坐好，常為柳琇蕊請平安脈的老大夫便由佩珠引著走了進來。

雙方見過禮後，老大夫臉色沈靜地替柳琇蕊把起脈來，片刻，捋著花白的鬍鬚樂呵呵地道：「恭喜大人，夫人這是喜脈啊！」

雖心裡早有準備，可聽到了明確的答案，紀淮臉上仍是抑制不住狂喜，笑容越揚越大，眼中光芒大盛，他也顧不得屋裡仍有外人，激動地抓著柳琇蕊的手，結結巴巴地道：「阿、阿蕊，咱、咱們有有、有孩子了！」

柳琇蕊愣愣地由著他抓著自己，另一手有些不敢置信地輕輕覆上小腹。

藍嬤嬤含笑地招呼著老大夫到了隔壁屋裡，細心地問了些孕婦要注意之事，雖她自己亦懂幾分醫理，可與這些醫術高明、經驗豐富的大夫相比總是差了些，是以不敢掉以輕心，認認真真地將大夫叮囑之話記了下來。

佩珠等人亦知趣地退了出去，將空間留給已興奮得找不著北的小夫妻，一時間，屋裡便只剩下激動得滿臉通紅的紀大人與回過神來笑得傻乎乎的紀夫人。

良久，紀淮才輕輕環住柳琇蕊的腰，眼神柔和地望著她，嘴角越揚越高。「阿蕊，咱們要有孩子了呢……」

柳琇蕊眉眼彎彎地用力點點頭。「嗯！紀書呆，很快咱們也會有個像小念恩一般可愛的孩子了。」

「不，咱們的孩子肯定比小念恩還可愛！」紀淮不贊同地反駁。

柳琇蕊自然不會與他爭論這個，只是輕輕地撫摸著肚子疑惑地問：「紀書呆，你說這裡頭真的有個小孩子在慢慢長大嗎？」

「肯定是有的，方才大夫已經說過了，況且這段日子妳道藍嬤嬤為何要日日讓後廚燉湯給妳，還不是因為她覺得妳約莫也該懷上了。」紀淮輕聲軟語地道，那樣子，似是怕驚著妻子肚裡的孩子一般。

柳琇蕊這才恍然大悟。她就說呢，自己身子一向極好，怎麼突然就要補這個、補那個了，原來是這樣！

因未滿三個月，按藍嬤嬤的說法是暫且不便說出去，是以紀淮只得強壓下心頭那股恨不得宣告天下的激動，僅分別給父母和岳父、岳母兩邊各自去了信報喜。可他雖不聲張，每日卻都喜形於色，又哪瞞得過有心人之眼，過不了多久，縣城裡不少人家便知道年輕的知縣終於要當爹了。

柳琇蕊如今被勒令安心養胎，其他事大多被紀淮分派了出去，她也不以為忤，老老實實地聽從大夫及藍嬤嬤的囑咐，一心一意地養起胎來。

第三十五章

這日，柳琇蕊正由著佩珠扶著自己在園子裡閒步，一陣腳步聲在她身後響起。

「夫人，孫家姑奶奶到了。」快步前來的丫頭稟報。

孫家姑奶奶？紀書呆那位姑母？柳琇蕊微微蹙眉。她與紀淮成婚後不過在燕州紀府住了七日便來到耒坡縣，至今只見過孫紀氏一面，是故印象並不深，只是隱隱聽聞這位姑母對婆婆並不甚友好。

她有些無奈地暗嘆口氣。便是長輩，到來之前亦理應讓人先行通知一聲，這般突然上門，真是……讓人有些措手不及啊！

「快快有請，順便著人到前衙看看，瞧大人得空了再告知他孫家姑母到來之事。」她稍思索一會兒，吩咐道。

小丫頭應了一聲便急急離去，佩珠有幾分擔憂地望望柳琇蕊。這位孫家姑奶奶可不容易相處，當初她在燕州時便聽府裡的下人提過，就連老夫人都對她諸多忍讓，若是她到府上後對自家夫人處處挑剔那可如何是好？如今夫人的身子可不同以往，是斷斷疏忽不得的。

「姑母到來怎的不事前派下人通知一聲，也好讓咱們這些做小輩的親自去迎接。」柳琇蕊揚著輕輕淺淺的笑容迎著孫紀氏進了門。

孫紀氏頗不以為然地打量了她一番。「這不算什麼，左不過我是路經此處，想著許久不曾見過你們小倆口了，這才上門來看看。」

「這倒是咱們的不是了，勞您老人家大駕。」

「嗯。」孫紀氏淡淡地應了聲，便率先進了屋，也不用旁人招呼她，自顧自地在上首坐下，讓一旁的佩珠有幾分不悅地蹙了蹙眉。雖是長輩，可這態度也太惱人了吧？

柳琇蕊則是有些意外，瞧著對方似是不大待見自己，可她不過與她見過一面，除此之外再無接觸，想來應該不會得罪她才是啊！

孫紀氏落坐後，便有極有眼色的丫頭端著熱茶上來，她順手接過呷了一口，眉頭一皺，開口沈聲教訓。

「論理，這話不該由我這做姑母的來說，只不過，慎之雖為一方父母官，每月俸祿有限，如此奢侈之物還是少用為好，若是因此被御史彈劾，那便是妳的不是了。身為主母，應勤儉節約、持家有道，以免夫君後顧之憂。」頓了頓又道：「年少夫妻情熱倒也是人之常情，可男子三妻四妾更是平常，妳進紀家門至今不曾有孕，那便該為夫君廣納侍妾，替紀家綿延子嗣才是。妒，乃婦人之大忌！」

柳琇蕊被她這般劈頭蓋臉的教訓弄得有些懵了。這是什麼跟什麼啊？好端端的她怎的便奢靡浪費、不會持家了？還有，她又怎的犯了婦人之大忌了？

佩珠聽罷更是氣惱不已，便是自家夫人正正經經的長輩，也沒有這般剛進門就教訓人的。「姑奶奶有所不知，夫人已有兩個多月的身孕了，大夫再三囑咐她這段日子要靜養，大人亦有命，府裡眾人不得再拿些雜七雜八之事來煩夫人。」

孫紀氏被她噎了一下，正想斥責她沒有規矩，待聽明她話中意思後心中一滯，不禁有幾分尷尬。

她不過是想先給柳琇蕊來個下馬威，想到幾個月前曾聽聞弟媳婦嘆息著還抱不上孫子，這才先入為主地認為柳琇蕊至今未曾有孕。

說來她其實不大待見這位姪媳婦，因她本想著將女兒嫁回娘家，一來是親上加親，女兒日子會好過得多；二來也是瞧中了姪兒紀淮的前程。只是，她想得千般好、萬般好，心裡盤算又盤算，豈料中途竟突然殺出個威國公府小姐，紀、柳兩家親事一下便訂了下來，根本毫無轉圜的餘地，害她竹籃打水一場空！

她佯咳一聲，微低著頭用帕子掩嘴，以掩飾臉上的尷尬，隨後眼珠子一轉，又理直氣壯地道：「既然已有身孕，那可有安排人伺候夫君？接下來妳有長達一年之久的不便，可得好好挑幾個人到慎之身邊伺候才是。」

柳琇蕊原就不是會忍氣吞聲之人，加上懷了身孕後性子越發急躁。不過即使別人話說得難聽，只要是真心為她好，她雖心中不痛快，亦會敬著對方；可孫紀氏這種行為，明眼人一看便明白她是有意找碴，她哪忍得下去，正想出聲反駁幾句，便聽得身後傳來紀淮的聲音。

「姑母遠道而來，姪兒有失遠迎，是姪兒的不是了。」

見他到來，柳琇蕊也只能將心中那股悶氣努力壓制回去。

紀淮走到她身旁，先是恭恭敬敬地向孫紀氏行了禮，而後不動聲色地輕輕握了握她掩在寬袖中的手，無聲安慰著。

柳琇蕊被他這般一握，不知怎的突然覺得很是委屈。

紀淮與孫紀氏客氣的同時亦不忘觀察妻子的一舉一動，見她低著頭一聲不吭，知道定是姑母讓她心裡不痛快了，腦子難免有幾分頭痛。他一接獲下人來稟，便擔心這位處處挑剔的姑母會給妻子臉色瞧，也沒心思再留在衙中，匆匆將差事分派下去即刻趕了回來，可如今瞧來，他仍是來晚了一步。

他暗暗嘆息一聲。只怕最近府中日子不大好過了……

無緣無故被人教訓一頓，柳琇蕊心情自然好不到哪裡去，只不過見紀淮一直含笑地招呼著孫紀氏，她身為妻子亦不好過於失禮，只得強壓下心中委屈，低著頭看似規矩地坐在紀淮身側。

孫紀氏雖對弟媳婦紀夫人不甚待見，可對這唯一的姪兒紀淮卻是真心喜愛的，畢竟他是娘家這一輩中唯一的血脈，況且還相當上進，是故她也無心再去針對柳琇蕊，滿臉慈愛地與紀淮聊起了家常。

直到孫紀氏覺得累了，這才由著府裡的下人引著她到了客房，紀淮叮囑下人們小心伺候，而後便牽著柳琇蕊的手回了正房。

人既然不在場了，柳琇蕊也無須再裝模作樣，直接用了幾分力欲甩開紀淮握著自己的手不果，噘著嘴不高興地道：「不許拉著我，反正我就是善妒，犯了婦人的大忌，有孕在身不便侍奉也不主動為夫君挑幾房妾室。」

紀淮知道她不過是在發洩方才所受的委屈，也不惱，好脾氣地一手牽著她綿軟的小手，一手圈住她的腰肢，柔聲細語地道：「肚子可餓了？可有想吃的？聽馬捕頭說西街那邊有個包子攤，裡頭的三鮮包子做得甚為美味，明日我親自帶妳去品嚐一下可好？」

柳琇蕊眼睛一亮。她自從懷孕後胃口好得很，半分也受不得餓，而孫紀氏那些話雖讓她不高興，可納不納妾關鍵還是得看夫君的意思，他若不願，旁人還能逼著他納不成？是以她也不過是發洩幾句而已，並不往心裡去，瞧，一聽紀淮會帶著她去尋好吃的，心頭那點委屈便立即煙消雲散了。

「你果真要親自帶我去？不哄我？」她雙眼閃亮亮地盯著紀淮，就怕他隨口說說哄自己開心而已。

「不哄妳，明日便帶妳去。」紀淮語氣越發輕柔。

柳琇蕊見他確實不像是在哄自己，這才心滿意足地抿嘴一笑，自動自發地偎向他懷中，尋了處舒適的位置，愜意地微瞇著眼，懶洋洋地問：「紀書呆，這位孫家姑母與咱們家關係如何啊？」

紀淮將她摟緊了些，不正面回答她的問題，只是輕聲道：「爹那一輩，咱們家只得他與兩位姑母，孫家姑母是庶長女，範家姑母便是範表兄的生母，是祖父最小的女兒。據聞祖母在生下爹爹之前還曾懷過一個，可惜卻沒能保住，她老人家身子不好，又小產過一回，大夫說只怕日後子嗣會艱難些，她便從外頭抬了兩名妾室進門，即是兩位姑母各自的生母。」

柳琇蕊往他懷裡縮了縮，小小地打了個哈欠，迷迷糊糊地問：「然後呢？」

「孫家姑母的生母生下她不久就過世了，祖母憐惜她小小年紀便沒了生母照拂，於是親自接到身邊來撫養，後來爹爹出生，她亦將孫家姑母視如己出。孫家姑母與爹爹自幼一處長大，關係極好，比嫡親姊弟差不到何處去。」他頓了頓，又道：「孫姑丈忠厚老實，孫家姑母……也只是嘴上有些不饒人，妳莫要放到心裡去。」

紀淮清楚孫家姑母對自己的母親有些意見，可也只是嘴上刺幾下，並不曾做出什麼過分之事，故紀家父母也都由著她說，左不過左耳進右耳出罷了，並不怎麼放在心上。

「嗯。」柳琇蕊呵欠連天，根本沒有將他的話聽入耳內，懷孕後她不但胃口好，還嗜睡，如今窩在紀淮懷中才小片刻又睡意濃濃了。

紀淮聽她含含糊糊地應了聲，低頭一看，見她伏在自己懷中沈沈睡了過去，不由得啞然失笑。他輕輕在她額上印下淺淺的一吻，惹來睡夢中的柳琇蕊抗議性地皺皺鼻子，他不敢再動，生怕驚擾她的睡眠。

一縷陽光穿過窗櫺照了進來，灑落點點金光，為本就溫情脈脈的室內更添幾分暖意……

紀淮果然說到做到，次日下衙歸來便換了身常服陪著柳琇蕊出了門，並讓下人遠遠地跟著，以免壞了妻子的興致。

他不懼旁人目光，緊緊地牽著柳琇蕊的手，緩緩地往西街走去。柳琇蕊性子急，對他這般慢吞吞的動作難免有些不滿。

紀淮也不理會她的不樂意，依舊慢條斯理地踱著步，在柳琇蕊抗議地輕輕搖搖他的手後，微微側頭含笑地道：「夫人不想去了？那好，咱們便回去吧！」

柳琇蕊心中一滯，望見他笑得和煦卻透著威脅的臉，也只能不甘不願地放慢步子，趁他不注意時嘀咕了一句。「笑面虎……」

紀淮故作不知，繼續引著她往前走，兩人一前一後地走著，沿途有人認出他的身分，正打算開口問候，卻見紀淮微微笑著搖搖頭，那人稍愣片刻便明白他不欲驚動周圍民眾。

「老闆，來一屜三鮮包子、一屜肉包子！」到了心心念念的包子攤，柳琇蕊率先便衝著正忙得不可開交的中年男子喊道。

「好咧，三鮮包子、肉包子各一屜！夫人，您要的包子來了！」笑得熱情洋溢的老闆手腳麻利地將柳琇蕊要的包子送了上來。

柳琇蕊迫不及待地伸手要拿，紀淮不贊同地截住她的手。「小心燙著！」一邊說還一邊掏出帕子擦了擦手，又替柳琇蕊擦拭了一番，這才拿起熱呼呼的包子，小心翼翼地掰成兩半，輕輕吹了吹，而後將其中的一半遞給她。

柳琇蕊在他這般照顧之下連吃了三個，紀淮見她胃口好，臉上笑容暖暖，輕聲問：「味道可還好？可夠吃了？」

柳琇蕊含含糊糊地點了點頭。「味道確實不錯，暫且夠了。」

兩人雖一身普通人家打扮，可樣貌、氣質在熙熙攘攘的街頭卻是十分扎眼，加上男的又這般旁若無人地伺候妻子，早就吸引不少行人往這邊望來。

柳琇蕊痛痛快快地吃了兩屜包子，紀淮見她飽了，便揚聲吩咐老闆結帳，目瞪口呆的老闆傻傻地過來，反射性地收了錢，直到兩人的身影漸行漸遠後，他才回過神來，長長地嘆一聲，自言自語地道：「這女子也太能吃了吧！瞧著瘦瘦弱弱的，胃口竟然這般大，也不知那位公子能不能養得起……」

被憂心養不起妻子的紀大人牽著吃得肚子圓圓的紀夫人，慢慢地往縣衙踱去……

紀家父母得知兒媳婦懷了身孕後笑得合不攏嘴，尤其是紀夫人，若不是抽不開身，她真恨不得立即到錦城來親自照看媳婦；而威國公府裡頭，高淑容得知女兒有孕，心中又是歡喜又是擔憂。歡喜的自然是女兒、女婿即將有後；擔憂的是小倆口身邊並無長輩在，雖有藍嬤嬤等得力的下人，她卻仍是放心不下。

「若是阿蕊嫁得離京城近些就好了，有了身孕我去照看也方便些，哪像如今這般，想見上一面都難。也不知她怎樣了，那丫頭嬌嬌氣氣的，懷著身孕總會辛苦些，她可受得住？還有慎之，可會……」她一邊整理床鋪，一邊嘆息地道。

這廂大姪兒媳婦陶氏剛進門，那廂便收到了錦城的來信，高淑容差點樂得找不著北了，只是一想想女兒那嬌性子，她又是憂心不已，怕她受不住懷孕的苦，又怕她得到的照顧不夠妥善，將來生產時會有個好歹。

柳敬南聽著她絮絮叨叨，臉上笑容溫暖柔和。終於又可以聽到妻子這般自自然然地向他念叨了，往年覺得再平常不過之事，總要失去了才幡然悔悟，也許他尋尋覓覓半生，追求的便是這種平平淡淡的幸福。

「待耀河媳婦進了門，咱們便抽個空到錦城看看阿蕊他們，妳瞧著可好？」直到高淑容說得有些口乾，他體貼地遞上倒滿了茶的茶碗，這才柔聲徵求意見。

正要將茶碗送到嘴邊的高淑容一聽，手上動作一頓，喜不自勝地問：「此話當真？你真要與我到錦城去？」

「我何曾騙過妳？再過三個月便是耀河成親的日子，待大兒媳對府裡熟悉了些，妳便慢慢將手上之事轉交給她，左不過再多一、兩個月的時間，再算上京城往錦城耒坡縣的行程，估計咱們到了錦城也差不多是阿蕊生產之時。」柳敬南將他的打算一一道來。

高淑容大喜過望，能在女兒生產時陪在身邊，相信不論是她還是阿蕊都能安心幾分。她高興得來來回回在屋裡走著，口中不停喃喃自語，柳敬南仔細一聽，原來她竟是在計劃著要帶些什麼東西給未出世的小外孫，他啞然失笑，可也不阻止她，任由她翻箱倒櫃，提前準備禮物。

四弟的話是對的，有些話若是再憋在心中不說清楚，夫妻間的隔閡將會越來越深，又不是不可調和的矛盾，左不過是放下身段，坦承自己心中真實想法，讓對方明白，她才是自己心中最重要之人。

雖然中途伏低做小了好一段日子，但如今他的阿容又如當初在祈山村那般待他，甚至更好，夫妻感情更為深厚，他還有什麼可求的？

只不過……再想到柳敬北回京後，告知他們兄弟三人錦城內發生的那一切，他仍是有些痛心，只因幫著那些官員殘害百姓、謀取不義之財的，有不少恰恰是過往跟隨柳家的將士。

當年柳家離京後，先後有不少一路跟著柳震鋒浴血沙場的將士離去。這批人之中有些回鄉做了農家翁，娶妻生子，含飴弄孫，日子雖無當初富貴，可卻多了幾分安寧；也有部分瀟灑度日，浪跡江湖；可亦有人受不住誘惑，做了貪官的爪牙，最終走上了不歸路。

他不知道當今皇上派四弟去徹查此事是否別有用意，可福也好，禍也罷，如今的他們，所作所為，只求對得住天地良心，其他的再多想亦無用。

「夫人，孫家姑奶奶又邀了白家二小姐到府裡了！」

柳琇蕊正愜意地由著藍嬤嬤扶她在園子裡散步，佩珠含著幾分不滿的聲音驀地在她身後響起。

她微微蹙眉。白家小姐？

說來有些意外，孫紀氏來到耒坡縣才沒幾日，竟也結識了不少貴夫人，其中一位便是城中富戶白府的當家夫人。

柳琇蕊只是聽跟在孫紀氏身邊伺候的丫頭說，這白夫人每回都會帶著女兒白二小姐白紫棋與孫紀氏小聚，而孫紀氏對那位溫柔知禮的白二小姐甚為喜愛，想來便是因此，孫紀氏才時不時邀對方上門吧！只不過，孫紀氏雖說是紀書呆與她的長輩，可畢竟是出嫁女，如今在縣衙亦算是個客人，白家小姐這般頻繁地上門，似乎不大恰當吧？

想到此處，柳琇蕊眉頭皺得更緊，總覺得那位白二小姐似是另有心思。

「來者是客，著人好生招呼著便是。」她不欲多想，如今沒有什麼比肚裡的孩子更重要，左右邀她過來的另有其人，她便當是借了地方給孫紀氏待客。

「夫人小心些，莫要走得太快！」藍嬤嬤的心思與她相差無幾，現下全心全意顧著她肚裡的孩子，其他一概不理會，見柳琇蕊步伐快了些，她便出聲提醒。

柳琇蕊聽話地放緩了腳步，慢慢往正院方向踱去。

「紫棋見過紀夫人。」白紫棋款款而來，朝著柳琇蕊盈盈福了福，聲音輕柔悅耳，讓人心生好感。

柳琇蕊暗暗嘆息。這般可人兒，也難怪挑剔的孫家姑母會對她另眼相看。

「白姑娘無須多禮，姑母遠道而來，多虧了白小姐陪著她解悶。」她揚著客氣的笑容道。

白紫棋抬頭飛快地瞄了她一眼，又低著頭輕聲道：「能入得了孫姨母的眼，是紫棋三生修來的福氣，紫棋不敢居功。」

柳琇蕊亦無意為難她，方才她已向對方點明了孫紀氏的「客人」身分，白紫棋若愛陪便陪著吧。而後，又與白紫棋客氣了幾句，她便扶著佩珠的手離開了。

白紫棋怔怔地望著她的背影，直到遠遠又看到一身官服的紀淮大步朝著妻子走過去，低頭在柳琇蕊耳邊說著話，得了對方一記輕捶……她垂下眼瞼，不想再去看那一幕讓她又羨慕又嫉妒的畫面。

第三十六章

「夫人妳不知道，如今外頭有人在傳，說紀大人瞧中了白家二小姐，要納她為妾，妳說氣不氣人！」佩珠憤憤地將從玉青口中聽來的話告知柳琇蕊。

歪在軟榻上的柳琇蕊含含糊糊地嗯了一聲，輕輕拍了拍腰眼處，佩珠立即上前替她揉捏，直到柳琇蕊覺得夠了才讓她停下來。

「妳方才說什麼來著？」她有些迷糊地問。

佩珠將方才的話重又說了一遍。「那些人還說得有鼻子有眼，說是白二小姐在縣衙裡偶遇了紀大人，紀大人對她……心生好感，這才打算納她為妾！」

柳琇蕊擰著眉坐直了身子，又聽得佩珠道：「有人拿這些話去問白夫人，白夫人也是回答得模稜兩可，旁人只當是真的了。奴婢瞧著，這白家分明是想混水摸魚，乘機落實此事！說不定、說不定這些話還是她們傳出去的！」

柳琇蕊卻有不同的看法。「這種話應該不會是白家人傳出去的才是，畢竟不是事實，到時妳家大人不納，那這白家可難看了，便是白小姐，名聲也會有礙。」她會這般想，皆因她很清楚這些話絕對不會成為事實。

「誰知道呢，也許是想著拚一拚吧？這世上無恥之人可多了！」佩珠不以為然地道。

而剛進了二門，打算回正院看看妻子的紀淮，方走了幾步便被孫紀氏身邊的丫頭截住。

「大人，我家夫人有請。」

紀淮有些意外地停下腳步，略想了想便點頭道：「知道了。」

到了孫紀氏暫住的屋內，他先是恭敬地行了請安禮，而後又問候了幾句，便問道：「不知姑母著人來請，所為何事？」

孫紀氏拭了拭嘴角，才回道：「外頭的傳言想來你也知道了，紫棋那丫頭姑母瞧著不錯，正好你身邊如今又缺個伺候之人，不如便將錯就錯，抬了她進門，你瞧著如何？」

紀淮一怔。「外頭的傳言？什麼傳言？」

孫紀氏見他不像是作偽，只得佯咳了咳，將那些話簡略地說了一遍。

紀淮聽罷眉頭擰得死死的，孫紀氏不見他說話又道：「名聲之於女子是何等重要，雖不知這些話從何而出，但對她一個未出閣的姑娘家來說確實不利，若是你見死不救，她這輩子豈不是毀了？這丫頭心地良善、溫柔怡人，是朵難得的解語花，姪媳婦如今身子不便，讓她到你身邊伺候著，豈不是兩全其美？」

紀淮聽罷哭笑不得。若是他不納了這白家小姐便是見死不救？這是什麼話！

「姑母此言差矣，這些捕風捉影之事根本無須理會，您越是理會，它便傳得越是厲害。至於您所說的將錯就錯，這更是萬萬要不得，一來會助長了這些歪風邪氣，二來對白小姐亦不公。」他正色道。

孫紀氏被他說得一愣，疑惑地問：「這對紫棋丫頭有何不公？」

「白小姐出身富貴人家，自當三媒六聘嫁人為正室，這般糊裡糊塗地與人為妾，於她何等不公。姑母萬萬不可再提此事！姪兒還有公事要處理，這便先告辭了。」紀淮一臉正氣地說完，依禮拱拱手，大步出了房門，留下身後還未反應過來的孫紀氏。

尋了個理由從孫紀氏屋裡出來後，紀淮暗暗擦了把汗。他還真怕這位姑母會堅持讓他將那白家小姐納進門來呢！不過……外頭那些話是怎麼回事？

他皺著眉頭細想一番。縣衙原就他們夫妻兩人，如今妻子處於特殊時期，突然間有位未出閣的女子頻繁上門，確實容易讓人想岔。看來得尋個機會將這些不實之言洗刷乾淨才行，免得傳入阿蕊耳中，到時那隻壞脾氣的偽兔子又要發作，辛苦的還不是他？

心中有了決定，他步伐便又加快了些許，直往正院方向而去。

「夫人可在屋裡頭？」剛進了正院院門，他順口問迎上前來行禮的雲珠。

「回大人的話，夫人在屋裡呢，佩珠姊姊在裡頭伺候著。」雲珠輕聲回道。

紀淮點點頭，大步往屋裡走去。

正歪在榻上閉目養神的柳琇蕊聽到腳步聲，睜眼望了過來，見是他，懶洋洋地撐起身子，由著大步上前的紀淮一把將她拉入懷中。

「怎的不回裡頭睡，在此處萬一受了涼可怎生是好？」

柳琇蕊在他懷中尋了個舒適的位置，舒服地哼哼幾聲才道：「佩珠伺候著呢，又怎會受涼。」

紀淮拉過一旁的薄被覆在她身上，將她裹得嚴嚴實實地錮在懷中，低頭在她額上親了親，柔聲問：「今日在府裡都做了些什麼？」

「能有什麼？吃了睡，睡了吃，間或到園子裡散散心、消消食。紀書呆，再這般下去，我覺得自己都快成了被你圈養的小豬了！」柳琇蕊抱怨道。

紀淮哈哈一笑，在她越發圓潤的臉上輕輕一咬，戲謔地道：「妳才知道？自妳嫁給我那日起，便成了被我圈養的小豬了！」

柳琇蕊摸著被咬一口的臉蛋，惱怒地瞪了他一眼，噘著嘴不滿地道：「做什麼老是咬人……」

這壞胚子也不知是怎麼回事，這段日子動不動就咬她，有一回還在她臉上咬出了一個淺淺的牙印，被佩珠瞧見笑話了好幾日。

紀淮討好地在她唇上親了親。這丫頭自有了身孕後胃口越來越好，吃得好，又貪睡，身上的肉自然越長越多，抱起來軟綿綿的，讓人愛不釋手；而原就有些胖嘟嘟的臉蛋如今更是圓潤了不少，紅撲撲、軟乎乎的，讓他每回見了都心癢癢地想咬上一口。

柳琇蕊嫌棄地擦了擦嘴唇，片刻後想起白家小姐那事，恨恨地捶了他一下。「你這壞胚子，就會招蜂引蝶，把人家姑娘都勾到家裡來了！」

紀淮一怔，瞬間便明白她已知道外頭那些話了，佯咳了咳，一臉正氣地道：「娘子此言差矣，為夫至今為止也就主動招了妳這隻偽兔子，可從不曾招過蜂，引過蝶。」

柳琇蕊愣了一下，回過神後更是羞惱難當地往他手臂上捶去。「壞胚子，臭狐狸，不許再叫我偽兔子！」

紀淮朗聲大笑，待見她越發氣急的神情後，連忙收斂笑意，一本正經地道：「夫人有命，為夫莫敢不從。」

柳琇蕊瞪大一雙烏溜溜的大眼狠狠地刮他，可她自認凶狠，未料在紀淮眼中卻是勾人得很，眸光流轉，滿臉紅霞，端的是嬌媚動人的俏娘子模樣，偏又要故作凶悍，讓人忍不住便想逗弄一番。

他又是佯咳一聲，趕緊將黏到她臉上的視線移開來，抱著她晃了晃，輕聲哄道：「外頭愛怎麼說便怎麼說，我那丁點俸祿養你們娘倆便有些捉襟見肘了，哪有那個閒錢再養妾室通房？」

柳琇蕊只覺心中甜滋滋的，她雖是相信他不會負了自己，可是好聽的話誰會嫌少，尤其還是自家夫君的好話。

「那你若是有錢了，豈不是就會養妾室通房了？」她故意挑刺。

紀淮親親她的嘴角，笑道：「我賺得多，妳花得再多些，那不就得了？到時我也只能認命娶了個敗家娘子，得勒緊褲帶過日子了！」

柳琇蕊被他逗得格格笑個不停，紀淮見她笑得開心，心中亦是暖洋洋的。

京郊處，柳敬南與友人相互道過別，牽著馬匹步行了一段距離，感受著田間清新的氣息，眼中有幾分懷念。在祈山村那段日子，可以說是他一生中最平靜的時候了……

「柳大人請留步。」

低沈的中年男子聲乍響，讓正欲翻身上馬回府的柳敬南停下了動作，回頭一望，卻見一身藍衣的五駙馬江宗鵬站在身後不遠處。

他怔了怔，將手中韁繩鬆開，上前幾步行了禮。「駙馬爺。」

江宗鵬定定地望著他，許久，才沈聲道：「不知柳大人可有空？宗鵬有些話憋在心裡二十餘年，一直尋不到機會……」

柳敬南迎上他的視線，與之久久對望，而後朝對方拱拱手。「擎南謹遵駙馬爺吩咐。」

江宗鵬也不再客氣，轉身往前走了幾步，繼而停下來微微側頭，示意他跟上。

柳敬南撿起韁繩，沈默地跟在他身後進了不遠處的一處別莊，想來便是江宗鵬如今暫居之所。

莊裡伺候的下人遠遠便見兩人一前一後地過來，連忙上前見禮，接著一名做小廝打扮的年輕男子上前來接過柳敬南手上的韁繩，將馬匹牽到馬廄去。

兩人進了屋裡方落坐，便有下人奉上了熱茶，柳敬南神色淡然地端起茶碗呷了一口，偶爾朝有些走神兒的江宗鵬望上一眼。屋內一片安靜，只有幾聲吱吱喳喳的鳥叫蟲鳴傳進來，也不知過了多久，柳敬南才等到對方開了口。

「十七歲那年，先皇下旨將五公主許配於我，那個恍若神仙妃子般美好的女子，京中多少男子求而不得，竟然就那樣成了我的未來妻子。」江宗鵬嗓音有幾分飄忽。

柳敬南放下茶碗，靜靜地望著沈浸過往的江宗鵬，片刻，又聽對方繼續道：「她如此溫柔典雅、高貴大方，待我亦是柔情滿滿……」

十七歲的少年得知魂牽夢縈的佳人即將成為自己妻子，那一刻的激動與驚喜，言語根本無法表達出萬分之一。他掰著手指頭一點一點地數著兩人的婚期，只盼著早日將意中人迎進門來，當一對人人稱羨的神仙眷侶，可惜天不遂人願。一場意外讓他差點殞命，九死一生活了下來，卻將前塵往事忘得乾乾淨淨，忘了家人、忘了身分、忘了心心念念的未來妻子，迎娶了救命恩人之女，生下了他的長子……

他無法再去回想憶起一切的那日他的心到底有多痛、多恨，他恨天意弄人，既然讓他忘記，為何又要讓他想起？但妻子早逝，稚子無知，他便是再不甘，也不能抹去他曾娶妻並育有一子的事實。他忐忑不安地帶著兒子返京認祖歸宗，知曉曾經的未婚妻早已另嫁，他除了苦笑，嘆一聲有緣無分外，只能將一切酸楚咽回肚子裡。

他不怪，不怪她另嫁。聽聞她的夫君待她甚好，他只覺得理所當然，那樣如花般美好的女子，世間上又哪會有男子捨得令她失望？

柳敬南聽著他喃喃細說，眼神複雜，只覺得當年的自己竟如此可悲，從頭到尾，他都被人拒於心門之外。

「……得知先皇准了我倆的婚事，我簡直不敢置信，卻又覺得上天原來還是厚待我的，原以為已經錯過的人，哪想到兜兜轉轉又能回到身邊……」江宗鵬也不管對方聽了會作何感想，逕自深深地陷入回憶當中，臉上的笑容迷濛又有幸福。

柳敬南一言不發地將茶一飲而盡，順手再倒滿了一杯。

他那時是慶幸了，可自己呢？柳家衰敗、至親離世、兄弟負傷而歸，偏偏那時元配妻子又哭求離去，重重打擊壓在他身上讓他差點捱不過去，便是如今他愛妻在懷、子女孝順、仕途順暢，回想當年，仍是抑不住那椎心之痛。

「成親後……」說到此處，江宗鵬苦澀一笑，低著頭微不可聞地嘆息一聲。

成親後也是過了一段琴瑟和鳴、蜜裡調油的日子，只是，有些事並不是刻意忽視便會真的不存在，他的兒子，非嫡非庶的兒子，無時無刻提醒著他們曾經錯過了什麼。

可他愧對兒子，江家雖認了孩子，卻不肯承認他的生母，尤其五公主進門後，那更是不可能。看著原本活潑好動的兒子一日比一日安靜，待他，亦一日比一日疏遠，為了修補父子間的裂痕，他不得不抽出更多時間陪伴他，希望他能快快樂樂、平平安安地成長，畢竟他已對不住兒子的生母，不能再對不住兒子。

只可惜，他與五公主的爭吵，便是因這孩子而起……五公主認為他心中仍記掛著兒子的生母，他解釋了一次又一次，直至有一回五公主當著兒子的面問他是不是仍想著那個救命恩人之女時，他沈默了。

他怎能當著兒子的面，承認自己心中從來就沒有他的生母！

但他的沈默，便是徹底引爆夫妻矛盾的導火索。

「我就知道，就知道會這樣，若是擎南，他才不會這般待我！」

那日五公主的話至今仍如一根刺般扎在他心中。擎南、柳擎南，被譽為柳家新一代希望的少將軍，在他失蹤的那幾年取代他成了五公主的夫君，或者，在五公主不曾察覺的時候，亦慢慢取代了自己在她心中的位置。

「事到如今，我不得不承認，在這段糾葛中，我是個失敗者，她心中的那個人，不是我，而是你……」江宗鵬長長地嘆息一聲。他早該想到的，有那般優秀的男子捧著真心守在她身邊，細細呵護著，她又怎會不動心？

柳敬南又一口將茶水灌進嘴裡，抹抹嘴角，誠懇地道：「駙馬爺，若是早二十餘年你對我說這話，我定會喜不自勝。只是，事過境遷，物是人非，柳擎南心中另有他人，只願駙馬爺與公主殿下早日解開心結。人生短短數十載，轉眼便過了一半有餘，年輕時那些恩恩怨怨又何須記掛於心，她如今是你的妻子，是與你生同衾、死同穴的妻子，不為旁人，便是為了江公子與永寧縣主，你……」

說到此處，他想到先前巧遇時五公主待他的態度，心中一窒，垂下眼瞼收斂思緒。「為了他們，你與長公主殿下得開誠布公地交談一番，這般遠遠地避開，只會讓夫妻間的隔閡越來越深。」

江宗鵬有些失神地望著他，見他一臉坦誠，眼神真摯，不禁苦笑一聲，嘆道：「是啊，人生不過短短數十載，都一把年紀了還執著這些未免可笑……」

「江公子勤勉又認真肯學，假以時日必有所成。」柳敬南不願再多說這些，話題一轉，便轉到了年前突然被任命差事的江沛身上。

五長公主府的大公子江沛，因是江宗鵬與前妻所出之子，身分尷尬，同啟帝雖對他有幾分賞識，可礙於賢太皇太妃及文馨長公主的臉面，只授了個七品小京官，直到年前才突然將他提到了六部，讓不少朝臣差點驚掉下巴。

可柳敬南卻知曉當中原因，是永寧縣主出嫁前求到了同啟帝跟前，算是……為兄求官吧！都道永寧縣主刁蠻任性、不知輕重，可從這一點看來，柳敬南卻覺得言過其實了。

聽到他提及唯一的兒子，江宗鵬臉上亦不由得浮現幾分驕傲、幾分愧色。他自然清楚兒子一直坐冷板凳的真正原因，可亦沒有別的辦法，如今終於撥得雲開見月明，他心中又是欣慰又是感傷。終究，是他連累了兒子，他，是這世間上最失敗的父親……

兩人各懷心思，就這麼沈默地坐著，柳敬南心中久久不能平靜，二十餘年來所經歷的種種如同走馬燈一般在他腦中不斷閃現，喜悅的、悲傷的、痛苦的、心酸的……各種滋味齊齊湧上心頭，直至高淑容嗔怒的樣子閃過，那些壓得他幾乎喘不過氣的情緒一下便消散了，這一刻，他再也坐不定了。

「駙馬爺，擎南還有事，就此告辭！」他猛地起身，朝著江宗鵬拱了拱手，也不待對方回應，轉身大步出了門，接過下人遞來的韁繩，飛身上馬，雙腿一夾，只聽得一聲馬匹嘶叫，一人一馬霎時便奔出了好長一段距離。

「夫人，老爺回來了。」

正整理著給女兒、女婿的禮物的高淑容，聽到丫頭的回稟後只嗯了一聲，便繼續忙著手裡的事，不一會兒，她突地感到一陣風掀過，整個人頓時被一股力度扯了過去，直直撞入一個熟悉的寬厚胸膛。

「阿容，阿容……」

她暈頭暈腦的也搞不清是怎麼回事，只聽柳敬南低沈的嗓音在她耳邊響起，一聲聲纏綿入骨的呼喚讓她不由自主地紅了臉。

自上回夫妻兩人長談過後，柳敬南便越發沒皮沒臉了，往年那個不苟言笑的夫君彷彿像是換了個人般，讓她一時有些適應不了。

她無奈地輕輕拍著越老越黏人的夫君的後背，似哄孩子一般輕聲道：「在呢，在呢……」

柳敬南將她抱得更緊，口中仍是不斷地喚著她的名字，彷彿每喚一聲，即可將昔日的種種不如意抹去一般。也許過了今日，他便能坦然地回望過去了。

當孫紀氏再一次向紀淮提出納白紫棋進門一事時，紀淮聯想到這幾日非但沒有平息、反是越演越烈的流言，心中也開始感到不妙了。

「姑母，納妾一事還請莫要再提，別說姪兒不會同意，便是爹娘亦不會點頭的。柳家一門雙爵，姪兒不過區區狀元，三元及第雖是好聽，可比白身也不過稍勝些許，岳父大人肯將女兒下嫁，是瞧著紀家家風清正及姪兒的一片真心實意。如今妻子有孕在身，姪兒不但不知體貼，反而再納新人，此等行為若教爹爹知曉，定會打斷姪兒的腿，若是國公府長輩們得知自家姑娘竟受如此委屈……」紀淮端坐椅上，正色地道。

孫紀氏臉上一僵，有幾分不自在地別過臉去。當年弟媳婦有孕時她亦是勸過弟弟抬一房妾室進門伺候，哪想到卻遭對方拒絕，如今時隔數十年，竟再一次在姪兒跟前聽到如此雷同的一番話，令她驀地有幾分沮喪。

她這般做還不是為了紀家子嗣！若不是擔心紀家會斷了香火，她一個出嫁女又何必三番四次招娘家人恨……

紀淮自幼便見識過她與母親之間的不愉快，雖亦時常為母親鳴不平，可孫紀氏待他一向親厚，這一點他無可否認，因此如今見她神情沮喪，仍不禁出言輕聲安慰。「姑母難得來一趟，不如安安心心住下來，若是姑母不急著回去，便等姪兒榮升父親之後再歸家，您瞧著怎樣？」

「罷了罷了，姑母原不過順路來看看，如今你們夫妻和睦，紀家又有後了，我也不做那討人嫌之人，還是早些啟程歸去吧！」孫紀氏嘆了口氣，有些沒精神。

紀淮又勸了下，可孫紀氏卻是打定了主意，他苦勸不果，也只能隨了她。

「我之前翻了翻，這個月二十八日是個宜出行的好日子，便在那天起程吧！」一想起家裡，孫紀氏更是歸心似箭。

紀淮又是一愣。「今日是二十六，二十八……那豈不是後日？這、這太急了些吧？」

「不急不急，慎之你又不是不知道你姑丈那人讓人片刻輕鬆不得，得時時盯著才不會出岔子，否則又叫那些下賤胚子哄了去！」說到木訥的夫君，孫紀氏一臉恨鐵不成鋼。

紀淮微微一笑。孫姑丈是個老實人，可亦是因為他老實，孫家那些大大小小的親戚們沒少占他便宜，若不是姑母精明，孫家又哪有如今這份產業。

「既如此，姪兒也不敢久留您了，趁著不到兩日的時候，姑母好生歇息歇息，免得路上過於勞累。」

孫紀氏順口應了下來，片刻又道：「我在此處還結識了幾位夫人，如今這般離去，還是得與她們告個別才是，我打算明日邀請她們過府小聚，你意下如何？」

紀淮稍思量一會兒，斟酌著道：「並不是姪兒不肯給姑母做臉面，只是，如今外頭傳揚著姪兒與那白家小姐之事，若是白家再上門來，只怕有些不妥。不如這樣，姪兒命人在膳和樓訂個雅間，您瞧著如何？」

孫紀氏有幾分不樂意地皺皺眉，可抬眸卻見紀淮神情堅定，想來是打定了主意，她只好無奈地點頭。「隨你，都隨你吧！」頓了一下，又有幾分不甘心地問：「那白家小姐確實是位難得的可人兒，你真的不再考慮考慮？日後她若訂了親事，你便是後悔也無用了！」

「姑母……」紀淮長長地嘆了一聲，滿臉無奈。

「好好好，不納便不納，隨你，都隨你，我不過一說而已。」

「姑母真的打算後日便歸去？」柳琇蕊舒服地瞇著眼任由紀淮替她捏捏腿，輕輕哼哼地指揮著。「再重些，嗯，就這個力度，甚好！」

紀大人一邊任勞任怨地服侍著紀夫人，一邊隨口回道：「嗯，她都決定了，明日將會在膳和樓辭別結識的幾位夫人。」

柳琇蕊嘟囔了一句。「走了的好……」

紀淮裝作沒聽到。經過這一段日子，他也有幾分體會到親爹夾在姑母與娘親之間的無奈了，除了裝聾作啞還是裝聾作啞，瞧，這二十幾年不是都這樣過來了嗎？

「對了，我不喜歡那個白家，更不喜歡那位白家小姐，你日後給我離他們遠遠的！」柳琇蕊愜意地將紗巾蓋在臉上，一會兒，突地想到這事，用腳輕輕踢了踢紀淮的手，命令道。

聽她提起白家，紀淮手上動作一頓，眼神幽深。

白家，最近確實是有些討厭了……

「你可聽到了？」柳琇蕊見他不回應，掀開紗巾坐了起來，往他臉上戳了戳。

紀淮失笑，抓著她的手指送到嘴裡輕輕咬了咬。「知道了，我也不喜歡他們。」

很快的，到了孫紀氏離去之日，柳琇蕊不得不比平日早起半個時辰，梳洗過後與紀淮陪著孫紀氏用了早膳，靜靜地聽著孫紀氏左一句、右一句地囑咐紀淮要注意身子，莫只顧著公事。

她說一句，紀淮便老老實實地點一下頭，最後，孫紀氏佯咳一聲，粗聲粗氣地對柳琇蕊道：「還有妳，別仗著年輕底子好便不好好保重了，妳如今肚子裡可是懷著紀家的新一輩……」

柳琇蕊有些詫異，但見到她那不自在的神情，便不多話，只笑咪咪地點頭。「知道了。」

孫紀氏正要再說幾句，一陣急促的腳步聲傳了進來，她抬頭一看，認出那是自己帶來的丫頭福兒。

「做什麼這般急急忙忙的，一點規矩都沒有！」她不滿地喝斥。

「夫、夫人，白小姐上吊了！」

第三十七章

「昨日城裡便傳遍了，說是白家小姐自己瞧上了大人，利用白夫人與孫家姑奶奶的交情到咱們府裡來，目的是什麼很明瞭了，如今外頭都在罵她不知廉恥，比青樓女子還不如，大家小姐還想著上門倒貼男人，估計她聽了這些話一時受不了，這才懸樑自盡，不過據說人已經救回來了。」佩珠一邊替柳琇蕊捏著肩膀，一邊厭棄地道：「照奴婢說，她也只是裝裝樣子，要是真想死，尋個沒人注意的時候一刀子捅進心口裡，還怕死不成嗎？」

柳琇蕊沈默地聽著她吱吱喳喳說個不停，心中卻是另有想法。

據玉青著人來報，前日孫紀氏在膳和樓辭別時，當著幾位夫人的面澄清了白紫棋與紀淮的事，當時白夫人亦在場，也順著孫紀氏的話做了澄清。這前腳剛發生之事，後腳便傳遍了城中？若說這當中沒人從中作梗，她是無論如何都不會相信的。

可這頭孫紀氏與白夫人剛澄清，那頭白紫棋便上吊，不得不說，她這步棋真是將自己推到了風口浪尖上。白夫人既然肯定了孫紀氏的話，說明白家也知道之前打的如意算盤是成不了了，倒不如趁著孫紀氏發話的同時，將女兒身上那些傳言抹乾淨，反正她們從未正面承認過與紀府的親事，盡可以推得乾乾淨淨，只可惜，如今白紫棋這一尋死，就頗耐人尋味了。

「夫人，聽聞白家老爺自昨日起便三番四次到衙裡求見大人，大人都命人將他堵了回去。不過，方才前院的丫頭來報，說大人這回倒是見了那白老爺，如今想來還在書房裡說著話呢，也不知會說些什麼。」佩珠又繼續道。

柳琇蕊挑挑眉。白家老爺上門求見？想來是為著女兒的事了……

另一頭，白家家主白季威臉色難看地出了縣衙。

今日他算是丟盡老臉了，想起方才紀淮那似笑非笑的神情，以及那句語調平平卻讓他冷汗直冒的話——

「牡丹雖美，可若是被人逼著收回家中，那瞧著便不是賞心悅目，而是相當礙眼了……」

他著實心虛不已，可這還不是最難堪的，離去之時遇到有事來尋紀淮的包、王兩人，他們說的那些話才是句句椎心，什麼「好歹也是親生女，怎趕著往別人家送去？」、「白兄若是手頭緊，愚弟手上還拿得出一、二百兩，看在相識一場的分上便贈與你吧！」諸如此類的話，讓他更是羞憤難當。

活至如今這把年紀，他還是頭一回被人如此羞辱，偏還還嘴不得，而造成這一切的，便是他的好女兒白紫棋！

「白家小姐這一尋死，外頭的人會不會猜測著你這位知縣老爺是不是對她做過什麼事，這才讓她那般想不開？又或是可憐她一片癡心付郎君，奈何郎君太無情……」紀淮回來後，柳琇蕊一副看好戲的模樣。

紀淮失笑地捏捏她的鼻子，笑嘆道：「瞎說些什麼！若是姑母與白夫人前頭不曾澄清過，她這麼一尋死，我還真可能抽不出身來；可偏偏她親生母親當眾否認了傳言，她再尋死便落了下乘。況且，白家這回是得罪人了，否則怎會這頭白小姐剛尋死，那頭便有消息傳出去？姑母與白夫人說出那番話後，白家抽身還來不及呢，怎可能還將這些事揚得眾人皆知。」

「我倒覺得白家是白家，白小姐是白小姐，白老爺、白夫人的想法未必便是白小姐的，這尋死不尋死的，若不是她心中另有主意，旁人還能逼著她不成？」柳琇蕊頗有些不以為然。

「白小姐再怎樣想是她的事，白家夫婦若是不支持，她便是有再多的想法也無用。如今白季威作賊心虛，加之又腹背受敵，包、王兩家伺機奪了他不少生意……」他微微一笑，笑得有幾分意味深長。

「你心裡頭是不是在打著什麼壞主意？」柳琇蕊見他笑得不懷好意，忍不住湊上前問。

紀淮故作神秘地搖頭晃腦。「佛曰，不可說，不可說也！」

柳琇蕊為之氣悶，輕哼一聲，將臉別過一邊去。「不說便不說，我還不愛聽呢！」

紀淮施施然地倒了杯茶，小口小口地喝著。

包府、王府及白府乃耒坡縣三大富商，但這三足鼎立不過是表面如此，若說包、王、白三家沒有吞併其他兩家、擴大自家產業的念頭，他是絕不會信的，而三家當中，白家家業稍勝些許，也莫怪那兩家會聯合起來了……

白季威因其女兒之事在自己面前有幾分底氣不足，而包、王兩家又怕自己被白家拉了過去，往日均是或明或暗地拉攏。

紀淮含著淺淺笑意將茶碗放下。他早就想重新修築河堤了，奈何手中無錢，便是京中有岳父大人他們幫著，只怕撥下來的銀兩亦不會太多，如今包、王、白三家的爭鬥……真是瞌睡就有人送枕頭啊！

因出了白紫棋尋死一事，原計劃返家的孫紀氏不得不推遲歸家的日子，派了貼身婢女福兒到過幾回白府，得知白紫棋身子無礙後她終於鬆了口氣。

「阿彌陀佛，這回可真是菩薩保佑了！怎麼，妳可還有其他事？」她雙手合十念叨了幾句，見福兒一臉欲言又止，不禁疑惑地問。

福兒猶豫了一下。「夫人，白小姐想見您一面。」

孫紀氏擰著眉不作聲。那日得知白紫棋上吊，她本就想親自到白府看看，可是紀淮卻阻止了她，只道白府定是亂作一團，她這般突然上門恐怕不大適合，她想了想覺得言之有理，便著福兒到白府打探消息。

如今白紫棋想要見她，她稍思量一會兒便道：「也好，命人準備轎子。」

柳琇蕊得知孫紀氏要出門的消息後，只微微蹙了蹙眉便放開了。孫紀氏與白夫人有交情，城中知道的人並不少，如今對方女兒出了事，她上門探望探望倒也無可厚非。

她又坐了會兒，覺得有些睏倦，便讓佩珠扶著她到裡間歇息，正睡得朦朦朧朧的，突地感覺似是有人輕輕喚她。

「夫人、夫人，該起了！」

她迷迷糊糊地睜眼，見是佩珠，含糊地問：「我睡了多久了？」

「半個時辰了。夫人，知州夫人簡夫人到了。」佩珠一邊替她更衣，一邊回道。

「簡夫人？哪個簡夫人？」柳琇蕊一時反應不過來。

「便是永寧縣主。」

「她？」柳琇蕊先是一怔，繼而不滿地嘟囔。「真是個討厭的傢伙，哪有人像她這般突然上門的，一點禮數都不懂！」

佩珠含笑著也不搭話，動作麻利地替她換上見客的衣裳，又綰了個婦人的髮髻，這才扶著她往廳裡去。

一行人經過一方圓拱門，再轉個彎便是待客的花廳。

一聲呼叫讓柳琇蕊腳步停了下來，轉身一看，見孫紀氏正朝自己走來。

「姪媳婦！」

「姑母。」她微微行了禮。

「姪媳婦，我有話要與妳說。」孫紀氏拉著她的手臂道。

「我如今要去見客，姑母有話待我見完了客人再說如何？」柳琇蕊有些為難地道。

「不過幾句話，礙不了妳多少時間，妳讓丫頭們下去，在此處說說也行！」

柳琇蕊無奈地望望周圍，佩珠等丫頭很有眼色地退得遠遠的。

「姑母有話但說無妨。」

「白家小姐，便是閨名紫棋那位，妳可記得？」孫紀氏問。

「記得，當然記得，前些日子要尋死的那個嘛！」柳琇蕊語帶嘲諷地道。

孫紀氏也不在意她的語氣，只顧著繼續道：「那丫頭也真是固執，姑母不知道原來她竟對慎之一片癡心，得知進門無望一時看不開，這才做了傻事。姑母想著她總歸是個可憐孩子，加上妳這段日子身子也不方便，倒不如便抬了她進門，一來與妳作個伴，二來也能伺候著慎之，妳瞧著如何？」

柳琇蕊火氣頓時冒了上來。原來那白紫棋還不死心，而這位孫紀氏竟如此糊塗，這樣的話也說得出來！她氣不過正欲反駁，突地聽得身後響起一陣「啪啪啪」的拍手聲。

「哎喲，我今日可算是見識到了，這世間上竟有如此無恥之人，瞧上了別人的夫君，得不到便要以死相逼，偏這世間上還有這等愚不可及的長輩——不不不，我說錯了，是這等狗拿耗子多管閒事的無謂長輩。紀家父母都不在了？需要妳這位出嫁幾十年的姑母來作主納妾？」

孫紀氏臉上一陣紅、一陣白，她平生頭一回被人這般毫不留情地當面諷刺。

「妳是何人？咱們府上之事何曾輪到妳多嘴！」她惱怒地大聲質問。

永寧縣主高傲地仰著頭，語氣不屑。「本縣主是誰還輪不到妳來問！我不過是瞧不慣某些認不清身分之人，越俎代庖干涉晚輩之事罷了。那等不知廉恥倒貼過來的女子，不打發出去便算了，居然還勸人將她抬進來，簡直荒謬！」

孫紀氏臉色鐵青，可「本縣主」三個字卻讓她清楚地認知到，眼前這名女子不是她得罪得起的，只得將視線移到柳琇蕊身上，示意她出面。

可柳琇蕊本就惱她三番四次因白紫棋一事給自己添堵，如今永寧縣主罵的這番話恰恰是她想說又礙於身分不能說的，她怎會阻止，只是神色淡淡地道：「這位是當今皇上的表妹、文馨長公主獨女永寧縣主，亦是您姪兒的頂頭上峰、錦城知州簡大人的夫人。」

孫紀氏嘴唇蠕動。又是皇上又是公主的，單是這名頭已經讓她頭大不已了。

「民婦孫紀氏，見過永寧縣主。」自來官壓一級，更何況她一個普通婦人，對上身分高貴的縣主娘娘只有低頭的分兒。

永寧縣主斜睨她一眼，不知怎的就想到自家那個太婆婆，心中更為煩躁，語氣便更不好了。「孫夫人有那等閒心，不如含飴弄孫，若實在是喜歡那尋死覓活、不知廉恥的女子，不如將她配給令郎，這樣妳亦能時時看顧著她了。」

孫紀氏滿臉通紅，卻不敢發作，只唯唯諾諾地連道幾聲「不敢」，隨後求救般地望了望柳琇蕊。

對方終究是長輩，柳琇蕊也不好讓她下不了臺，只得勉強扯出一絲笑容朝永寧縣主道：「今日怎的這般有空，來了也不事先讓人通知一聲？」

「煩著呢，順道來坐坐，難不成妳這裡我還來不得了？」永寧縣主瞪了她一眼。

柳琇蕊總算是知道了，這傢伙敢情是心情不好，孫紀氏這回算是倒楣，撞到火槍頭了。她有些同情地望向僵立當場、臉上神情萬分精彩的孫紀氏，掩嘴輕輕咳了聲。「姑母今日想來亦有些勞累了，福兒，還不過來扶妳家夫人回去歇息。」

不遠處正遲疑著不知該不該上前的福兒聽到她的話，連忙過來行了禮，扶著極為難堪的孫紀氏離去了。

而後，柳琇蕊引著永寧縣主到了正院，待雙方落坐，永寧縣主打量了一下周遭，這才有幾分不滿地道：「平常妳對著我倒是有氣勢得很，怎的一對著她便慫了？」

柳琇蕊無奈。「她畢竟是長輩，總不能不給面子。」

「我還是堂堂的縣主呢，怎的不見妳給我面子！」永寧縣主更為不滿了。

柳琇蕊掩嘴輕笑。是啊，對方是身分高貴的縣主娘娘呢！怎的她就從來不曾想過要給面子呢？

「罷了罷了，妳一個鄉下野ㄚ頭懂什麼呢！」永寧縣主洩氣地靠在椅背上，片刻，又湊過來盯著她的肚子問：「這肚子裡揣著個小娃娃是什麼感覺？」

柳琇蕊沒好氣地道：「想知道不如自個兒懷一個去感受感受。」

永寧縣主訕訕然地摸摸鼻子，小小聲道：「我這不就是沒懷上才好奇的嗎！」

兩人又閒話了一陣，永寧縣主身邊的ㄚ頭芳怡捧著個大禮盒走了進來，朝永寧縣主恭恭敬敬地福了福。「縣主。」

「給她吧！」永寧縣主朝著柳琇蕊的方向努了努嘴。

「這是何物？」佩珠接過禮盒小心地捧著，柳琇蕊瞄了一眼後疑惑地問。

「哦，沒什麼，我府裡庫房塞不進去了，隨便挑了些不要的拿過來給妳。」永寧縣主大大咧咧地道。

柳琇蕊被她堵得胸口一窒，恨恨地刮了她一眼，啐道：「沒安好心的壞傢伙，不要的東西才往我這裡塞！」

「妳這鄉下野丫頭懂什麼，本縣主手中最差的東西都抵得過妳手上最珍貴的！」永寧縣主得意地仰著頭，存心氣她。

柳琇蕊輕哼一聲，轉過頭去望著窗外發呆，完全當她不存在一般。

永寧縣主坐了一會兒覺得無聊，挪到柳琇蕊身邊，伸手輕輕摸了摸她漸漸顯懷的肚子，好奇地問：「妳是不是有什麼生子妙方啊？怎的成親沒多久便懷上了？」

柳琇蕊毫不客氣地一掌將她摸著自己肚子的手拍開。「瞎說什麼呢！哪有什麼生子妙方，好端端的妳問這些做什麼？」

永寧縣主摸摸被拍得紅通通的手背，恨恨地瞪著她道：「不過問問，凶巴巴的做什麼呢！」

她成親雖比柳琇蕊晚了大半年，可至今肚子卻一直沒動靜，夫君簡浩雖安慰她子女緣分要看天意，急也急不來，可簡浩的親祖母簡老夫人卻開始催促了，加上文馨長公主也是成婚好幾年後才有她，之後便一直不曾再懷過身孕，她不禁擔心自己萬一子女緣淺……

她踢掉繡鞋，雙手抱膝坐在榻上，悶悶地道：「怎的嫁了人比不嫁人煩的事還要多，沒嫁之前外祖母她們天天望著我唉聲嘆氣，那模樣就像我嫁不出去一般。如今好不容易嫁了人，偏又要煩這個煩那個，生孩子又不是我一個人的事，怎的都催我呢！」說到後面，她便有幾分憤憤不平了。

柳琇蕊撓撓頭，不知該如何安慰她。如今的永寧縣主，正在經歷她曾經經歷過的，那種焦躁卻又束手無策的感覺，她實在是感受太深了……

不過永寧縣主也不繼續糾結此事，又笑得不懷好意地湊到她身邊道：「那姓紀的在外頭拈花惹草了？怎會有女子為了他要死要活的？可需要本縣主出馬替妳教訓他？」

柳琇蕊沒好氣地瞪了她一眼。「妳是巴不得我沒好日子過是吧？他若真敢在外頭亂來，不用妳，我自己便能教訓他了！妳要有那個空閒，倒不如將簡大人盯緊些，別到時家裡多了這個姨娘、那個通房的。」

「他敢?!」永寧縣主瞪大雙眼，惡狠狠地道：「他若敢招惹別的女子，我定要叫他好看！」

柳琇蕊噗哧一下笑出聲來。娶了這麼個刁蠻縣主，簡大人日子想來也不好過啊！

兩人天南地北亂扯一通，卻不知時間飛快，直到芳怡輕聲提醒，才發覺天色已不早了。

「認識妳這般久，還是今日的妳瞧著順眼些，不過想來是妳肚裡孩子的功勞，若單是妳……哼，我走了！」永寧縣主起身拍拍衣裳，也不用柳琇蕊招呼，直接帶著芳怡出了門。

柳琇蕊也不以為忤，懶洋洋地靠在榻上。

藍嬤嬤輕手輕腳地走到她身邊，低聲道：「夫人，縣主送的是枝嬰孩手臂粗的人參，瞧著比京城和燕州送來的那兩枝還有年分呢！」

柳琇蕊一怔，片刻嘟囔道：「果真是財大氣粗的縣主娘娘，這竟還是不要的。」

藍嬤嬤好笑地搖搖頭。「老奴倒覺得縣主是嘴硬心軟，若是順道過來，又怎的還帶了這般貴重的禮？說是府裡不要的，可這麼有年分的人參，哪家不是珍著藏著以防將來保命要用呢？」

柳琇蕊蠕蠕雙唇，似是嘀咕著什麼，藍嬤嬤一時聽不清，但也不細問，笑笑地行了禮便退了出去。

自家夫人與永寧縣主之間的事，她從佩珠口中知道不少，這兩人可謂是不打不相識，每回遇上必有一番爭吵，可在夫人有孕時，永寧縣主送上這保命的人參，這分情誼，倒讓她有幾分刮目相看了。

孫紀氏自被永寧縣主劈頭蓋臉地刺了一頓，深感顏面盡失，尤其還是在姪媳婦柳琇蕊面前，她更感難堪。她活至今日這歲數，何曾受過這般羞辱，只恨不得立即歸家去，哪還有心情再摻和白紫棋那事。

紀淮意外她堅決要走，待細細問了柳琇蕊後，方知永寧縣主搞的那一齣，他微微嘆口氣。雖說永寧縣主說的話是有些椎心了，可若是能打消姑母那些不切實際的想法也是好的。

孫紀氏來得突然，走得也突然，柳琇蕊雖亦有幾分意外，但心中卻暗暗鬆了口氣。這位姑母雖不是什麼壞心眼之人，可是三頭兩日給自己添堵，她便是性子再好，估計早晚有一日亦會爆發，到時只怕紀淮夾在中間難做，如今她走了倒好，起碼兩家的情面還是保住了。

孫紀氏走後，紀淮忽然又忙了起來，每晚柳琇蕊都歇下了他還未歸來，次日柳琇蕊仍好夢正酣，他卻已出了門，若不是佩珠等人一再向她保證大人真的每日均有回來，她都要懷疑他是不是許久不曾回府了。

這一日，紀淮總算在她要安歇之前回了正院。

柳琇蕊見他滿臉抑制不住的喜悅，心裡那丁點不悅瞬間便煙消雲散了。

紀淮牽著她的手在榻上坐下，柔聲詢問她與孩子的狀況。

隨著她月分漸大，藍嬤嬤等人越發安不下心來，只恨不得將眼珠子盯在她身上，生怕她有個好歹；可說來也奇怪，偏偏她好吃好睡，藍嬤嬤憂心的各種孕婦不適症狀她都沒有。

柳琇蕊原還想著半真半假說些話嚇他一下，誰讓他這段日子神龍見首不見尾的，可見他臉上有幾分疲憊，卻仍是溫聲軟語地關心著自己，不禁心中一軟，抱著他的手臂，輕輕將頭靠在他的肩上，糯糯地道：「你放心，佩珠她們都誇這孩子孝順，還未出生便會心疼娘親了。」

紀淮環住她的腰，右手往她腳窩處一探，用力將她抱到了懷裡，笑盈盈地道：「我紀淮的孩子，自然孝順。」

柳琇蕊見他心情極佳，忍不住便問：「今日可是發生了好事，怎的這般好笑容？」

紀淮哈哈一笑，也不瞞她，笑意滿滿地道：「今日妳家夫君當了一回強盜，從那些個鐵公雞身上剝了一層皮下來！」

柳琇蕊在他懷裡撐起身子，仰頭問：「強盜？你打劫誰了？」

紀淮用力在她臉上親了親，眉飛色舞地道：「白、包、王三家。今日我狠狠地宰了他們一筆，阿蕊，如今修築河堤的錢已經籌了不少，再加上朝廷撥下來的，估計也就夠了。」

「你這回讓他們大失血，萬一他們心中不忿，日後豈不是麻煩？雖說民不與官鬥，可他們數代居於此處……」柳琇蕊感到有幾分憂慮。

「妳想的這些，我與簡兄都已想過了。他打算上一摺子向朝廷明言他們的功勞，到時再請岳父大人他們從旁美言幾句，求幾道賞賜並不成問題；而將來河堤修築好後，我便命人在旁邊豎一塊碑，將捐助的名單一一列在上頭。」

商人自來身分低下，雖家財萬貫，仍掩蓋不了商戶低人一等的事實，可若是得了朝廷的賞賜便不同了，身分起碼能升個幾階。對同啟帝來說，修築河堤本就是利民之事，如今還不用怎麼花錢便能成事，只須他下旨誇讚幾句，這又何樂而不為？而白、包、王三家雖心疼花了大錢，但卻得了名聲，錢沒了可以再賺，可朝廷賜予的恩典卻是難得一遇的。

「你這段日子便是與簡大人在忙此事？」柳琇蕊問。

紀淮頷首，將她摟得更緊了些。「如今包、王兩家聯手，白家漸漸勢弱，可是，白家不能倒，三足鼎立總比兩家相爭或一家獨大要好，簡兄也是這個意思。如今白家尋求支持，加上又因白紫棋一事底氣不足，我只是稍稍暗示了一下修築河堤一事，白季威便很自覺地表示願捐獻銀兩造福百姓。」

說到此處，紀淮微微一笑，讓柳琇蕊見了忍不住催促道：「接著呢？」

「接著，我只要稍稍讓人將他所捐獻的數目往上多說，不經意地傳到包、王兩人那兒去……他們自然會有所表示。」

柳琇蕊福至心靈，輕輕捶了他一下。「你太壞了，接下來是不是又把包、王兩府所捐的數目報大了傳到白家去，白老爺生怕你以後會倒向那兩家，自然又補上一部分，如此交替……嘖嘖嘖，這壞主意是你想的，還是簡大人想的？」

紀淮沒回答，含笑地抓著她又捶過來的手，輕輕咬了咬後，撫著她滑膩的臉龐道：「前段日子讓妳受了不少委屈，是我不好，妳放心，白紫棋已經鬧不出什麼了，如今白季威將她鎖在了家裡，限期讓白夫人擇婿遠遠嫁出去。」

「既然知道我受了委屈，日後定要好生補償才是！」柳琇蕊乘機要求。

紀淮哈哈一笑，在她臉上親了親。「好，謹遵夫人吩咐！」

第三十八章

「夫人，李夫人來了！」

這日，正興致勃勃地與佩珠比劃著剛完工的小衣裳的柳琇蕊，聞言臉上一喜。「芳芝姊姊到了？快快有請！」

洛芳芝自搬回李宅後，一心一意照顧兒子，旁的竟是半點也不理。柳琇蕊有孕前還會抽空到李宅看看她與小念恩，有孕後紀淮及藍嬤嬤都不贊成她往外跑，倒是洛芳芝聽聞她懷孕後上過幾次門。

一身素淨的洛芳芝進了屋裡，與柳琇蕊相互見過禮後，迫不及待地抓著她的衣袖語無倫次地道：「阿蕊，我見著他了！他沒死，他還活著，肯定還活著！」

柳琇蕊被她這番沒頭沒腦的話弄得滿頭霧水，回握著她的手柔聲安撫。「有話慢慢說，莫要急，妳指的是誰？」

洛芳芝也察覺自己失態了，強按下心中激動在她身邊坐下。「是他，李世興，我見著他了，他還活著，並沒有死！在西街布莊附近，我真的見著他了！」

柳琇蕊吃了一驚，猛地坐直身子。「妳真的瞧見他了？」

「真的是他，千真萬確！」洛芳芝連連點頭。

「見到他的樣子了？」

「……不，只是個背影。」洛芳芝臉上激動的表情僵住了，片刻才苦澀地笑笑，可接著又緊緊抓著柳琇蕊的手道：「可是，那背影分明是他的！我不可能會認錯，是他，絕對是他！」

柳琇蕊輕聲安慰了她幾句，直到她徹底平靜下來才問：「若真是李統領，他為何不回家去？」

洛芳芝一下便軟了身子，渾身無力地靠在椅背上，臉上全是掩不住的失望。是啊，以他對自己的好，若是真尚在人世，又怎會不回來尋她？又怎會忍心讓她一個婦道人家孤苦無依地生活？

「也許……也許真的是我看錯了，不會是他的，又怎會是他呢？」她喃喃自語著，這模樣落到柳琇蕊眼中，卻是說不盡的心酸難受。

世間上，沒什麼比燃起了希望，卻又被活生生捻熄更絕望了……

洛芳芝強自將眼中閃動的淚花壓回去，勉強揚起一絲笑容道：「再過不了幾個月，念恩便要有個小弟弟了，彷彿才一轉眼的工夫，當初那個小丫頭阿蕊姑娘竟就要為人母了。」

柳琇蕊見她轉移了話題，自然不會再提那些傷心事，只笑笑地道：「今日怎的不把小傢伙帶過來，我都好久不曾見過他了，可長大些了？」

聽她提到兒子，洛芳芝不由自主便揚起柔和的笑容，將臉上的苦澀失落沖淡了些許。

「小孩子長得是快些，偏又調皮，總張著手讓人抱，一旦抱著又使勁地蹦，如今我都快要抱不住他了。」

柳琇蕊腦中一下閃過小念恩活潑可愛的小面孔，心中暖意融融，忍不住拉著洛芳芝的手輕輕搖了搖。「下回記得把小傢伙帶過來，這麼久不見，我都快想死他了，也不知他還記不記得我？」

「記得記得，昨日鳴秋別著一支蝴蝶翡翠簪子，他在奶娘懷中一蹦一跳，指著那簪子猛叫姨呢！」洛芳芝笑道。

柳琇蕊怔了怔，她平日在家中都是簡簡單單地插支簪子，其中又多以蝴蝶狀的較多，沒想到那小傢伙真記住了。

「我就知道小念恩還是最喜歡我的！」她得意地揚揚眉，看得洛芳芝好笑不已。

兩人交談一陣，洛芳芝細細叮囑了她一些孕期需要注意的事後，瞧著天色不早了，心中掛念家中的兒子，遂起身告辭歸家去了。

當晚，夫妻倆躺在床上閒話，柳琇蕊便將今日洛芳芝疑似遇到李世興一事告知了紀淮，紀淮聽罷猛地翻身坐了起來，擰著眉頭陷入了沈思當中。

柳琇蕊見他神情有異，亦撐起身子，疑惑地問：「可是有什麼不妥？難不成李統領果真還活著？」

紀淮回過神來，輕輕撫摸她的臉龐，低聲道：「我也說不清，只是，三日前我與簡兄騎馬外出，中途出了些差錯，我騎著的那匹馬受了驚，差點將我甩了下來，幸虧有位壯士出手相救。」

「還有此等事！可有受傷？怎的都不曾聽書墨他們提起？」一聽他差點出事，柳琇蕊嚇得臉色發白，雙手不住地往他身上探著，生怕他受了傷還瞞著自己。

紀淮抓住她四處亂摸的手，安慰道：「不曾受傷，只是一時被嚇了一跳，那人出現得及時，我才逃過了一劫。」

再三確認他真的不曾受傷，柳琇蕊才鬆了口氣。「那位壯士呢？是何人？」

「他戴著頂斗笠，將容貌全然掩住，偏又一言不發，救了我之後便轉身離去了。那身影……如今想來確實與李統領有幾分相像，只不過……」紀淮遲疑了下。

「只不過什麼？」柳琇蕊追問。

「只不過，他的左腳，似是不大靈活……是故我也不敢肯定對方到底是不是李統領。如今聽李夫人那般一說，說不定、說不定還真的是他！不行不行，我得派人去打探打探。」說到此處，紀淮已按捺不住心中激動，趕緊翻身趿鞋下床，換上了衣裳，又回過身來在柳琇蕊臉上親了親。「我出去一會兒，妳先睡，不必等我！」說罷，也不等柳琇蕊反應便直接出了門。

柳琇蕊被他接二連三的動作弄得有些迷糊，但稍想想便明白了他的想法，心中也難掩激動。難不成李世興當真沒死？只是，若他仍活著，為何不回家去呢？

雖紀淮亦懷疑李世興尚在人世，但畢竟未有確鑿證據，柳琇蕊也不敢將這些告訴洛芳芝，就怕到時希望又落空。她滿懷期待地等著紀淮的好消息，可每回問起他，他總是沈默不語，柳琇蕊只想著或許他派出去的人還未打探出來，之後又問了幾回，他均是這副模樣，她便猜測大概是空歡喜一場了，遂也不敢再問，漸漸將此事扔到腦後去了。

時間飛快，眨眼柳琇蕊便懷孕八月有餘，紀淮每日見她挺著個大肚子都心驚膽顫的，恨不得她時時坐著或躺著，只是無論是大夫還是藍嬤嬤都建議她要適量地走動走動，這樣才有助生產。

因了這話，柳琇蕊每日都得在院裡走小半個時辰，這日也不例外，好不容易才由著佩珠扶她走了小半個時辰，回到屋裡便見雲珠拿著兩封信走了進來，柳琇蕊接過一看，頓時笑逐顏開。

「這回可都湊到一塊兒了，真是巧！」

佩珠見她心情愉悅，忍不住好奇地問：「夫人，可是有好事？」

柳琇蕊樂呵呵地點了點頭。「爹娘以及公公、婆婆都要來看我了，這時候應該已經在路上了！」

她笑得眉眼彎彎。雖然身邊有藍嬤嬤，紀淮又事事順著她，可沒有至親長輩在總歸是有些擔心，如今不但公婆，就連爹娘都要來，她只覺得原有些忐忑不安的心一下便定了下來。

佩珠一聽，亦是極為歡喜。「真是太好了，奴婢也好久不曾見過二老爺、二夫人他們了！」

想到久未謀面的父母，柳琇蕊臉上是滿滿的思念與喜悅。

長這般大，她還是頭一回與父母分離這麼久，只是……這次見了，下回不知何年何月才能再見……想到此處，她一時又有些鬱鬱寡歡。

佩珠見她方才還笑容滿面，一眨眼卻又難掩失落，不禁疑惑地問：「夫人為何這般模樣，難道二夫人他們來了妳不高興？」

「怎麼會呢！」柳琇蕊連連搖頭，將心中想法說了出來。

佩珠失笑，都道孕婦性子有些不定，這下她還真是見識到了，人都還沒來呢，她就開始憂心著下回之事了。

她輕輕柔柔地勸慰了幾句，讓柳琇蕊很快又高興起來。

「妳命人將東院及南院的屋子收拾好，待他們來了也好有個住處，若是有缺的儘管補上，務必要讓爹娘他們住得舒心；還有，命廚房多研究幾個新菜色，不了不了，還是直接讓吳掌櫃從膳和樓裡挑幾樣好的……不行不行，還是府裡現做的更好些……」

柳琇蕊興奮得嘰嘰咕咕說個不停，佩珠含笑替她捏著腿，不時回應幾句。

翹首引領了小半個月，率先抵達的並不是柳敬南夫婦，而是紀老爺夫妻倆。柳琇蕊雖有幾分失望，可亦是歡歡喜喜地讓藍嬤嬤和佩珠一左一右扶著自己出去迎接，甫一進門的紀夫人見她挺著個大肚子走出來，嚇得差點叫出聲，連忙加快腳步上前。

「妳這孩子，身子不便還講究那些虛禮做什麼？一家子哪還講究那麼多！快回去，此處風大，小心著涼了。」紀夫人一邊嗔怪一邊接替藍嬤嬤扶著她的右臂，小步小步地往屋裡走去。

「母親難得來這一趟，媳婦心裡一高興，哪還坐得住啊！」柳琇蕊嬌憨地反勾著她的手臂，笑著道。

紀夫人愛憐地拍拍她的手。「這段日子苦了妳了。」

柳琇蕊抿嘴一笑。「不苦，這又怎會是苦呢？」

婆媳兩人說說笑笑地往裡走，片刻便進了院裡。

而另一處，同樣是喜不自勝的紀淮難掩激動地見過了父親。

紀老爺哈哈大笑著拍拍他的肩膀。「好小子，總算是讓你爹當上祖父了！」

紀淮嘻嘻地傻笑幾聲，親自接過書墨端上來的溫水伺候紀老爺淨了手，這才笑容滿面地道：「爹一路上辛苦了，家中一切可好？」

紀老爺捋著鬍子含笑道：「不辛苦，一想到盼了這麼多年終於可以當祖父了，爹心裡樂著呢！又哪會覺得辛苦。家裡一切都好，你莫要掛心，我和你娘出門前已經將府裡一切打點妥當了，不礙事的。你娘啊，你也知道她的性子，自知道兒媳婦有喜，恨不得立刻過來親自照料，天天在我耳邊念叨這個那個，我就想著既然這般放心不下，乾脆過來瞧瞧，也好安了她的心。對了，兒媳婦可都好？」

「好著呢，大夫說了，這一個月之內便有動靜，如今府裡已找好產婆，各式物品也準備妥當，娘來了更好，讓她老人家瞧瞧可還有缺的。」

父子兩人閒話一陣，這才去見紀夫人婆媳，一家人自有一番歡喜，不消細表。

因府中有了長輩坐陣，柳琇蕊心中也稍安定幾分，紀夫人將她照顧得十分周到，事無巨細都親自打點得妥妥當當，閒時還會陪著她說說笑笑，緩解她產期將近的緊張。

「那個黑漆雕花大方盒裡的東西，是妳孫家姑母送的，裡頭都是些月子裡會用到的藥材，據妳公公說，是她親自到藥鋪裡頭挑的，難為她有這個心了。」紀夫人一邊繡著給未來孫子的小肚兜，一邊閒話著。

柳琇蕊一怔。孫紀氏？

紀夫人察覺她的神情，將小小的肚兜放下，拉著她的手和藹地道：「妳姑母也只是嘴巴不饒人了些，人倒是挺好的，娘與她接觸了二十幾年，對她還是有幾分瞭解的。雖說我進門時她已經出嫁了，可紀家人少，她又嫁得近，閒來也常回娘家看看，我與她那些小磨擦，想來妳多多少少知道些。娘也不瞞妳，初時的確有些受不住，也感到委屈，只是這麼多年來，也只聽她嘴裡挖苦幾句，比別人家那些直接插手娘家事的大姑子好多了。」

柳琇蕊意外地望了望她，紀夫人朝她微微一笑，坐到她身邊又道：「娘身子不爭氣，進門好幾年才懷了慎之，她自來便與妳公公關係極好，見他成親數載膝下無子，心裡也是慌了。紀家數代單傳，她許是怕香火到這一代便斷了，故才……」

柳琇蕊怔怔地望著她，見她表情柔和，笑容溫柔清淺，相由心生，可想而知她確實並不在意孫紀氏這二十幾年來待她的種種，日子也是過得幸福平和。

「再者……」紀夫人突地露出個狡黠的笑容來，讓柳琇蕊好生詫異。「她每挖苦我一回，妳公公便加倍待我好，相比之下，那些不中聽之話又哪比得上實實際際的好呢？」

柳琇蕊愣住了，尤其是看到紀夫人還調皮地衝她眨眨眼，她猛然醒悟。這個婆婆可真是了不得！

紀夫人見她傻愣愣的模樣不禁噗哧一下笑出聲來，輕輕拍了拍她的手背，也不再多話，繼續拿起小肚兜繡了起來。

柳琇蕊定定地望著含著淺淺笑意、滿臉期盼地穿針引線的婆婆，許久，微不可聞地輕嘆一聲。都道紀老爺與夫人伉儷情深，二十年如一日的恩愛，可美好幸福的日子都是要用心經營出來的，彼此諒解、彼此包容才能長長久久，相比之下，她確實仍有許多不足……

第三十九章

柳敬南與高淑容是趕在女兒生產的這一日到的，計劃總是趕不上變化，兩人原以為能再早些抵達，可路上卻意外耽擱了幾日，以致夫妻倆抵達耒坡縣衙時，見到的卻是闔府神色緊張、步伐匆匆。

紀淮強打起精神招呼著遠道而來的岳父、岳母，可柳敬南夫婦心中掛念著女兒，哪還有心情寒暄啊，尤其是高淑容，問明了產房之處便直接趕了過去，柳敬南想了一會兒，亦跟在她身後前去。

紀淮自然亦不落後，如今他心中焦急得很，明明大夫說還有半月左右才會生的，今早兩人還說著笑呢，可柳琇蕊突然臉色大變，猛力抓著他的手，嚇得他亦是一下白了臉，直到聽到動靜的藍嬤嬤推門進來，才明白她是提前分娩了。

守在產房外頭的紀夫人見親家趕在這緊要關頭到來也是意外得很，彼此都有些心不在焉地見過禮後，高淑容忍不住問：「如今都幾個時辰了？」

「快四個時辰了。」紀夫人回道。雖清楚生產不是件容易事，拖個十幾個時辰也屬常見，可裡頭畢竟是兒媳婦及未來孫兒、孫女，要她心裡不擔憂是不可能的。

高淑容心中一緊。這個嬌嬌女兒平生最怕疼，如今生生熬了幾個時辰，也不知怎樣了。她正擔心，裡頭突然傳出一陣痛呼，嚇得她腳下一軟，虧得剛巧走過來的佩珠伸手扶住了她。

痛呼一聲接著一聲，一聲比一聲高，叫得高淑容再也待不住，猛地推開佩珠的手，快步往產房去，驚得紀夫人及佩珠連連呼喚，可卻只能看到她的身影極快地消失在門後。

紀淮臉色蒼白地跟在高淑容身後，嚇得紀夫人一把拉住他，責備道：「你跟著去做什麼？好好地坐著等便是，再不然便與親家老爺到正廳那兒去坐一坐。」

紀淮嘴唇動了動，還未等他說出話來，一聲更尖銳的痛呼驀地響起，刺得他身子不住地顫抖，哆哆嗦嗦地扯著紀夫人的衣袖問：「娘、娘，她她、她……」

紀夫人同樣被嚇了一跳，可她終究見多識廣，見兒子嚇得不輕，連忙輕聲安慰道：「放心放心，許是快生出來了，親家夫人已經到裡頭去了，有她看著，媳婦肯定會沒事——」話音未落，又是一聲尖叫。

「啊——」

紀淮再也忍不住了，猛地撲到窗前。「阿蕊、阿蕊，咱不生了、不生了……」

饒是紀夫人心中焦急，聽到他這話也是忍俊不禁，正待取笑幾句，卻聽裡頭傳來柳琇蕊斷斷續續的斥罵聲。

「你、你這書、書呆子胡說、胡說什麼呢……啊……疼死我了，再、再生也是、也是你來生……啊……」

「好好好，我生我生，妳、妳別怕、別怕……」紀淮死命地想透過窗縫往裡頭看，可偏偏卻是什麼也看不到，耳邊是妻子陣陣痛呼，眼前卻是關得嚴嚴實實的窗戶，急得他滿頭大汗。

紀夫人聽著這對活寶的對話，又是好笑又是好氣，上前幾步扯著兒子的手臂，用力推到紀老爺身邊。「快把這傻子帶下去，省得在這讓人笑話！」

紀老爺忍著笑意說情。「罷了罷了，如今他又怎能坐得住，隨他去吧，左不過都是自家人，要鬧笑話也只有自家人知道。」

柳敬南雖擔心女兒，可見女婿這般模樣亦是深感好笑，搖頭笑嘆一聲，拍拍伸長脖子猛往產房望的紀淮。「慎之，莫要急，坐著慢慢等。」

岳父大人的面子總不好不給，紀淮胡亂地點點頭，順著他的力度在太師椅上坐下，屁股剛沾到椅子，又是一聲尖叫傳出，嚇得他一下彈了起來，咚咚咚地就要往屋裡衝，虧得柳敬南眼明手快地扯住了他。

「莫急莫急！」饒是柳敬南心中有再多的擔心，亦被這形象全無的女婿逗樂了。

紀淮嘴唇抖動，雙眼緊緊盯著房門，屋內那一聲聲痛呼好似一拳又一拳地往他胸口砸過來，讓他悶悶地痛著。

「哇哇哇……」一聲響亮的嬰孩落地聲響起。

「生了生了，夫人生了位小少爺！」

「生了？」紀淮傻愣愣地問了句。

他身側的柳敬南捋著鬍子哈哈大笑。「生了，我要當外祖了，哎——」話音未落，便見鬧了不少笑話的女婿撲通一下軟倒在地。

「好了好了，終於生了……」紀淮長長地吁了口氣，扯著袖口擦了把汗，全然不顧在場三位長輩的好笑神情。

紀家新一代的小少爺終於出生，挑在祖父母及外祖父母均在場的日子趕著從娘親肚子裡出來了，在場男子除了紀淮被允許進屋瞧瞧小傢伙外，紀老爺及柳敬南僅能揹著手在廳裡團團轉，不得見見新得的孫子／外孫；偏偏兩人的老妻都將全副身心放在柳琇蕊及小娃娃身上，誰也沒那個心思來向他們說說新生兒的情況，讓兩人心癢難耐。

紀淮手足無措地望著紀夫人懷中那個小小的大紅襁褓，手掌摩擦了許久，可就是不敢伸手去抱，只是貪婪地盯著紅通通的小傢伙，眼神越來越柔和。

這是他的兒子，流著他與至愛女子血脈的兒子……

柳琇蕊是次日一早才醒過來的，甫一睜眼便見紀淮正含笑望著她，她怔了怔，開口詢問，聲音有幾分沙啞。「孩子呢？」

紀淮撫著她的額，低聲道：「還在睡呢，娘她們好不容易才將他又哄睡過去。」頓了一下，伏下身在她唇上親了親。「阿蕊，讓妳受苦了。」

柳琇蕊有幾分羞澀地抿抿嘴，輕輕扯了扯他的衣袖。「我想見見他。」

「好，只是妳如今身子虛弱，只瞧上一會兒便要吃些東西，岳母大人早命人熬了些粥，就等著妳醒來吃呢！」言畢，趕緊著人去安排。

高淑容抱著小外孫從隔壁屋裡過來，小心翼翼地將小傢伙放到柳琇蕊身邊，低聲囑咐道：「剛餵了奶才睡下不久，可千萬別吵醒他，這孩子的脾氣像極了妳小時候，稍不如意便哭鬧不休。」說到最後，她忍不住戳了戳女兒的額頭。

柳琇蕊注意力全被呼呼大睡的兒子吸引去了，哪還聽得進娘親說什麼，只隨口嗯了一句，眼睛便眨也不眨地盯著小傢伙。

良久，高淑容俯身將小外孫抱起來，對柳琇蕊道：「我先把他抱回去，妳吃點東西，日後有得妳忙呢！」

柳琇蕊依依不捨地望著娘親抱著兒子離去的身影，直到再也瞧不見，這才接過佩珠遞來的粥。

紀知縣喜得貴子的消息自然瞞不過城裡的有心人，洗三那日縣衙大門前車水馬龍，有帖子、沒帖子的都利用這千載難逢的機會上門來，讓原想一切低調從簡的紀淮頭疼不已，幸虧父母及岳父、岳母均在府中，女眷有紀夫人招呼著，高淑容則是照顧柳琇蕊及小外孫，外頭自然就是由紀淮等人接待。

此時，同樣上門道賀的永寧縣主羨慕地盯著乖巧伏在娘親懷中的小嬰孩，正想伸手去戳戳他的臉蛋，眉眼間掃到手上長長的指甲，一下便縮了回去。這般軟軟嫩嫩的肉團，若是戳疼了豈不是罪過？

在她伸手時便打算出聲阻止的高淑容見她一下又縮了回去，微微怔愣。對女兒與文馨長公主的獨女交好一事，她意外不已，特別是從佩珠口中得知這兩人之間的始末，心中更是複雜。

她不動聲色地打量著正與柳琇蕊小聲談話的永寧縣主，見她眉目肖似其母，可身上卻散發著與之截然相反的蓬勃朝氣，說話間臉上亦是掩飾不住的濃濃笑意，甚至察覺她望著自己，也不惱，反是微微抬頭朝她露出一個大大方方的笑容。

高淑容輕吁口氣，只覺得人生的際遇實在是不可預料，她、柳敬南、文馨長公主及五駙馬江宗鵬，恁是他們之中任一位，想必都絕對料不到他們的後代竟能如此交好。

「這次阿蕊能順利生產，多虧了縣主所贈的人參，妾身感激不盡。」她斂斂思緒，朝著永寧縣主微微福了福。

永寧縣主嚇得一下蹦了起來，連忙扶起她道：「夫人不必客氣，這不過是些小小心意，算不得什麼。」

高淑容微微笑了笑，正欲再說，便聽柳琇蕊嘶著嘴道：「娘，妳莫要再與她客氣了，小心她把尾巴翹到天上去！」

永寧縣主恨恨地瞪了她一眼，小小聲啐了一口。「妳才有尾巴，討厭的傢伙！」

柳琇蕊得意地朝她揚揚眉，轉過頭去抱起兒子親了親，不理她。

高淑容見兩人熟絡的模樣，笑笑地搖了搖頭，也不打擾她們，輕手輕腳地退了出去，回身要拉上房門時，忍不住深深地望了又開始鬥嘴的兩人一眼，而後終是緩緩地合上了門。

兒女長大了，終會離開父母身邊，去尋找屬於他們自己的人生，父輩那些愛也好、恨也罷，便讓它隨著時間漸漸流逝吧……

「妳兒子可有名字了？」永寧縣主一邊小心翼翼地抱著奶娘遞過來的小襁褓，一邊問。

「大名還沒有，小名倒是有一個，叫易生。」柳琇蕊伸出手指輕輕點在兒子的臉蛋上，笑容柔和。

「易生？這是何意？誰取的？」永寧縣主不解。

「我取的，就是好不容易才生下來的意思！」柳琇蕊有點小驕傲地微抬下巴，為自己取了這麼一個一致得了長輩及夫君贊同的名字而得意不已。

「這麼容易生，那妳以後便多生幾個唄！」永寧縣主白了她一眼，又轉過頭去逗弄小易生。

「容易生？」柳琇蕊愣住了。難道他們有志一同地贊同這名字……容易生、容易生，對數代單傳的紀家來說，這個寓意真是好極了！

一想到這個可能性，她頓時有些哭笑不得。她真的不是那個意思啊！

小易生的洗三過後，柳琇蕊便繼續乖乖坐月子，兒子有奶娘，還有時時刻刻抱著孫子都嫌不夠的紀夫人照顧，許多事根本輪不到她來操心，按高淑容的說法，她只要好好地養好身子便是了。

而有子萬事足的紀知縣只是過了幾日輕鬆日子便又忙碌起來了，修築河堤的銀兩，加上朝廷撥下來的，算算已經充足了，趁著如今執掌工部的柳敬南也在，兩人召集了城中大小官員以及能人工匠，正式將築堤一事提上了日程。

日子雖忙，可他每日都會儘量抽空來瞧瞧兒子，再陪著妻子說會兒話。只是，對著那個軟綿綿的小肉團他始終不敢伸手去碰，就怕自己手勁大，一不小心碰疼了他。

隨著日子一天一天過去，小傢伙漸漸長大了，不哭不鬧的時候讓人愛到不行，更是讓紀淮每每見了都捨不得移開視線，可一旦鬧騰起來，那便是驚天動地般讓人不得安生，正如這會兒一樣——

他望著在柳琇蕊懷中扯著嗓門越哭越大聲的兒子，頭疼地揉揉太陽穴。今日紀夫人與高淑容相約出門上香祈福去了，他好不容易得了空，想著過來陪陪妻兒，與柳琇蕊才說了小片刻閒話，原本安靜地咬著小拳頭的兒子突然便哭鬧起來。

「夫人，小少爺許是餓了。」奶娘聽到響聲連忙走了進來，輕聲提醒道。

柳琇蕊正柔聲哄著兒子，聽得她這話便小心翼翼地將哭個不停的小傢伙遞了過去。「那妳趕緊餵餵他。」

奶娘微微福了福，抱過小易生到了隔壁，哇哇的嬰孩哭鬧聲隔著牆壁傳來，片刻之後漸漸地止住了。

「果然是餓了。」柳琇蕊輕吁口氣。

紀淮乘機坐到她身邊，摟著她的腰身。「這小子實在太鬧騰了，將來也不知會長成什麼性子。」

「肚子餓了自然會哭會鬧，小孩子都這樣，小念恩當初不也一樣？」柳琇蕊不贊同地橫了他一眼，隨後在他懷中扭了扭身子。「你鬆開，我身上一股味道，小心熏了你。」

紀淮卻像是和她作對一般，拚命往她身上嗅。「什麼味道，我聞聞……」

柳琇蕊用力推著他的胸膛，笑罵道：「快放開，再這樣我可就惱了！」紀淮不甘不願地在她臉上輕輕咬了一口，這才放開她。

「有件事差點忘了跟妳說，簡兄也要當爹了。」他有一下沒一下地輕拍著柳琇蕊的手，隨口便道。

「永寧縣主有喜了？」柳琇蕊意外極了。

「那小子雖不曾明言，可眼裡的歡喜卻是掩飾不住的，近來又總是或明或暗地向我打聽女子孕期需要注意些什麼。」說到此處，他好笑地搖搖頭。「我瞧他不過是想炫耀一番罷了，許是還未滿三個月，不適宜公開，但心中又抑制不住歡喜，這才用那般可笑的話來問我。」

想到簡浩眉飛色舞卻又故作不經意的樣子向他打探，他便忍不住想笑。

「真要是有喜，那可是再好不過了！」柳琇蕊笑容滿面，有幾分慶幸地道。永寧縣主雖平日瞧著沒什麼，可心中擔憂子嗣她也是知道的，如今終於有孕，總算可以落下心中大石。

夫妻兩人又閒話了一陣，突地房門被人從外頭推開，兩人下意識望過去，見是一臉慌張的佩珠，心中均是詫異不已。

「怎的這般慌慌張張的，發生了什麼事？」柳琇蕊率先便問。

「大、大人，夫人，奴婢、奴婢見見、見著、見著李統領了！」佩珠臉色蒼白，結結巴巴地道。

柳琇蕊猛地坐直了身子。「什麼？妳說妳見著誰了？」

「李、李統領！念恩小少爺的親爹！」

「在何處見到的？妳確定不曾認錯人？」

「就在西街那邊的小巷子裡頭，一位七、八歲的孩子衝撞了他，將他頭上的斗笠撞掉了，雖然他很快便彎身去撿，可奴婢清清楚楚地見到他的樣子，就是李統領，絕對不會認錯！」佩珠肯定地道。

「妳確定見著了他的容貌？」紀淮平靜的聲音插了進來。

「確定！」佩珠斬釘截鐵地點點頭，不到一會兒，秀眉又蹙了起來。「好像、好像又……」

「好像又怎樣？妳快說啊，急死人了！」柳琇蕊著急地催促。

佩珠努力回憶，良久後猛地驚呼一聲。「啊！奴婢想起來了，只是見到他半邊臉，不過也還是能認得出，應該是李統領無疑！」說罷，她用力地點了點頭，似是想加強可信度一般。

「半邊臉……」柳琇蕊吶吶地道，轉過身問坐在一旁的紀淮。「半邊臉也是能認出一個人來的吧？」

紀淮並沒有回答她，只是若有所思地呷了一口茶。

柳琇蕊疑惑地望著他，忍不住輕輕碰碰他的手臂。「怎麼了，問你話呢？你覺得李統領是否尚在人世？」

紀淮垂眸，許久才微不可聞地嘆息一聲，溫柔地將她垂落的髮絲撥到耳後，答非所問。

「用情至深才會諸多顧慮，尤其是不自信之人……」

柳琇蕊狐疑地打量著他。「你是不是有事瞞著我？」想了想又試探著問：「莫非李統領真的沒死？」

紀淮含笑地撓撓她的手心，隨後突然拍拍衣袍站了起來。「我還有事要忙，妳好好休養。」言畢，也不待她反應，直接便出了門。

「這……這算什麼？」柳琇蕊呆呆地望著他漸行漸遠的背影，百思不得其解。

「用情至深才會諸多顧慮，尤其是不自信之人……」

紀淮臨走前那番話不停地在她腦中迴響，她怔怔地靠在床榻上，苦苦思索。

難道、難道李世興果真還活著，只是在顧慮著什麼，這才一直不敢回家？

她猛地瞪大眼，越想越覺得這個可能極大。李世興定是因為某些緣故而不敢與妻子相見，可心中又掛念妻子，這才三天兩頭地在城中出現。西街，離洛芳芝母子居住的李府極近！

想想紀淮上回對她說會命人打探李世興是否仍在世，後來卻不了了之，如今卻又說出那番話來，可想而知，他定是確定了李世興還活著，只不過有些原因不便對她明言而已。

她煩惱地撓撓頭。李世興還活著的消息，到底應不應該告訴洛芳芝呢？如果洛芳芝知道夫君仍在世，可卻不願回家團聚，她豈不是更難過？只是……若是李世興一直無法打消心中顧慮，難不成他們一家人便再不相見？

紀淮從屋裡出來後，到書房坐了一會兒，打開工匠前日交上來的設計圖，可無論怎樣都看不進去，他乾脆將圖重又收好，大聲吩咐人備車。

「事到如今，你到底還在顧慮些什麼？難道便要一輩子躲在暗處偷偷看著他們母子？難道你不想一家團聚？念恩如今都會叫爹了，你不想親眼看看自己的骨肉，聽他喚你一聲『爹爹』？」城外的一間小茅屋裡，紀淮擰眉不解地望著對面低著頭一聲不吭的黑衣男子。

許久，男子苦笑一聲。「我又怎會不想夫妻團聚、父子相見？只是，你瞧瞧我如今這般模樣，人不人、鬼不鬼的，只怕她會……」

他緩緩抬頭，左臉一片觸目驚心，一道又長又粗的疤痕從他下眼皮一直延伸至左耳垂，生生將他的左臉分為兩半，加之還有幾道或細或粗、或長或短的，讓人幾乎無法認得這左邊臉的原樣。

紀淮一時不知該如何勸慰。李世興與洛芳芝之間的關係，他便是最初不知，後來接觸過幾回亦或多或少清楚了，想來洛芳芝婚後待他極為冷淡，甚至厭惡，否則若是夫妻感情深厚，他又怎會因容貌被毀而躊躇著不敢歸家。

李世興垂下頭，死死握著拳頭。原就討厭自己的女子，若是再見到他這般醜惡模樣，只怕會更加厭惡。她沒有自己，便不會再想到這幾年的不愉快；他也見到了，沒有他，她過得很好、很平靜，這樣的平靜，或許正是她一直以來所希望的，只不過因他而苦求不得罷了。

他，已毀容跛足……苟延殘喘著，不過是心有牽掛，若是相見……如今的李世興，即使經歷過九死一生，可亦不是無堅不摧的，只消心愛的女子一記恐懼、厭惡的目光便能徹底將他摧毀了……

紀淮怔怔地望著他，許久，輕嘆一聲。該勸的他都已經勸過了，無論再怎樣對他說洛芳芝得知他過世後是如何悲痛欲絕，他都只是垂頭一言不發。這些年來，他到底遭受了怎樣的打擊，才讓他這般不自信，不相信他的妻子真的會關心他、掛念他？

第四十章

為確認李世興尚在人世，柳琇蕊又是撒嬌又是耍賴地磨著紀淮，紀淮被她磨得無法，終於點頭了。

之前他派人追查時便已得知李世興仍活著，只不過對方一再請求他莫要將此事告知第三人，他才一直瞞著罷了，如今既然瞞不住，他便乾脆承認了。

「既然他尚在人世，為何不肯與芳芝姊姊相認，還這般藏著躲著，難道他連兒子都不想見了？」柳琇蕊百思不得其解。

紀淮輕輕地撫摸著她的臉龐，嘆息一聲。「妳不知道，他出事當日受了重傷，除了身上多處傷痕外，左臉還有一道極深、極重的劍傷，加上又墜落山崖，崖下水流湍急、沙石尖銳，更是令他傷上加傷。如今雖萬幸撿回一條命，可臉上的疤痕卻是難消了，左腿雖行走無礙，但終是與往日不同……」

柳琇蕊大吃一驚，隨後想起佩珠當日也只道見著他半邊臉，想來便是那完好的右臉了。

「就因為他如今容貌被毀，腳又不靈活，這才不敢與妻子相見？」她帶著幾分怒氣瞪著紀淮，想到自聽得夫君離世後痛不欲生的洛芳芝，心中怒火更盛。

紀淮安慰地拍拍她的手背。「他們夫妻之間的事，我雖不甚明瞭，可大抵也清楚，李夫人……她這幾年來待李統領並不大好，兩人的相處……」

柳琇蕊一怔，細細回想與李家夫婦僅有的幾次照面，又憶起得知李世興過世當日洛芳芝的種種表現，心中一緊，不得不承認，那兩人成婚後過得並不融洽，而這可能挫傷了李世興在妻子面前的自信，才導致今日這番局面。

「只是，如今芳芝姊姊一人獨自撫養兒子，他明明活著卻不肯相見，終究是……」

「再等等，或許再過段日子他想通了，到時便會回去。」紀淮擰眉道。李世興心中既放不下妻兒，總有一日會現身的，現在只能等了。

柳琇蕊雖替洛芳芝感到不滿，可見夫君發話了，也只能不甘不願地點點頭。「好，那便再等一陣子，若是他再這般拖拖拉拉、猶豫不決的，我便將這消息告訴芳芝姊姊，看他還躲不躲、藏不藏！」

紀淮微微一笑。他這般乾脆地向她坦白，也是想著萬一李世興一直不敢跨出那一步，他也好讓妻子將消息傳給洛芳芝，畢竟，總得有人先邁出一步才行。

小易生滿月後，柳敬南與高淑容便起程返京了，縱使兩人再不捨，可京中也有許多事等著他們回去處理；尤其是柳敬南，原就還有官職在身，能出來這般久也是同啟帝的恩典，如今女兒見到了，外孫也平安出生了，而耒坡縣轄內河堤正在修築當中，他也是時候回京覆命了。

紀老爺原也打算早些起程返回燕州，可紀夫人捨不得小孫子，是故一拖再拖，直至柳敬南夫婦走後半個月，這才依依不捨地踏上了返鄉之路。

先後送走了父母及公婆，柳琇蕊便重新執掌府中大小事務，與以往不同的只是身邊多了個黏人的兒子，一時半刻見不到她都會扯起嗓門大哭大鬧。如此一來，她每日僅能挑兒子熟睡的時候到抱廈廳裡處理府中事務，將差事分派完畢後便匆匆趕回正院，以免兒子看不到她又會鬧得驚天動地。

她忙得抽不開身，紀淮也好不到哪裡去，夫妻倆各有各的忙碌，能一起閒話家常的時間倒是少了，彼此難得抽了空，也只是逗弄一下越發活潑好動的兒子。

這日，洛芳芝抱著兒子上門時，恰逢柳琇蕊難得的空閒，得知他們母子兩人到來，柳琇蕊忙不迭地吩咐人快快有請。

打扮得像個小仙童一般的小念恩居然是由鳴秋拉著他歪歪扭扭地走進門來的，柳琇蕊見了大為驚喜，連忙迎上去抱起小胖墩兒，用力在他臉上親了親。

小傢伙不依地在她懷中扭來扭去，小胖手指著地上道：「走、走……」

一旁的洛芳芝笑道：「他方學會走路不久，如今正是在興頭上，平日也不肯讓人抱了。剛剛下了馬車，鳴秋本想抱著他進來，可這孩子卻鬧起彆扭，非要自己下來走。」

柳琇蕊順著小傢伙的意將他放到了地上，小傢伙像隻小鴨子般搖搖擺擺地朝洛芳芝走去，離得小半步遠了便格格笑著直撲過去，抱著娘親的腿樂個不停。

洛芳芝彎下身子將他抱了起來，伸手刮刮他的小鼻子。「小壞蛋！」

小念恩又逸出一陣歡快的清脆笑聲，直把頭往她懷裡鑽，讓人愛到不行。

母子倆鬧了好一會兒後，洛芳芝將兒子放到軟榻上，拉著他的小手教他向柳琇蕊行禮。

小念恩流著口水望望娘親，又望望面前朝他笑得溫柔可親的柳琇蕊，突然拍著小手格格直笑，讓人忍俊不禁。

柳琇蕊忍不住接過鳴秋拿著要替他擦口水的帕子，親自幫他擦了擦紅撲撲的小臉蛋，然後將他抱在腿上，輕輕點了點他的小鼻子。「小念恩可還記得姨母？」

小念恩睜著一雙清澈大眼好奇地望著她，片刻又是格格地笑個不停，讓柳琇蕊好笑不已。

「小傢伙，你在笑些什麼呢？」這般冰雪可愛又愛笑的小娃娃，實在是可人得很，柳琇蕊抱著他軟乎乎的小身子簡直不願放下了。

一陣哇哇的嬰孩啼哭聲傳了進來，讓正樂呵著的小念恩一下止住了笑聲，扭著頭四處張望。

柳琇蕊抱歉地朝洛芳芝笑笑，將懷中的小念恩放到了榻上，起身上前接過推門進來的奶娘懷中正哭鬧的兒子，小易生到了熟悉的馨香懷抱，哭聲便漸漸停止了，只是間或抽泣幾聲。

柳琇蕊抱著他柔聲哄了一會兒，見軟榻上的小念恩瞪大眼睛好奇地往她懷中張望，不由得微微一笑，抱著兒子亦在軟榻上坐下。

小念恩屁股挪了挪，一直挪到她的身邊，探著小腦袋直瞅著她懷中的襁褓。

頭一回見到比他還要小的娃娃，小傢伙好奇不已。

洛芳芝抱起兒子，柔聲教導他。「那是姨母家的易生小弟弟，念恩當哥哥了，以後可不許再淘氣，否則日後小弟弟知道了會笑話你的。」

「滴、滴。」小念恩含含糊糊地喚了幾聲。

柳琇蕊將兒子放在榻上，小易生嘴巴一癟又要扯開嗓門號，卻被湊到他面前笑呵呵的小念恩吸引了注意力，瞬間顧不得嚎了，撲閃著大眼睛望著對方。

有奶娘、佩珠及鳴秋在，柳琇蕊與洛芳芝便放心地坐到另一邊，小聲地談起話來。

「我這次來，主要是想與妳道別，我打算過些日子便回金州去了。」洛芳芝道明來意。

「金州？為何是金州？」柳琇蕊不明白，論理，李世興祖籍在錦城耒坡縣，洛芳芝就算想離去，也應該回京才是，至少京城中還保留著他們的府邸。

「先夫自幼在金州長大，那裡還保留著李家宅院。念恩雖無緣見生父一面，可讓他在生父成長之處生活，也能當是父子之間的……」她聲音哽咽，連忙別過臉去，輕輕拭了拭眼角淚花。

柳琇蕊見她這般模樣，心中一緊，猛地伸手過去握著她的，低聲勸道：「妳一個婦道人家，在這兒彼此都還有個照應，若是到了金州，人生地不熟的，豈不是連個說話之人都沒有？倒不如繼續留在此處，日後念恩與易生也好有個伴。」

洛芳芝搖搖頭。「妳與紀大人一番好意我心領了，只是我心意已決，家中諸事都已處置妥當，待到了金州，安置好後……若是你們得了空，便到金州去，也好聚上一聚。」

柳琇蕊見她態度堅決，知道再勸亦無果，可想到她孤兒寡母的，實在是放心不下，再想想那個明明活在世上卻躲著不肯相見的李世興，心中不由得一陣竄火。

她咬咬牙，終是決定不再對洛芳芝隱瞞。李世興既為人夫、為人父，那便要扛起責任來，豈能這般躲躲藏藏的！

「芳芝姊姊，上回妳說曾見到李統領的背影，妳可記得？」

洛芳芝身子一震，呼吸一窒，緊緊地盯著她，顫聲問：「妳、妳問這話是……是何意思？」

柳琇蕊心一狠，直截了當地道：「妳沒看錯，那確實是他，只不過他受了傷，與……與以往容貌有些許不同，這才一直不敢與妳相見，如今他便住在城外樹林裡的一間茅屋裡頭。」

洛芳芝雙眼一下瞪得老大，緊緊地握著她的手。「妳、妳不騙我？他、他真的……真的仍在世上？」

柳琇蕊用力地點點頭。

洛芳芝激動得滿臉通紅，良久，卻無力地鬆開抓著柳琇蕊的手，澀然地道：「是他讓妳與紀大人瞞著我的？他不願與我相見，僅是因為容貌與以往有所不同？難道、難道在他心目中，我便是那等以貌取人的無知婦人？」

柳琇蕊一時不知該如何勸慰她，不禁有些手足無措起來。

一滴眼淚從洛芳芝眼角處掉落下來，滴到她緊緊握拳的手上，激起小小的水花。她拭拭眼淚，抬頭道：「他既然不肯相見，我也只當他死了，從今往後我們母子倆是生是死與他再不相干！」

她努力壓下心中酸楚，極力睜大眼睛，不讓那肆無忌憚的淚水流出來，直到感覺臉上再無淚意，她勉強揚起一絲笑容，起身告辭。

「今日打擾了，我家中還有些事，這便先回去了，改日、改日再……」

柳琇蕊忐忑不安地目送著她抱著兒子的身影漸行漸遠，許久，輕嘆一聲。

嗚秋得小跑著才能跟得上抱著兒子一言不發往屋裡去的洛芳芝，她完全是丈二金剛摸不著頭腦，這一路上便見自家夫人臉色難看得很，連一向活潑好動的小少爺也察覺到娘親心情不暢，一路乖乖地由她抱著，不敢再鬧。

「夫人，還是奴婢來抱小少爺吧，小心把妳給累著了。」她微喘著氣追上洛芳芝，接過有些沈手的小念恩，抱著他進了屋裡，交給候著的奶娘。

「夫人，可是發生了什麼事？」她思量再三，終是忍不住放緩腳步，向坐在椅上低著頭一言不發的洛芳芝走去。

也不知過了多久，洛芳芝才嗚咽著道：「妳說，他明明還活著，為什麼就不肯出來見我？難道這些年他待我的都是假的不成？他明知我如今孤兒寡母，娘家又是那些個人……他怎能、怎能避而不見？」原先抑著的眼角淚水慢慢滲出，凝成淚珠，一滴一滴砸落下來。

嗚秋先是一怔，繼而大驚失色，結結巴巴地道：「夫人，妳、妳說什麼？大人還活在世上？他、他怎會、怎會……」

洛芳芝泣不成聲，根本無法再回答她的話。痛了這麼久、悔了這麼久，如今得知那個讓她痛且悔的人還好好地活著，可是卻不肯與她相見，這當中的苦楚，讓她再也控制不住自己，掩面痛哭出聲。

嗚秋含淚凝望著她。她自幼與洛芳芝一起長大，名為主僕卻情同姊妹，看著她從明豔照人的洛家大小姐慢慢變成如今身心疲累的李家夫人，這其中經歷的種種，無論是生母洛夫人過世，還是繼母進門、生父漠視、下人逢高踩低，抑或是後來被迫退親、含恨出嫁，所有心酸不易她全都看在眼中。

幸而上天垂憐，原以為陰狠毒辣的青衣衛統領李世興，雖逼娶的手段不堪，可卻待自家小姐極好。這些年她看著外頭人人懼怕的黑面閻羅一次又一次在妻子面前受挫，數不清有多少次被氣得將府中之物砸個稀巴爛了，她都怕他下一步便會揮劍將她們主僕當場斬殺，可最後卻只看到對方怒氣沖沖離去的背影。

因此她很清楚，他縱使總被小姐冷嘲熱諷，可也不願傷她分毫，甚至上一刻被氣得拂袖離去，下一刻卻又會若無其事地過來問她可喜歡昨日送到的新鮮果品。這位身居高位的青衣衛統領對自家小姐是一再忍讓，只可惜，心中只有範家少爺的小姐從不曾給過他好臉色……

她默默地坐在泣不成聲的洛芳芝身邊，掏出帕子幫她拭去眼中淚水，待洛芳芝哭聲漸小，她才輕聲勸道：「夫人，不管怎樣，大人尚在人世都是件值得高興的事。無論他是因何緣由不敢歸來，但終究他都是妳的夫君、小少爺的親生父親，李家，還離不開他。人道山不來就我，我便去就山，總得有個人先踏出那一步，才能打破現今僵局，日後夫妻、父子團聚，這世間上還有什麼比這更重要的呢？」

見洛芳芝抽抽噎噎的也不出聲，她輕嘆一聲又道：「大人若是不在，萬一洛家那些人又尋上門來，那可如何是好？早些年若不是大人一直鎮壓著他們，他們又豈會安安分分的？」

有道是有後娘便有後爹，洛家老爺更是免不了，前頭元配夫人剛過世，後腳便將外室堂而皇之地迎進門當正室夫人，外室子搖身一變成為嫡出，這樣被人鄙棄唾罵之事，也就洛家老爺做得出來。

想到那兩位分別比洛芳芝小兩歲和三歲的「少爺」及「小姐」，鳴秋心中更是憤憤不平，既替自家小姐不平，也替過世了的前洛夫人——洛芳芝生母——不平。白眼狼，說的便是洛老爺這樣的人了。沒有元配妻子娘家資助，洛家焉有後來的富貴；他倒好，瞞著妻子在外頭養外室，還生了一男一女兩個外室子，妻子屍骨未寒便將三人迎進了門，任由這母子三個欺凌嫡長女，果真是狼心狗肺！

聽她提到娘家那些人，洛芳芝呼吸一窒，帕子越擰越緊。這幾年在李世興的庇護之下，洛家那些骯髒事一概被他擋在了外頭，半點也傳不到她耳中；她只知道當初自己出嫁時，李世興以雷霆手段奪回了被繼母搶去的生母嫁妝，不但如此，還狠狠地敲了洛家一筆，亦正因為如此，她認為此人不但草菅人命、殺人如麻，還是個見錢眼開的貪婪之徒。

可事過境遷，如今再想想，她竟突然明白了，當初的李世興無非是想替她出出氣罷了。同一件事、同一個人，換了個心境，撥開那名為「偏見」的擋眼布，她更能看清一個人待她的真心。這些年，終究是她薄待了他，縱然他最初的手段她至今仍不敢苟同，可成婚以來，他並無半分對不住她。

她突然生出幾分焦慮來。他明明活著卻不肯歸家，難道是對她失望了，失望到連親生兒子都寧願放棄，也不願再見她一面？假若他真的不要自己了，她該怎麼辦？

洛芳芝茫然地望著前方。頭一回，她感覺前景一片灰濛濛，這種不知所措的感覺，比當年得知親生父親為了兒子強行退了範家的親事，將她送入虎口更加難受……

第四十一章

春去秋來，還差幾個月，紀淮任期將滿，是去是留還得等吏部文書下達。

曾經愛黏娘親的小易生，如今已經可以扶著大人的手搖搖晃晃地走幾步了，只是那愛黏人的性子始終如一。

「這幾份是送到京城去的，這些是送回燕州的。給京城的那裡頭我特意加了些給堂嫂、大嫂及小嬸嬸的，這些可千萬別搞混了。」柳琇蕊再三叮囑著雲珠。

雲珠點點頭。「奴婢都清楚了，夫人放心，絕對不會搞混的！」

佩珠月前嫁給了吳掌櫃的長子，訂親前柳琇蕊已經銷了她的奴籍，雲珠便是柳琇蕊提上來頂替她的。

而威國公府的世子夫人陶靜姝，現已懷有身孕，可前些日子卻出了點意外差點小產，如今被大夫要求臥床靜養。府中除了陶靜姝，柳琇蕊親大嫂陳氏亦傳出了喜信，兩位少夫人先後有孕，讓柳家眾人簡直樂壞了。

但這些都不足以讓柳琇蕊意外，最讓她意想不到的便是柳敬北，這位一直不願娶妻的鎮西侯，年前迎娶了光祿寺少卿袁大人的嫡親妹子、有剋夫名聲的袁家小姐，亦是柳琇蕊在京中第一個結交的女子袁少萱的嫡親姑母。

消息傳來，讓正哄著兒子用膳的柳琇蕊差點將小易生的小碗摔到地上去。

柳琇蕊在京城時聽過這位袁小姐的事，受袁少萱所邀到袁府時也有幸見過一面，只覺得那女子性子清清淡淡的，實際為人如何倒不甚清楚，得知她成了自己的小嬸嬸，忍不住便向紀淮問及袁家的事。

「袁大人人品方正，想來他的嫡親妹子也差不到哪裡去，至於那些傳言……三、四歲的孩子夭折是常見之事，怎能算到無辜的女子身上？而那個病死的第二任未來夫婿便更好笑了，原本身子骨兒就弱到極點，連太醫都說恐不長壽，如今死了反倒賴到袁小姐身上，簡直是荒謬！」紀淮放下書冊，接過向他撲來的胖兒子，抱著他顛了顛，隨口回道。

小傢伙被他顛得格格直笑，一雙藕節般的小胖手緊緊地抱著紀淮脖子，小胖腿踩在他的大腿上，上上下下地蹦著，一連串歡快清脆的笑聲從他嘴裡逸出來，讓柳琇蕊也無暇再去想其他事。

小叔叔孤單了這麼多年，也是時候找個人陪伴他了，他既然看得上袁家小姐，那就說明對方確實不錯，作為姪輩，她要做的便是寄予深深的祝福。

「乖兒子，叫聲爹爹來聽聽。」紀淮耐心地哄著衝他笑得眉眼彎彎的兒子。難得空閒，他推了不少應酬，就是為了回家逗逗兒子，聽妻子說些家長裡短。

小易生見他不動了，睜著一雙骨碌碌的大眼睛「啊啊啊」地叫個不停，小胖手使勁地拍著紀淮的手臂，示意他將自己抱高。

「叫爹爹，叫了才抱高高。」紀淮繼續哄道。

小易生見他就是不肯讓自己如願，小嘴一癟，委委屈屈地朝坐著看好戲的柳琇蕊望去，大眼睛一眨一眨的，瞧著好不可憐。

柳琇蕊笑盈盈地朝他揚揚眉，就是不出聲。

小傢伙看看爹爹，又看看娘親，哇的一聲便哭了起來，嘴裡還抽抽噎噎地抗議。「爹爹，壞！」

紀淮一怔，臉上瞬間大喜，用力將兒子抱得高高的，放聲大笑起來。「好小子，總算肯叫爹了！來，再叫一聲！」

小傢伙已經會說幾個簡單的字，心情歡暢的時候偶爾還會喊一聲娘，可就是不肯叫爹，讓紀淮滿是怨念，是以往日得了空他便會抱著兒子哄著叫爹。

柳琇蕊也是大為驚喜，望著長長的睫毛上還掛著淚珠，小臉蛋上卻滿是笑容的兒子，忍不住也逗他。「易生，叫娘，叫聲娘來聽聽！」

小易生張著小嘴望望她，又望望抱著自己的爹爹，果斷地別過頭去，抱著紀淮的脖子跳個不停。「爹爹，高高，高高！」

紀淮哈哈大笑，一下便將他高舉過頭，再抱回懷中，如此往復，樂得小傢伙格格直笑。

柳琇蕊望著這對越玩越瘋的父子，無奈地搖搖頭。這小子，典型的有奶便是娘，就是個小沒良心的，也不看看平日都是誰在照顧他。

玩了好一會兒，哄了兒子跟著雲珠下去，紀淮靠坐在柳琇蕊身邊，摟著她的腰身低聲道：「阿蕊，咱們要回京了。」

柳琇蕊怔了怔，片刻才反應過來。「吏部的文書下來了？」

紀淮點點頭，又搖搖頭，讓柳琇蕊更是糊塗。

「你這又是點頭又是搖頭的，到底是何意思？」

紀淮笑笑。「我確實收到了吏部的文書，只是，上面只讓我回京待命，並沒有安排旁的官職。」

「回京待職？」柳琇蕊意外極了。

「食君之祿，擔君之憂，去也好，留也罷，全看聖上安排便是。」紀淮倒不甚在意。

柳琇蕊見他不在意，自然也不放在心上，轉念一想又覺得極為歡喜，她的親人都在京城，回京的話豈不是能見到父母兄嫂了？說不定等她回到京城，便能當姑姑了！

吏部既有了文書下來，接任的縣令自然亦會於不日抵達，柳琇蕊前前後後地忙著準備回京一事，紀淮則將手上諸事一一整理妥當，以便接任之人能順利接手。

除了藍嬤嬤、書墨及幾位侍從是一路跟著他們到耒坡縣來的以外，其他大多是柳琇蕊到此或買或聘的人，三年裡間或添添減減，如今留在府中的也有二十來人，不算多，但亦不算少。

雲珠是簽了死契進府的，加上如今又是柳琇蕊身邊的貼身丫頭，自然要跟著上京，其餘之人，柳琇蕊挑了幾位得力的打算帶到京城去，餘下的則給了銀兩，讓他們另謀出路。

紀家的小夫妻是在一個風和日麗的日子啟程離開生活了三年的耒坡縣的，該道別的已經道過別了，該移交的也全都移交了，是以他們走的時候並不曾驚動旁人。

北上的官船一路往京城方向開去，柳琇蕊懷中抱著膩著她不肯離開的兒子，怔怔地回望著越來越遠的小縣城，心中不禁感到不捨，良久，終是惆悵地嘆息一聲。

在船上過了一個多月終於要靠岸了，憋悶了這麼久的小易生伏在爹爹懷中，遠遠望著岸上來來往往的人與車，樂得直拍手掌。

扶著雲珠的手下了船，雙腳踏在陸地上時，柳琇蕊一時有幾分不適應。在水上漂蕩了這麼久，如今腳踏實地的感覺真是太違和了！

「阿蕊，慎之！」

一個響亮的叫聲驀地傳來，柳琇蕊下意識抬頭一望，見一身盔甲的英偉男子大步朝她走來，她愣了一下，細細一看，不由得大喜。「二哥！」

來人正是她的親兄長，當年的祈山村小霸王，如今的御前侍衛長柳耀海。

柳耀海走到她跟前，上上下下打量了她一番，然後哈哈大笑。「差點要認不出了，果然不同往日，端的是一派官夫人的範兒！」

柳琇蕊含淚瞋了他一眼，喉嚨似是被堵住一般，一句話也說不出來。

柳耀海眼中亦有幾分霧氣，可卻是很快便壓了下去，又回過頭去與紀淮打了招呼後，視線便落在了乖巧地伏在藍嬤嬤懷中的小易生身上。

小易生察覺他在看自己，對他甜甜一笑，兩顆小小的牙齒露了出來，令柳耀海激動得滿臉通紅，話也說不索利了。「這這這便是、是我那小、小外甥了？」

柳琇蕊好不容易才收斂情緒，從藍嬤嬤懷中抱過兒子，指著柳耀海教他。「易生，這位是二舅舅。」

小易生好奇地望著在陽光照射下更顯英挺的柳耀海，拍著小手格格地笑，笑得柳耀海嘴巴直抖。

「有話回去再慢慢說，此處人多不便。阿蕊，多年不見，可還記得我？」一位婦人打扮的年輕女子走了上來，笑盈盈地道。

柳琇蕊一怔，迎上她的視線，好一會兒才驚喜地道：「妳是陳家——不不不，如今該喚大嫂了！」

陳氏俏臉一紅，可仍大大方方地上前拉著她的手道：「車在等著呢，妳大哥也在，得知妳與妹夫許是這幾日到，爹娘與伯母激動極了，如今都在家裡了。」

一行人趕緊上車，到了威國公府，柳琇蕊重又見到久未謀面的親人，不禁淚光閃閃，一家人自有一番親熱歡喜。最受兩府長輩歡迎的自然是頭一回見面的小易生了，小傢伙從高淑容懷中移到李氏，再到關氏及新上任的鎮西侯夫人袁氏懷裡，最後連柳敬東兄弟幾個也按捺不住湊上前來，小心翼翼地抱過胸前掛著小玉老虎笑得眉眼彎彎的小傢伙，笑意盈盈地逗著他說話。

柳琇蕊親熱地一手挽著大伯母李氏，一手挽著娘親高淑容，臉上歡喜的笑容止也止不住。

好不容易激昂的眾人才漸漸平靜了下來，柳琇蕊望了望進門不久的小嬸嬸袁氏，見她眉目含笑，神情柔和，與當年的清清冷冷截然不同，一瞧便知婚後日子過得順暢和美。

「阿蕊見過小嬸嬸。」她迎上前去朝著袁氏福了福，恭恭敬敬地喚道。

袁氏臉上微微一紅，頗有些不好意思地親手扶起了她。「平日總聽妳小叔叔提起妳，如今好不容易回來了，不管怎樣也要到侯府去住上幾日。」

「四弟妹一來便要與我們搶人，這可是萬萬不行的！別說我們不放人，便是阿蕊自己，想來也不願意到侯府去打擾你們這對新婚夫婦。」闞氏笑著打趣道。

袁氏臉上紅暈更濃了，羞得微微低頭不敢再搭話，還是李氏笑著拍了一下闞氏手背道：「妳這促狹鬼，新媳婦臉皮子薄妳又不是不知道，怎的老這般取笑人家，當年妳與三弟不也是這樣？」

柳琇蕊嘴角弧度越揚越大，這般溫馨和睦的氛圍，她已經許久不曾感受到了，親人圍繞在身邊的感覺，讓她彷彿又回到了當年未出嫁時的日子，她仍是集長輩疼愛於一身，那柳家唯一的姑娘。

「怎的不見堂嫂嫂？」她環視一周，不見堂兄柳耀江的妻子陶靜姝，不禁出聲問道。

「妳堂嫂嫂前些日子受了些涼，大夫讓她好好靜養。她原也想出來迎接你們，可又怕身上的病氣傳給了小易生，小孩子身子弱，最是受不住，故才不能前來，如今正在她屋裡躺著。」李氏溫言解答。

柳琇蕊一怔，連忙道：「她身子可好些了？自當年易州一別，我已許久不曾見過她了。還有兩位姪兒呢？如今是在何處？我也想見上一見。」

「那兩個小不安生的，昨日鬧了一宿，今日好不容易才被奶娘哄睡了，妳可不許去吵醒他們。」高淑容搖頭笑笑。

陶靜姝與陳氏先後生下了威國公府新一輩的兩位小公子，兩個小傢伙只相差了一個月，讓已經十幾年不曾聽到嬰孩哭聲的威國公府，如今每日都是此起彼伏的嬰孩哭鬧聲；經常是二房這邊的小弟弟哭了，過不了多久，大房那邊的小哥哥亦哇哇地扯起嗓子，似是在回應一般，讓府裡眾人又是好笑又是心疼。

柳琇蕊與在場的家人敘了舊，心中始終掛念不曾露面的陶靜姝，向長輩們告了罪後，便由著大嫂陳氏引著她往陶靜姝院裡去。

「她也只是咳嗽得緊，許是之前差點小產傷了身子，生鈺哥兒的時候也有些艱難，幸而母子平安。大伯母也說了，讓她好好休養一陣子，先將身子養好了再說。」一路上，陳氏低聲將陶靜姝的情況簡略向她道來。

柳琇蕊聽得心中一緊，連忙問：「可有大礙？」

「沒什麼，就是身子骨兒弱些，大夫說過，休養得好了，於將來子嗣亦是無礙。」

陳氏出身農家，柳家眾人雖與她自小便相熟，但畢竟身分和當年大不相同，她剛進門也是戰戰兢兢了好一段日子，幸而這位比她早幾個月進門的嫂嫂處處提點，讓原擔心對方身分高貴會瞧不上自己的陳氏暗暗鬆口氣；再加上陶靜姝性情柔和，待人體貼周到，讓她心生好感，兩人又同是新媳婦，一來二往的倒也處出幾分感情來了。

「靜姝姊姊……堂嫂嫂是因何事才導致差點小產的？」柳琇蕊忍了又忍，終是問起了這個困惑她多時的問題。

陳氏嘴巴張張合合，腳步越來越慢，許久才壓低聲音道：「也不知她從何處得知大堂兄曾到祈山村找葉氏一族的族長，嫂嫂聽聞此事後一時失神便滑倒了……」

柳琇蕊腳步一頓，心口一窒，片刻間百種滋味齊齊湧上心頭。

孕婦原就多思多慮，又何況是心思細膩的陶靜姝，怪不得會出了意外。只是，她心中更擔心的是，大堂兄待她，到底是何種態度？

兩人沈默地走著路，各有所思，直到世子夫人居住的院落出現在眼前。

進了院門，便有小丫頭引著她們往陶靜姝屋裡去。

柳琇蕊百感交集地望著靠坐在軟榻上、臉色有幾分蒼白的陶靜姝，一時忘了反應，還是陳氏輕輕拉了拉她的袖口，才讓她回過神來。

見陶靜姝一如當年那般溫溫柔柔地對自己微笑著，她眼眶一紅，上前幾步拉著陶靜姝微涼的手，哽聲道：「當年妳還老說我不顧身子，那樣溫暖的天氣也會受涼，如今妳怎的又不好好珍惜身子了？」

陶靜姝輕笑著擰擰她的臉蛋。「壞丫頭，才幾年沒見，便學會用我的話來堵我了，這叫什麼？以彼之道還施彼身？」

柳琇蕊見她精神還好，心裡也稍稍放下心來，順勢在她身側坐下，也顧不得拭拭眼角淚花，嘟著嘴道：「妳若是再不把自己照顧好，我便每日在妳耳邊念叨，不但如此，還要將當年妳說過的那些話全部還給妳！」

陶靜姝笑嘆一聲，故作無奈地對含笑站立一旁的陳氏道：「妳瞧瞧，我這可是搬石頭砸自己的腳了。」
陳氏噗哧一下笑出聲來。「要我說，阿蕊此舉極好，就應該如此！」
「妳們人多，我說不過，認輸總可以了吧？」
三人說說笑笑，陶靜姝便問起了小易生，柳琇蕊笑道：「他啊？被爹爹與二哥抱走了。原就是個會鬧翻天的小皮猴，如今到了外祖家，個個都寵著愛著，還不知會皮成什麼樣呢！」
「只可惜我身子不爭氣，否則也能見見他了。小外甥長得像妳多些，還是像他爹爹多些？」
「倒是像他爹爹多些。」
閒話了一陣，陶靜姝臉上浮現幾分疲累之色，柳琇蕊察覺，不敢再打擾，只細細叮囑了一番，便與陳氏告辭出來了。
在往二房的路上，迎面見一高大挺拔的身影大步朝這邊走來，柳琇蕊定睛一望，認出是一直未見的堂兄柳耀江，臉上一喜，快步迎上前去。
柳耀江亦認出了她，沈靜的臉上霎時揚起一絲淺淺的笑容，腳步亦加快了些許。
「大堂兄！」
「阿蕊。」
兩人同時出聲，對視一眼，均忍不住揚起歡喜的笑容。
陳氏見狀微微向柳耀江福了福，也不打擾他們兄妹相聚，淺笑著先行一步回去了。

「多年不見，瞧著與當年的小丫頭確實不同了。」柳耀江含笑打量了她一番。

「你小外甥都有了，我自然也不再是當年的小丫頭。」柳琇蕊眉目輕舒，笑容滿滿。

兩人又說了會兒話，柳耀江才拍拍衣袍道：「我先回屋裡換身乾淨衣裳，回頭再與妳說話。妳可是從妳堂嫂嫂那兒出來的？」

他今日與慕國公府世子切磋武藝，身上沾滿了沙塵、汗水，聽聞多年未見的堂妹一家到了，也顧不得再與慕世子客套，急急忙忙便告辭歸來了，本想著換身乾淨衣裳再去見他們，沒料到卻在回屋的路上先遇上了柳琇蕊。

「嗯，聽聞嫂嫂身子不適，我特意來瞧瞧……大堂兄，嫂嫂……你們，要好好的……」聽他提起陶靜姝，柳琇蕊心中那些複雜的感覺又湧上心頭，她遲疑地道。

柳耀江一怔，突然想起妻子與堂妹曾相處過一段日子，兩人交情不淺，再稍思量一下便明白她這話的意思。他自然不會懷疑妻子對小堂妹說了什麼，他的妻子，他還是知道的。

「妳放心。」他沈默片刻，鄭重地點點頭。

成婚至今，這還是頭一回有人這般直白地讓他好好的，或者說，是讓他待妻子好好的。那般美好的女子，他原就配不上，又怎會不待她好？只是，有些過往，他無法抹殺，也不願意抹殺，畢竟那也是他生命當中絢麗的一筆。

但身為父母獨子，他不可能讓柳家長房一脈斷在他手上，是故他定是要娶親的，只不過對心如止水的他來說，娶誰其實都無差，只要對方善良孝順便可。不料陶家竟主動提起親事，讓他極為意外，以陶家小姐的出身、容貌及才華，世間上願聘她為妻的男子絕不在少數，可陶家卻……

他不懂當中有什麼緣由，也不想去追問，陶家有意，他亦不反對，直到他見到了即將成為他未婚妻的陶靜姝，純淨如水的少女根本不懂得掩飾臉上的愛慕，那似喜似嗔的羞澀、漸漸爬上臉龐的紅霞，讓他的心一下便焦慮起來。

他記得她，那個被一身潼濘的婦人撞倒卻急著去扶對方，關切地詢問對方可有傷到，結果卻被順走身上財物的女子。那般氣質出塵的女子，絲毫不在意對方身分卑賤，無視周圍眾人異樣的目光，全然不顧自己，只關心著對方，老實說，那一幕，讓他想忘也忘不了。

他惶恐，少女純真的感情繫於己身，而他，卻無法給予相等的回報；如斯美好的女子，不該將一生賠在他這種心如死灰的人身上，所以，他做了一個決定——趁著親事未定，又未曾宣揚出去，終止議親日程。

然而，他萬萬想不到，陶靜姝得知他要終止議親後，竟主動約他相見，只為問一句緣由。他至今無法忘記，當他將心中的想法告知她後，她睜著一雙波光瀲灩的水眸，神色溫柔又執著——

「娶了我，你便不會一心一意待我，將我放在心坎上，與我共赴白首嗎？」

他喉嚨一緊，啞聲道：「不、不是，我……」

他低下頭，目光卻掃到對方死死攥著的纖手，嬌弱的身軀微微顫抖著，那一瞬間，他心中似是被針刺了一下。他迎上陶靜姝的視線，見她臉上神情依舊堅定，那些拒絕的話無論怎樣都說不出口了。

「是不是因為你那位已逝的未過門妻子？」

柔柔細細的聲音傳入他耳中，他猛然抬眼，定定地望著她。自葉英梅過世後，這還是頭一回有人當著他的面提起她。

「她能讓你如此牽掛，可見她是位極好的女子。只是，她已經不在了，未來、未來可否讓我陪你度過？我不敢說自己比她更好，但我會努力做到最好，你、你……不要拒絕我可好？」女子的聲音越來越小，到最後猶如蚊蚋一般細不可聞，可卻依然順著和煦的春風傳入了他的耳中。

他怔怔地望著她，良久，輕嘆一聲，溫柔地道：「我曾經有位未過門的妻子，可是她已經不在了，我不知道該怎樣待自己的妻子，可是，我會慢慢學著敬她、愛她、照顧她，這樣的我，妳可願嫁？」

這樣的我，妳可願嫁？

陶靜姝眼淚一下便流了下來，她捂著嘴嗚咽著連連點頭，那句「願意」卻不知為何像是被堵在了喉嚨裡，怎麼也吐不出來。

柳耀江又是一聲輕嘆，從懷中掏出素淨的帕子，輕輕地將她臉上淚水拭去，嘎聲道：「傻姑娘，真是個傻姑娘……」

真的是太傻了，怎能捧著真心示於人前呢？萬一被辜負了，豈不是……

陶靜姝臉上的淚越拭越多，慢慢地便將他手中的帕子染濕了一片，他無奈，乾脆將帕子收回來，右臂一展，小心地環在她纖細的肩膀上，輕柔地拍著。

陶靜姝身子先是一僵，片刻後又軟了下來，只是眼中淚水仍止不住，眼前一切均是朦朦朧朧的，可男子臉上的憐惜卻清晰地照入她心房。

原本不苟言笑之人，突然露出這般溫柔的神情，令她整個人越陷越深，陷入了那個名為「柳耀江」的情網當中。

她怎麼就這麼死心眼，偏偏瞧上了他呢？是因為他的鐵面無私、正氣凜然，還是因為他獨處時，身上縈繞著那讓她隱隱心痛的黯然神傷？

往事一幕幕飛快在柳耀江腦海中閃現，許久，他輕嘆出聲，朝定定地望著自己的小堂妹道：「去吧，娘與二嬸她們都在等妳。」言畢，率先邁步離去。

柳琇蕊輕咬下唇，望著他的身影越走越遠，終是悶悶地往二房院落而去。

回到正院的柳耀江，擦了擦身上汗漬，又換上乾淨的衣裳，這才往正房裡去。

「世子。」門外的小丫頭見他過來，連忙行禮問安。

「世子夫人可歇下了？」

「方才歇下。」

柳耀江點點頭，輕輕地推開了門，邁進屋內，直直往陶靜姝歇息的床走去。

正在裡頭伺候的婢女看見他的身影，行過禮後，知趣地退了出去。

柳耀江一撩衣袍，在床邊的繡墩上坐了下來，望著發出陣陣細微呼吸聲的妻子，眼神幽深。

成婚至此，她確實如她當初所許諾的那般，盡自己的能力做到了最好，孝敬公婆長輩、善待弟妹妯娌，待他，也是盡心盡責，體貼入微。相比之下，他覺得自己薄待了她，否則她又怎會無緣無故差點小產？

他輕柔地撫摸著她的髮頂，怔怔地望著她仍有幾分蒼白的臉龐，眼中愧意越發濃厚。

睡夢中的陶靜姝秀眉微蹙，讓柳耀江的動作停了下來，見她那長長的眼睫撲閃撲閃的，片刻，猶帶著幾分迷濛的水潤雙眸便睜了開來。

「夫君？」

柳耀江收斂眼中情緒，俯身在她唇上親了親，歉意地道：「吵醒妳了？」

陶靜姝臉上飛起一絲紅暈，小小聲地道：「不是。」

柳耀江含笑地扶著她靠坐在床頭，自己亦坐到床上，大手一伸，將她摟入懷中，低下頭在她髮頂上親了親，愛憐地問：「今日身子可好了些？可有老老實實用膳？」

「感覺比昨日好了許多，娘得了閒便盯著我，我又哪敢不老老實實用膳？」陶靜姝抿嘴一笑，往他懷裡縮了縮。

就這樣吧，過去的便過去了，他連葉家父女的身後事都料理得這般妥當，不正是說明他是個有情有義之人嗎？當初的自己，喜歡的不也是這樣的他嗎？

如今公婆慈愛，又無不著調的妯娌、叔子、小姑，便是夫君，也如當初他說的那般，學著敬她、愛她、照顧她，兩人還生了可愛的兒子，她又何必再耿耿於懷？生者自是無法與亡者相比，不過，她為何要與逝世的葉英梅比？葉英梅得到的只是柳耀江的過去，而她擁有的，卻是柳耀江的現在及未來……

「靜姝。」夫妻倆靜靜相擁，也不知過了多久，柳耀江才沈聲喚她。

「嗯？」陶靜姝在他懷裡尋了個舒適的位置，秀氣地打了個哈欠，她方才不過睡了一小會兒，如今還是覺得有些睏倦。

「成婚之前，我回了一趟祈山村，花了筆錢給葉氏一族修築了祠堂、建了學堂，目的只是讓族長從葉氏一族中挑一忠厚的小子過繼到過世的葉老伯名下，也好讓他們父女倆不至於無人供奉。」

當年柳敬東等人已經花了不少精力與葉氏一族協商，使得葉英梅能葬在父母身邊，讓一家三口於九泉之下亦能團聚。

陶靜姝身子一僵，睡意一下便消散了。成婚至今，這是柳耀江第一回主動向她提起葉家之事。

柳耀江感覺到她的僵硬，用力將她抱得更緊。

「靜姝，我既娶了妳，自然盼著與妳白頭偕老，妳可信我？」

信，她自然是信的！他是那般有責任心之人，待妻子自然是好的，只是……他給她的好，終究還是欠缺了些什麼，讓她總覺有些意難平。

柳耀江等不到她的回答，也不在意，又接著道：「英梅是個很倔強也很孝順的女子，我也說不清當初怎麼就對她上了心；只是，靜姝，我的過去我無力改變，英梅去得那麼突然，他們父女倆的死，或多或少與柳家有一定的關聯……」

聽他提起曾經的未婚妻，陶靜姝只覺得心裡又苦又酸，縱使一再告訴自己不要多想，可到底還是介意的。

承認吧，陶靜姝，妳嫉妒得發狂！嫉妒那個女子率先進駐了他的心房，嫉妒她即使離去多年，卻依然在他心中占有一席之地。

「過繼，是我能為他們做的最後一件事，從此之後，柳耀江，便僅是陶靜姝的柳耀江。」

陶靜姝猛地從他懷中抬起頭，眼中滿是不可置信。他、他這話是何意？什麼叫僅是陶靜姝的柳耀江？是……是她想的那樣嗎？

「傻姑娘，真是個傻姑娘……」柳耀江輕嘆，托著她的下頷，薄唇覆上她柔軟的唇瓣，輾轉吸吮，纏綿不休……

既決定娶她，他自然要埋葬過去，否則，對她是不公平的。她捧著赤誠的心來到他的身邊，他無法回報同樣的純淨已是配不上她了，又怎能再讓她為曾經的人傷神。是他的錯，他應該早早告訴她這些的……

曾經心悅葉英梅，他不悔，可是，這一生，他的妻子是陶靜姝，他不能負、亦不願負。

事到如今，他不得不承認，他其實是個很怕孤獨的人，他貪戀妻子的溫柔，癡迷她泛著羞意卻依然大膽固執的笑容。

阿蕊說的對，他們要好好的，而今後，他們只會好好的……

第四十二章

柳琇蕊一家三口在威國公府內一住就是小半個月。

紀淮的官職一直沒有下來，他本人倒是一點也不著急，每日閒了便與岳父柳敬南下下棋，又或是抱著兒子逗弄一會兒。

先前託柳耀河買的宅院已經訂了下來，離國公府不算太遠，坐馬車的話小半個時辰便能到了，柳琇蕊清楚這樣的宅子憑她給兄長的那些銀兩肯定是買不起的，這當中家人不知添了多少，可她也只能當作不知情，歡歡喜喜地與高淑容及李氏討論著如何佈置新家，將親人的一片好意默默記在心裡。

紀家夫婦搬進新家後，天公一直不作美，雨下個不停，甚至一下便是小半個月，而後又是接連數日的陰天。

紀淮抬頭望著灰濛濛的天，眉頭越擰越緊，柳琇蕊走到他身邊，聽到他自言自語地道：「也不知耒坡縣那邊怎樣了，如今雨仍在下著，想來河裡水位漲了不少，只望前不久修的河堤能擋得住……」

「南邊仍在下雨？」柳琇蕊一怔。天氣不好，她也懶得出門，這大半個月來多是待在家中，對外頭的消息並不清楚，如今聽他提起耒坡縣，心中也有些擔心，畢竟那是她生活了三年之久的地方。

紀淮點點頭，長長地嘆了口氣，憂心忡忡地道：「南邊有個縣城決堤了，水淹過下游不少村莊，朝廷如今正商議著救災一事。」

「決堤?!」柳琇蕊大吃一驚，猛地揪緊他的袖口問：「燕州那邊怎樣？」

「放心，燕州一帶倒沒事。」燕州是他的家鄉，他自然亦時時關心著。

柳琇蕊鬆了口氣，又想起他方才提到耒坡縣，有幾分不確定地問：「耒坡縣那邊可是也有危險？」

紀淮沈重地點點頭。「那邊至今仍下著雨，雖說前不久曾修築河堤，沿線管道亦修整過，可雨若再這般下下去，水位急遽上升，只怕不妙啊！」

這一年的六月，大商國南邊遭遇水災，瀧泊縣河堤崩塌，水淹下游數座村莊，受災民眾上萬，是同啟帝自登基以來遭遇最嚴重的一次自然災害。

紀淮雖擔憂不已，可他如今仍在候職，只得每日抽空往國公府裡跑，打算從柳敬東兄弟幾個口中打探情況。

淅淅瀝瀝的小雨又連綿不斷地下了數日，陰雨綿綿，讓人心情不免煩躁幾分。活潑好動的小易生過了大半月也開始不依了，整日纏著柳琇蕊，讓她帶自己去找小弟弟們，他口中的小弟弟們，指的便是威國公府那兩個相差一個月的哥兒倆。

柳琇蕊原還耐心地哄他，只是每日被纏得狠了，加上亦憂心這場絲毫不見停勢的雨，每每哄著哄著便走神兒，讓小易生好生不滿，噘著小嘴不高興地抓著她的手指猛搖晃，軟軟糯糯地喚著。「娘……」

柳琇蕊只得打起精神抱著他逗樂一會兒，直到把小傢伙哄高興了，這才命奶娘將他抱下去歇息。

她怔怔地望著門外出神。用過午膳後，紀淮又去了國公府，這幾日他都是這般，在家的時候反倒少了，兒子有時還會睜著一雙大眼問她要爹爹……

「甯親王請命賑災，皇上已經准了，如今戶部調集錢糧，不日將赴瀧泊縣。」威國公府書房內，柳敬東臉色沈重地將同啟帝今日的旨意告知紀淮。

「如今雨水漸少，河道水位逐漸下降，只要不再突降大雨，想來便能緩和下來了。除瀧泊縣外，相隔不遠的錦城亦有幾個縣出現管道、堤壩受損的情況，雖不至於像瀧泊縣那般嚴重，可終究也是個隱患，皇上已經下令工部組織搶修，二哥這段日子想來要開始忙碌了。」柳敬西亦沈聲道。

紀淮眉頭緊皺。他當年打算修築河堤，便是覺得這些堤壩建成時間已久，私下著人細細檢查一番，亦認為需要重新修築以防萬一。只不過自建國以來，大商國內均未出現豪雨，加上佑元帝、承德帝掌朝時，先後與鄰國打了幾場仗，國庫早就不堪重負，突然要撥出一大筆銀兩辦此等不能立顯效果之事，只怕同啟帝未必會應允，幸而白家自己送上門來讓他狠狠刮了一層皮，這才得以成事。

如今看來，他倒是暗暗慶幸自己提前辦了此事，否則一旦決堤，受苦的還不是窮苦百姓？

三人正憂慮萬千，書房的門突地被人從外頭推開，柳敬東身邊的小廝急急走進來稟報。

「國公爺，前頭有小子來報，讓姑爺趕緊回家去，有聖旨到！」

柳敬東與柳敬西對望一眼，不敢耽擱，連忙讓紀淮速速歸家接旨。

紀淮躬身告辭離去，大步流星地出了威國公府門，上了回府的馬車。

馬車疾馳著往城西紀府而去，小半個時辰便停了下來，守在門外的下人見自家主子回來，連忙撐傘上前迎接。

紀淮匆匆問明傳旨公公所在，得知柳琇蕊已經安排了人好生招呼著，他不由得稍稍放下心來，腳步飛快往正院去，早就在裡頭等候的柳琇蕊見他回來，連忙上前替他換上禮服，再三確定衣著並無不妥後，他才急匆匆地往正堂裡去。

柳琇蕊坐立不安地在屋裡兜來轉去，連兒子接連喚了她好幾聲都沒有聽到，小易生見娘親不理自己，嘴巴一癟，扯起嗓子號了起來，這一下，總算是將娘親的視線吸引了過來。

柳琇蕊聽得兒子哭聲，連忙走到軟榻前，卻見小傢伙是光打雷不下雨，號得大聲，臉上乾乾爽爽，半點淚水都不見。

見她過來，小傢伙又仰著小腦袋叫了幾聲，便愛嬌地向她伸出胖乎乎的小手臂，糯糯地喚。「娘，抱、抱抱。」

她又是好氣又是好笑地在他小臉蛋上擰了一把。「小壞蛋，又騙人！」

小易生蹬著小短腿往她身上撲，因怕他會摔倒，柳琇蕊趕忙又上前一些，將他圓滾滾的小身子抱在懷中，任由小傢伙攬著她的脖子，討好地吧唧一聲往她臉上印了一個濕漉漉的口水印子。

柳琇蕊愛極他的乖巧，微微側頭在他臉上親了親，樂得小傢伙在她懷中蹦個不停。

母子兩人正鬧得開心，一陣急促的腳步聲傳了進來。

雲珠氣喘吁吁地輕拍胸口，好一會兒才道：「夫人，皇上命大人跟隨工部一同到南方修築河堤，不日便將起程！」

柳琇蕊一驚，臉上的笑意凝住了。他這是要離京了？可如今這般情況，她與兒子自是不便跟隨的，那就代表著這回他們得分開一段日子了……

自成婚以來，他們便一直在一起，從不曾分開，如今乍一聽聞紀淮要離京，她心中霎時覺得有些悶悶的。

送走了傳旨太監，紀淮一進門來卻見妻子抱著兒子坐在軟榻上，無論她懷裡的小傢伙鬧得多歡，她始終一言不發，表情更是悶悶不樂。他稍想了想，便清楚她許是知道了自己將要離京的消息，不禁輕嘆一聲。他又何嘗捨得離開他們母子倆，可聖命不可違，加上他確實憂心南邊水患，不親自去瞧瞧始終放心不下。

「易生，過來爹爹抱。」他收斂思緒，揚著慈愛的笑容朝在娘親懷裡自得其樂的兒子張開手臂，小易生非常給面子地格格笑著往他懷裡撲去。

柳琇蕊被兒子這番舉動驚得回過神來，待見到父子兩人的互動後，護著小易生往紀淮懷裡送，稚子清脆的歡笑聲和男子低沈的笑聲交織在一起，讓她忍不住露出一絲笑容來，可只要一想到未來將有好一段日子府裡只得他們母子倆，情緒一下子又低落起來。

紀淮抱著兒子逗弄了一會兒，哄著他跟奶娘下去午覺後，這才坐在妻子身邊，圈著她的腰肢，下巴搭在她纖細的肩上。

「可是捨不得我走？」說話間，溫熱的氣息拂過柳琇蕊耳後，在上面染了幾絲紅霞。

柳琇蕊撓撓被噴得癢癢的耳朵，側過頭去瞋了他一眼，可一想到他就要離開自己了，不由得又轉過身去回抱著他的腰身，將整個人深深地埋入他的懷中，片刻，悶悶的聲音從他的懷裡傳了出來。「你要去多久？」

紀淮用力將她抱坐在腿上，在她髮頂親了親，柔聲道：「這個還不清楚，但這一、兩個月怕是回不來了，妳與易生在家中我也不放心，不如先回國公府住一段日子，等我回來了再去接你們母子倆。」

柳琇蕊將他抱得更緊，甕聲甕氣地在他懷裡嗯了一聲。

難得小妻子這麼黏人，紀淮心中又是歡喜又是澀然，他伸手捧著她的臉蛋，伏下臉去，雙唇幾乎貼著她的。「乖乖在家，好好照顧自己，不要讓我擔心，嗯？」

柳琇蕊臉上熱度緩緩升起，心跳如擂，垂著眼瞼細不可聞地應了聲。「嗯。」

紀淮輕嘆一聲，含著她的唇瓣輕咬吸吮，將心中的不捨順著唇舌傳到柳琇蕊心裡，讓她不自覺地回應起來……

此次賑災由同啟帝唯一的兄弟甯親王帶頭，率領包含工部在內的部分官員前往受災最嚴重的瀧泊縣，紀淮臨時被調到了工部，與去年才榮升尚書的柳敬南一起跟著甯親王，定於三日之後出發。

這調令來得急，許多未盡之事來不及處理，但紀淮心中最放不下的自然是妻兒，因此隔日便親自將柳琇蕊及易生送到了國公府，有府裡的親人照顧著，他才放得下心來。

離別前一晚，因心中不捨，紀淮的動作便有些急切，也無心思多做花樣，只知道用原始的動作一遍又一遍地發洩著，柳琇蕊嬌喘著的哀求聲彷彿入不了他耳中一般。也不知過了多久，就在柳琇蕊覺得自己快要死在這一波接一波的浪潮當中時，紀淮終於心滿意足地放過了她。

縱使心裡仍有許多話想叮囑他，可如今的柳琇蕊只想痛痛快快睡一覺，身上的痠痛黏膩都不能將瞌睡蟲趕走。紀淮一下又一下地親著她泛著汗水的粉色臉蛋，見她累得不輕，終是翻身下床，著人抬了熱水進來，親自抱著她淨過身，再換上乾淨的裡衣，才摟著她合上眼，緩緩地進入夢鄉。

而紀淮離京後，柳琇蕊雖心中掛念，可隨著日子一天天過去，心中濃烈的思念便慢慢沈澱了下來，每日和嫂嫂們照顧著三個小傢伙，又或是陪著高淑容、李氏及關氏，還有偶爾過來國公府的袁氏，妯娌幾個說說話，倒也找出幾分樂趣來。

當癸水遲遲未至時，已經經歷過一次的她多多少少心中也有數了，想到紀淮臨行前那瘋狂的一晚，她臉上一紅，伸手輕輕地撫著腹部，臉上一片柔和。

也是時候了，是時候給易生添個弟弟或者妹妹。紀家人丁本就單薄，但願易生這一輩能逐漸興旺起來，這樣他將來也不至於無兄弟姊妹扶持。

她身子的變化自然瞞不過藍嬤嬤及雲珠，兩人同樣是驚喜交加，尤其是雲珠，恨不得立即去通知府內眾人，虧得柳琇蕊及時拉住了她。

「笨丫頭，大夫還未診過呢！妳這般風風火火地去報，萬一不是，豈不是鬧笑話嗎？」柳琇蕊紅著臉嗔怪。

「肯定是懷上了，絕對錯不了，上回懷易生少爺的時候也是這樣！」雲珠篤定地道。

藍嬤嬤雖也覺得十之八九是懷上了，可終究比雲珠穩重，她笑笑地道：「老奴也瞧著是懷上了，不過確實得請個大夫過府把把脈，但也不必驚動二夫人她們，還請雲珠姑娘讓書墨去請便是。」最後一句，是朝著雲珠道的。

雲珠小臉一紅，不依地跺跺腳。「嬤嬤這話分明是要打趣人！」

一個月前，雲珠與書墨已訂下了親事，只待紀淮歸來後便要成親。這回南下，紀淮並沒帶著書墨前去，而是讓他留在京城，好生伺候夫人與小少爺。如今書墨亦收到了燕州父母的回信，林家夫婦得知他訂的是柳琇蕊身邊的大丫頭雲珠，而柳琇蕊又有意去了雲珠的奴籍，夫妻倆哪有不願意之理。

「恭喜夫人，妳已有兩個多月的身孕。」老大夫收回把脈的手，含笑祝賀。

縱使心中本就清楚懷上的可能性極大，可當得了大夫確定時，柳琇蕊依然是抑制不住滿心歡喜。

「恭喜夫人、賀喜夫人！」藍嬤嬤及雲珠異口同聲地恭賀。

柳琇蕊紅著臉瞪了她們一眼，藍嬤嬤再細問了大夫一些須注意的情況後，便讓書墨客客氣氣地引著老大夫出了門。

得知女兒又懷了身孕，高淑容樂得合不攏嘴，連連吩咐下人將孕婦所須物品一股腦兒地往柳琇蕊院裡搬，又仔細叮囑了丫頭、婆子們，讓她們務必好生伺候。

柳琇蕊輕柔地撫著仍看不出異樣的肚子，臉上笑容越來越柔和。雖然紀淮不在身邊，可她卻有至親照顧著，心裡頭那點遺憾亦不知不覺散了幾分。

她再度有孕的消息傳到了鎮西侯府，袁氏亦命人送了不少補身藥材過來，奉命前來的是袁氏的陪嫁嬤嬤，進門便是一連串的恭喜之聲，待眾人笑得高興時又突然砸出一句——

「姑奶奶有孕，夫人原打算親自來看望的，可臨行前卻突感身子不適，著大夫一看，竟也是有喜了！」

屋內眾人先是一愣，繼而大喜，李氏率先便問：「果真？四弟妹果真有喜了？」

「千真萬確，大夫說日子雖淺，但絕對是喜脈，錯不了！」

柳琇蕊也差點樂壞了，這消息簡直比得知自己再度有喜更震撼、更讓人狂喜！柳敬北年過不惑，可至今膝下無子，柳家人心中早已全焦急到不行。

「祖宗保佑、祖宗保佑，四弟這下總算是有後了！」李氏雙手合十，口中唸唸有詞。

這下同時多了兩個孕婦，李氏、高淑容及關氏便有些忙不過來了，府裡的事大多交給了陶靜姝及陳氏，她們妯娌三個只一心看顧兩個孕婦，尤其是袁氏這一胎關係著整個鎮西侯府，她們自然不敢掉以輕心，便是同為孕婦的柳琇蕊，也時時注意著侯府的情況。

長子娶了親、女兒也已經出嫁，孫子、外孫都有了，若說高淑容還有什麼放心不下的，那便是小兒子柳耀海的親事。這混帳自來便讓人頭疼不已，每回一向他提娶親之事，他便跑得比兔子還快，催得急了，乾脆三頭兩日不回家，反正他在宮裡有歇息之處，高淑容便是再惱也不能衝到宮裡抓他。

這一日，得知妹妹和小嬸嬸均有了身孕，柳耀海興沖沖地向同啟帝告了假，騎著馬飛奔回家，將馬匹交給下人，正打算到柳琇蕊院裡看看，便見高淑容遠遠地朝他招手，臉上笑容溫和慈愛，可卻讓他無端端起了警覺。

「娘。」他硬著頭皮迎上前去。

「可回來了，到娘屋裡坐坐，娘有話要與你說。」高淑容笑咪咪地扯著他的衣袖，使上幾分力拉著他往前走。

柳耀海無奈，只得老老實實地跟在她身後。

用了碗燕窩粥的柳琇蕊，由著雲珠扶她到外頭消消食，小易生則一手揪著她的裙襬，一手由奶娘牽著跟在她的身後。

「小叔叔不也是過了四十才娶小嬸嬸？我如今也不過二十，又何必急著要娶什麼親呢？」

努力反駁著的熟悉男聲伴著哇哇大叫的呼叫聲傳來，讓正踱著步子的柳琇蕊好奇地停了下來。她循聲一望，見柳耀海跳著、叫著朝這邊跑來，他的身後則跟著揮舞木棍責罵的高淑容。

「你小叔叔好的地方多了去了，怎的不見你學，偏學他這個，我瞧你就是翅膀硬了！」

正與柳敬西交談著走過來的柳敬北見自己無辜中槍，佯咳一聲，朝滿臉戲謔的柳敬西拱拱手。「三哥，我突然想起方才有些事忘了問大嫂，你先過去，我等會兒再去。」言畢，也不待柳敬西再說，邁著步子急急離開了。

柳敬西哈哈一笑，知道他定是想到了當年因不願娶親被二嫂高淑容訓斥一事。二嫂是個直性子，在祈山村時沒少憂心他的親事，比如今憂心兒子更甚，可卻屢屢不能成事，脾氣一上來，管他是小叔子還是兒子，照樣劈頭蓋臉地罵一頓。

柳琇蕊看到這熟悉的一幕，噗哧一下笑了出來。真是好生懷念啊！

小易生亦絲毫不給小舅舅面子，樂得拍著小胖手格格地又笑又跳，讓正抱頭鼠竄的柳耀海又好笑又好氣，一個箭步跑來，抱起目無舅舅的小傢伙——落荒而逃！

柳琇蕊只聽得兒子一聲尖叫，緊接著是更大、更歡暢的笑聲，她也不由得笑得更歡了，望著抱著兒子故意東奔西跑的柳耀海，以及停下來笑罵連連的高淑容，臉上笑容越來越濃。

時間飛快，柳琇蕊的肚子一天比一天大，行動也漸漸變得笨重起來。

得知妻子再度有孕的紀淮曾來信表達自己歡喜、激動的心情，可終因皇命在身，加上仍有善後工作要處理，是以一直未能回京。

柳琇蕊這一胎比當初懷長子辛苦多了，到了第四個月，幾乎是吃不下任何東西，總是吃了吐，吐了吃，她每每都是強迫著自己將食物塞進嘴裡去，然後再驚天動地地吐出來；高淑容等人用了各式法子都無法讓她安安穩穩地用一頓膳，看著女兒吐得眼淚汪汪，她差點忍不住掉下眼淚來，還是柳琇蕊揚著笑容安慰她。

「不妨事，吐著吐著也就習慣了，我再多吃些，總有部分能吃進去的。」

高淑容拭拭眼角的淚花，故作惱怒地點了點她的額角道：「如今知道當娘的辛苦了吧？看妳日後還氣不氣我！」

「不氣了、不氣了，以前都是阿蕊不好，讓爹娘操心了。」柳琇蕊抱著她的左臂，輕輕挨在她身邊，低聲道。

養兒方知父母恩，這些年來她一直在父母的寵愛下健康快樂地長大，如今膝下只得一子，還有丫頭、婆子幫忙照顧，她都感到有些吃不消，更不必提當年親自照料自己兄妹三人的爹娘了。

高淑容愛憐地順著她的長髮，語調柔和地道：「再辛苦一陣子便好了，這孩子比他哥哥要調皮，日後妳有得操心了。」

柳琇蕊將她抱得更緊。「娘，當年妳又要打理家事，又要操心我們兄妹幾個，還要照顧爹爹，辛苦妳了！」

高淑容動作微頓，聽得她這話不由得露出個欣慰的笑容來。對父母來說，還有什麼比兒女的心疼更窩心？

當柳琇蕊好不容易熬過了吐得天昏地暗的日子，她的肚子也如被吹氣一般越脹越大，但度過了吃不安穩的難關，如今又面臨了新的一關——睡不安穩。

她每晚睡得正香時總會被腳上一陣一陣的抽搐鬧醒，醒來之後便難以入睡。藍嬤嬤年紀漸長，無法夜夜都守著她替她捏捏抽筋的腳，於是雲珠、高淑容及李氏等人派來的丫頭、婆子們便相繼上陣，只盼著能讓她睡得安穩些。

「這孩子實在太鬧騰了！」望著女兒眼下黑黑的一圈，高淑容心疼極了。

柳琇蕊無力地躺在床上，朝她勉強扯出一絲笑容來，原本有些圓潤的臉蛋又瘦了下去。孕吐的時候還好，努力吃多少能吃些進去，可睡到三更半夜腿抽筋可就不大好受了，接連半個月下來，她覺得自己都快承受不住了。

想到至今未歸來的紀淮，她心裡便酸酸的，這個時候，她迫切希望他能在身邊抱著她輕聲哄一哄，彷彿那樣便能吹散種種難受。

高淑容一下又一下按摩著她的小腿。「聽話，閉上眼睛什麼也不用想，娘守著妳，好好睡上一覺。」

柳琇蕊鼻子一酸，望著她慈愛的臉，含淚點頭。她乖乖地合上眼，努力將腦袋放空，小腿上輕重得當的捏揉讓她微蹙著的秀眉漸漸鬆了開來，不多久，整個人便墮入了夢鄉。

見女兒睡著了，高淑容也不敢大意，手下的動作依然不含糊，一下一下地按捏著，只盼著女兒能睡個安穩覺。

離生產的日子越來越近，整個國公府嚴陣以待。柳琇蕊原想著回自己家中生產，畢竟那才是她與紀淮以及肚裡孩子的家，可高淑容和李氏嚴詞拒絕了，只道如今是非常時刻，什麼禮節、規矩都比不上平平安安地生下孩子重要。

柳琇蕊拒絕不得，只好安心地在府中待產。

遠在燕州的紀家父母雖有心前來，可是前段日子水災，災民四處逃散，路上並不太平，柳琇蕊不敢勞動他們，去信言辭懇切地讓兩老安心在家，她定會好好照顧自己及肚子裡的孩子，這才打消了兩人上京的念頭。

下身那一陣陣有些遙遠卻又有幾分熟悉的痛楚傳遍四肢，柳琇蕊急促地喘著氣，額頭汗水一滴又一滴地滾落下來，直到那痛楚越來越密，她終是忍不住呻吟出聲。

「若是疼便喊出來，沒事的，娘在呢！」高淑容強壓下心中慌亂，一邊替女兒拭去汗水，一邊柔聲道。

柳琇蕊只覺得整個人快被那一陣強過一陣的痛撕裂了，耳邊那聲聲安慰、打氣她好像都聽不到一般。

痛，不可抑制的痛，痛得她恨不得就此死去，也好過受此酷刑；可身上的痛卻依然無法壓下內心的空落，這一次，不會有人在窗外大喊著她的名字，不會有人再說那些「不生了」的傻話……

「阿蕊，再用力些，再加把勁孩子便出來了！」見孩子久久不出來，高淑容也急了，尤其看到女兒虛軟無力地躺在床上，整個人像是被汗水浸泡著，她心裡又急又怕。

「拿參片來！」李氏見情況不妙，當機立斷，大聲吩咐下人拿來一早準備好的參片，用上幾分力將柳琇蕊緊緊咬著的牙關扳開，把參片塞了進去。

柳琇蕊暈暈沈沈的，彷彿聽到娘親的哭喊聲、大伯母焦急的叫聲，還有許多人進進出出、或喊或叫的嘈雜聲，突然，一個異常熟悉的聲音在她耳邊響起——

「阿蕊，我回來了！」

她頓覺自己整個人落到了一個寬厚的懷抱中，她努力睜開眼，透過迷濛的視線，見滿臉鬍渣的紀淮出現在眼前。「紀、紀書呆？」

「嗯，是我，我回來了，就在妳身邊陪著妳，乖，再用些力，把易生的弟弟或妹妹生下來。」紀淮強抑住顫抖的身軀，用力地抱著她，在她滿是汗水的臉上落下一吻。

「夫人，再加把勁，孩子的頭快要出來了！」產婆見她醒了過來，乘機勸道。雖說男子進產房於禮不合，可如今還有什麼比母子平安更重要！

這個人回來了，在她最需要他的時候趕回來了……

霎時間，她覺得快要散盡的力氣似是又凝聚了起來，她緊緊抓著紀淮抱著自己的手，聽從產婆的指揮一下一下地用力，當最後一波痛楚來襲，聽得嬰孩落地的哭聲，她心中一寬，一下便歪倒在紀淮懷中。

見懷中之人突然軟了下來，紀淮原就蒼白的臉唰地一下變得慘白，他顫抖地伸手探探她的鼻息，感受到輕微的呼吸，這才徹底鬆了口氣。

這一年，柳琇蕊產下了次子，紀家數代單傳，至此被徹底打破——

第四十三章

許是因掛念的人回來了，又或是因平安地將折騰了她數月的小傢伙生了下來，柳琇蕊痛痛快快地昏睡了兩日才幽幽轉醒。

正替她收拾著的雲珠見她手指微動，不一會兒，那雙一直緊閉的清亮雙眸緩緩睜了開來。「夫人，妳醒了？」

柳琇蕊只聽得耳邊驀地響起異常驚喜的叫聲，未等她看清眼前人的樣子，雲珠又咚咚咚地往外跑，邊跑邊叫。「大人，夫人醒了，夫人醒了！」

不久外頭傳來急促的腳步聲，柳琇蕊側頭望去，有些怔忡地望著門外激動不已的紀淮，窗外的陽光透過紗窗照進來，投到他的身上，為他鍍上了一層淺淺金光，讓她不由得有幾分癡了。

紀淮臉上洋溢著歡喜的笑容，大步流星地朝她走來，用力將她擁入懷中，良久，低下頭在她額上親了親，啞聲道：「夫人，辛苦妳了。」

柳琇蕊輕輕揪著他的衣角，依賴地靠在他懷裡，有些貪婪地汲取著他身上清爽又讓人安心的氣息。分別將近一年，她不得不承認，對這個男人，她真的是放不下，也不願放下了。

夫妻倆靜靜相擁，許久，紀淮才鬆開她，輕輕撫著她的臉龐道：「先吃點東西，嗯？」

柳琇蕊抓著他的衣角不願放手，溫溫軟軟地道：「你不許走……」

紀淮輕笑出聲，愛憐地在她唇上親了親。「好，我不走，就在這裡陪著妳。」

「嗯。」柳琇蕊由著他高聲吩咐人準備膳食，待他的目光又落回自己身上時，忍不住輕輕地撫摸著他明顯比離京前瘦了不少的臉龐，有些心疼地道：「你瘦了，也不好好照顧自己。」

紀淮失笑，對小妻子的依戀及心疼極為受用。果真是小別勝新婚，以往可是從未見過她這般明顯的愛戀，看著她像個缺乏安全感的小丫頭軟軟糯糯地拉著自己，他只恨不得用力將她揉進身體裡，生生世世再不分離。

「我不在的這段時間讓妳受了不少苦，幸而都過去了，妳好好的，長生也好好的，從今往後咱們一家人再不分離。」他抱著她，眼神柔和，卻又異常堅定。

「好。」柳琇蕊用力點了點頭，而後又疑惑地問：「長生？」

「便是咱們剛得的小子，岳母大人她們先取了個名字叫著，妳若是不喜歡，咱們再另取一個。」

「不，長生就挺好的，孩子呢？」柳琇蕊左顧右盼不見兒子，連忙問。

「方才岳母大人哄他睡過去了，妳先喝點粥，我再命人把他抱來。」紀淮接過雲珠端進來的粥，打算親自餵她。

柳琇蕊推託不得，只得紅著臉努力忽視一旁掩嘴偷笑的雲珠，含住了送到面前的湯勺。

餵著她用完整碗的粥，將空碗交給雲珠後，紀淮正想問問她近一年來的生活，外頭卻傳來一陣腳步聲。

「大人、夫人，國公夫人她們來了。」小丫頭進來稟報。

他連忙替妻子整整有幾分凌亂的長髮，再正正自己的衣冠，這才恭恭敬敬地出去迎接，見來人不只有李氏，還有高淑容、關氏、陶靜姝及陳氏等人，他先依禮見過了眾人，再吩咐雲珠等人好生伺候，隨後便退了出去。

此次賑災歸來，同啟帝論功行賞，紀淮出任銅城知州，擇日啟程赴任，柳敬南等人亦相繼有賞，這些都在柳琇蕊意料當中，然而同啟帝賞賜的一干人等，有個熟悉的名字卻讓她意外不已，那便是紀淮的表兄範文斌。

前科殿試中，範文斌高中二甲十六名，被授予了一方縣令。她先前只是在與紀淮的閒談中得知範文斌上任之處離燕州不算太遠，赴任前他還抽空回了趟紀家看望紀老爺夫婦。

想不到範文斌任職的縣城亦是災區，此次賑災，身為父母官，他親自指揮著百姓、官差扛沙袋死死堵住缺口的河堤，數月來不眠不休，官民同心，將轄內損害降到了最低，與相鄰幾縣慘重的損失相比，他的功績可謂極其奪目。

「他既受封，為何不與你們一同回京？」柳琇蕊好奇地問。

「王爺讓他先將縣裡的大小諸事處置妥當再行回京，皇上也已經准了。」說到此，紀淮微微一笑。

柳琇蕊見他笑得古怪，不禁扯著他的衣袖追問。

紀淮被她纏得無奈，笑盈盈地道出答案。

「再過不久，咱們便要有位表嫂了！」

「表嫂？你是說……」柳琇蕊一怔，片刻之後明白他話中意思，頓時驚喜不已。

紀淮含笑點頭。「是程通判家的大小姐。」

柳琇蕊喜不自勝地道：「只要範表兄願娶，別說是官家的小姐，就算是普通人家的姑娘，母親都恨不得立即尋人上門提親去了！」

紀淮如今膝下已有兩子，可範文斌卻連妻子都未娶，紀夫人每每提起他便唉聲嘆氣，只道自己對不住死去的範家父母，害他們在九泉之下都要為香火之事憂心。

想了想，柳琇蕊又喟嘆一聲。「各人緣法各有不同，範表兄如今總算苦盡甘來，只望他與程家小姐舉案齊眉，白首到老……」

他終身有了著落，不單是公婆，就連遠在錦城的洛芳芝也能安下心來了吧？

紀淮意味深長地笑了笑，仰首呷了口茶。以表兄的性子，他若是對程姑娘無意，又豈會應允親事？可憐程家小姐還以為是自己將意中人拐到手，哪想得到卻是對方做了個局引她進去。

紀家的小夫妻選了個風和日麗的日子離京，離去前他們將新置的宅院交由高淑容打理，畢竟將來會不會再進京，誰也說不定。

其實依高淑容的意思，是想讓小長生滿周歲後再跟隨父母赴任的，可是無論是紀淮還是柳琇蕊，都不願骨肉分離，高淑容無法，只好依了他們，所幸小長生雖生得艱難，身子卻挺好的。

再者，如今天氣溫暖，一家人慢悠悠地出門，沿途觀賞風景，感受自然好風光也是件雅事。

「該叮囑的娘都已經叮囑過了，長生的吃穿用度也準備妥當了，一路上當是無憂；只是妳也要注意些，別貪涼，萬一損了身子便不好了。」高淑容依依不捨地再三囑咐。

柳琇蕊最終雖平安產下了次子，可到底亦損了身子，近幾年內都不適宜有孕，事關女兒健康，高淑容自是不敢掉以輕心。

「娘，妳放心，我會照顧自己的，反倒是妳與爹爹，要更加注意身子才行。」與親人分別，柳琇蕊也極為不捨，這短短一年多的日子，家人的疼愛，讓她彷彿又回到出嫁前，她仍是長輩們呵護疼愛的小丫頭。

「妳三嬸原也要來送送你們，只是昨日耀湖那孩子身子不適，她急著到書院裡看看情況，這才來不了。」李氏笑笑地道。

柳敬西與關氏的獨子柳耀湖如今在書院裡唸書，明年將首次下場，這說來也讓柳琇蕊意外不已，想不到那個包打聽般的小堂弟竟也成了書呆子。

「可有大礙？」聽聞堂弟身子不適，柳琇蕊也有幾分急了。

「想是不妨事，妳大哥前日也曾到過書院，說他還是精神得很，許是最近太用功之故，這才一時熬不住。」李氏忙道。

柳琇蕊嘆道：「再用功也得有個限度啊！萬一虧了身子豈不是得不償失？」

而另一邊，柳敬南只是簡單地叮囑了紀淮幾句，反倒是柳耀河與柳耀海兄弟倆東拉西扯沒完沒了，話裡話外都是讓他好好照顧妹妹與兩個小外甥，絕不能虧待他們母子三人。

舅兄有命，紀淮豈敢不從，自然是連連點頭。

眾人依依惜別，起行的馬車終是緩緩地動了起來，柳琇蕊坐在車內，掀開車簾一遍遍向漸漸遠去的親人揮手告別，突然，一抹素淨纖細的身影映入她眼內，她怔怔地望著不遠處長亭裡的華貴女子，許久許久才放下車簾，長長地嘆息一聲。

紀淮見她此等模樣，還以為她是傷感離別，輕輕將她環在胸前，柔聲道：「別擔心，總有機會再與他們相見的。」

「嗯。」柳琇蕊靠著他的胸膛，悵然地道：「紀書呆，我見到文馨長公主了，就在離爹娘不遠的亭子裡，也不知站了多久，她身後，還站著駙馬爺……」

紀淮一怔，將她擁得更緊，順勢親親她的臉。「妳可是為他們感到難過？」

「我不知道，不過，敏然平日雖瞧著滿不在乎的樣子，可我看得出她還是為父母不睦感到心傷的，我、我只是希望她有朝一日能真真正正展顏歡笑。」

父輩間的種種，她不想評說，她只希望那個嘴裡不饒人，可卻是真心實意待她好的永寧縣主眉間的憂愁能減少幾分。

「江家公子前不久曾到錦城探望縣主，想來他們兄妹兩人相處得不錯，這兩人都能和睦共處了，更何況是曾相知相許的長公主與駙馬。」紀淮安慰道。

柳琇蕊稍想想，也覺得極為有理，長公主曾為了現在的駙馬而與爹爹和離，可見他們之間有著一段深厚情誼，許是離得太近，這才讓她看不清自己的心。

疾行的馬車載著他們漸漸遠離繁華的京城，官道上揚起的塵土隨著清風輕輕飄蕩，好不容易散去了，離別的馬車卻再也見不到影子。

「回去吧。」柳敬南走到妻子身邊，牽著她的手輕柔地道。

「嗯。」高淑容不捨地收回視線，由著夫君牽著她上了回府的馬車。

對父母旁若無人的恩愛見怪不怪的柳耀海聳聳肩，大步走至高大的駿馬旁，一個翻身上了馬，雙腿一夾，馬匹撒蹄朝京城飛奔而去。

十里長亭處，女子久久佇立，怔怔地望著那眉目溫和的中年男子親自扶著妻子上了馬車，許久，才茫然地收回視線。

這一生，她到底錯過了什麼？

春去秋來，一轉眼，嗷嗷待哺的小長生已經可以由大人牽著搖搖擺擺地走幾步了，對於這個比他兄長還要鬧騰的小兒子，柳琇蕊只感到頭疼不已，但要說最讓她頭疼的倒不是兒子淘氣，反而是那個將「慈父」一角演繹得淋漓盡致的紀大人。

每回她想要教訓一下那對隨著年紀漸長越發無法無天的小兄弟時，都被紀淮阻三阻四，讓她氣到不行，害她每每望著愛嬌地膩在爹爹身邊賣乖的一對兒子，只覺得一陣氣悶。

「你就縱著他們吧，遲早有得你後悔！」她一邊整理著床鋪，一邊沒好氣地回過頭瞪了下正坐在椅上悠哉悠哉地品茗的夫君。

紀淮微微一笑，施施然地將空了的茶碗放了下來，不以為然地道：「他們如今的年紀，正是無憂無慮、快活成長的時候，實在不必要過多要求，等他們長大些再慢慢學也不遲。再說，易生雖淘氣了點，可該有的禮節還是懂的，長生更不必說了，從來便是跟在他兄長身後有樣學樣的。」

「你總是有那麼多理由，我自是說不過你。」她脫掉繡鞋靠坐在床榻上，順手將錦被拉上來蓋在腿上，隨後話鋒一轉，將身子微微往前探。「爹娘他們果真願意過來？」

紀老爺夫妻倆年紀漸長，又無子女在身邊，柳琇蕊便向夫君建議將兩老接到身邊來，好一家團聚，同時也能讓他們盡盡孝心。紀淮聽罷一言不發，只是當晚卻折騰得她哀聲不止，次日腰痠背痛得根本起不來，讓好不容易抓到她賴床的小易生取笑了好幾日；小長生見哥哥笑得開心，亦拍著小胖手格格直笑，讓她又羞又惱，對始作俑者紀淮恨得牙癢癢。

「孫兒在這裡，相比捨不得離家，他們更捨不得孫兒。」紀淮笑道。

得知兒媳婦生下了次孫，紀老爺夫婦高興極了，當下紀老爺便到祠堂裡將這天大的好消息告訴了列祖列宗，只不過自小長生出生後，兩老一直未曾親眼見見小孫兒，如今兒子派人來接，心中雖不捨離鄉，可對孫兒的渴望更占上風。

柳琇蕊深以為然，老人家年紀大了，除了含飴弄孫外也無別的心願，天大的事都比不過兒孫繞膝更讓他們能發自內心地開懷暢笑。

到了紀家父母到來的那日，柳琇蕊一早便親自替兩個兒子換上新衣裳，一遍又一遍地教小兒子叫祖父、祖母，小傢伙卻張著嘴、流著口水望著她，間或拍手格格笑一陣子，間或學著穿戴整齊的哥哥在軟榻上一蹦一跳；可惜他一雙小胖短腿，連走路都不穩，蹦了幾下便撲通一下跌倒在軟綿綿的被褥上，難得他這回居然沒有哭，只癟著嘴、睜著一雙圓溜溜的大眼可憐兮兮地望著柳琇蕊。

「長生笨，長生笨，長生小笨蛋！」毫無友愛之心的小哥哥見弟弟傻乎乎的樣子，樂得又蹦又跳。

小長生小嘴癟了癟，終是「嗚哇」一聲大哭起來，邊哭邊反駁哥哥。「不、不笨，不笨！」

正蹦得起勁的易生霎時愣住，接著手忙腳亂地從懷裡掏出小帕子，笨拙地幫他擦著淚水，一邊擦還一邊胡亂地安慰愛哭鬼弟弟。「不哭不哭，長生不笨，長生不笨。」

小長生嗚咽著伸出小胖手摟住他的脖子，小身子拚命往他身上蹭，四歲不到的小哥哥一個不穩便被小胖墩兒壓倒在被褥上，兄弟倆像疊羅漢一般在床榻上撲騰，樂得柳琇蕊及身邊的奶娘掩嘴笑個不停。

小易生老愛惹哭弟弟，可弟弟一哭他又急急忙忙地又抱又哄，紀淮曾笑罵這小子就愛自找麻煩。

柳琇蕊忍著笑意，將像隻四腳朝天的小烏龜一般在兄長身上折騰的長生抱了起來，輕柔地拭去他小臉蛋上的淚痕，再整整他的小衣裳後，眼角瞥見長子坐在床榻上委委屈屈地癟著嘴望著自己。

她啞然失笑，而後朝他招招手，示意他過來，小易生爬著來到她身邊，大眼睛裡撲閃著點點水光，她一手摟著次子，一手伸過去摟緊長子，微微低頭在易生臉上親了親，柔聲道：「小哥哥辛苦了，可有摔疼？」

小易生害羞地將臉藏到她懷裡，片刻才抬頭對她抿嘴一笑，糯糯地道：「不疼！」

小長生見娘親只親哥哥不親自己，不高興地拍著柳琇蕊的手背，嘴裡啊啊啊地直叫不停，柳琇蕊輕笑著，也在他肉肉的臉蛋上親了一口，終於讓小傢伙高興起來了。

紀淮走進來時便見母子三人其樂融融的溫馨情景，他站在門口，滿目柔情地望著至愛的妻子及血脈相連的孩子，稚子嬌嬌糯糯的嗓音交雜著女子溫柔的語調傳入耳中，讓他的嘴角越揚越高。

眼尖的小易生看到爹爹出現，蹬著小短腿從床榻上跳了下來，連鞋也顧不得穿，登登登地向他跑去，抱住他的腿，仰著頭愛嬌地喚。「爹爹、爹爹！」

紀淮含笑摸摸他的小腦袋，牽著他朝抱著次子的妻子走去。「爹娘想來也快到了，妳與孩子們在家裡等等，我去接他們。」

柳琇蕊點了點頭，招呼長子過來，以便讓紀淮出去。

易生有點不樂意地嘟著嘴，緊緊揪著紀淮的褲腿。「易生也去，和爹爹去！」

柳琇蕊說了他幾句，小傢伙委屈地含著兩泡淚，緊緊抱住爹爹的腿，就是不肯放人。還是紀淮心疼兒子，將快要哭出來的易生抱在懷中，笑著對妻子道：「讓他與我一起去吧，去接他的祖父母，也是他為人孫的一片孝心。」

柳琇蕊笑嘆一聲，望了望歡呼著往紀淮身上猛撲的兒子，只能無奈地搖搖頭，細細叮囑他不許調皮，見到祖父母要見禮問安。

小易生在爹爹懷中朝她乖巧地直點頭，然後催促道：「爹爹，走吧走吧！」咬著小拳頭的長生亦有樣學樣。「走走，走走……」

柳琇蕊捏捏他的小鼻子，抱著他將夫君及長子送出了院門，望著牽著易生小手、邁著沈穩步伐的高大身影，忍不住抿嘴一笑，只覺這一幕真是說不出的窩心。

紀家父母的到來，讓一家人真真正正地團聚了。

紀夫人處世和氣，柳琇蕊與她處得極好，兩人閒暇時坐在一起說說家長裡短，又或是聊聊孩子們的趣事，倒也十分愉悅。

而家中兩個調皮鬼卻是又多了兩座靠山，每回闖了禍便機靈地逃到祖父或祖母那兒去，讓柳琇蕊無奈地直搖頭，便是紀淮，對紀老爺毫無原則地護著兩個孫兒也有點憤憤不平了。

「爹真是偏心，當年我像易生這般年紀時，他就要求我每日至少要學會認五個字，偶爾淘氣了也少不了被責罵，哪像如今他待易生這般，真是、真是……」這晚他從書房回來，忍不住朝柳琇蕊抱怨。

柳琇蕊見他這副模樣便覺得好笑，伸手戳了戳他的額頭，嗔道：「兒子與孫子怎能一樣，常言道隔代親、隔代親，祖父母對孫子這輩自然是寬容些。」

紀淮乘機抓著她的手，用上幾分力將她抱在懷中輕輕地晃著，溫熱的氣息吹拂在她耳邊，嗓音低沈。「易生、長生如今有爹娘看著，咱們便也能……明日廟會咱們去見識見識，嗯？」

柳琇蕊紅著臉點了點頭，自長生出生後，他們夫妻倆相處的時間確實少了許多。

這一晚自是又有一番柔情密意，但因明日要早起，紀淮也只是淺嚐輒止，一回便放過她了。

他摟著窩在懷中累得沈睡過去的妻子，一下又一下輕柔地順著她的長髮，許久，終於心滿意足地跟著墮入了夢鄉……

乘機將兒子們扔給有孫萬事足的父母，也不用馬車，紀淮就這般牽著妻子的手走在大街上，兩人並肩而行，十指緊扣的雙手掩在寬大的衣袖下，偶爾側頭相視一笑，脈脈溫情縈繞。

月老廟前萬頭攢動，數不清的年輕男女相約而來。今日是一年一度的廟會，往日不得輕易出門的大姑娘、小媳婦在這一日是被允許外出的，尤其是心有所屬的人，均想趁此機會到月老面前許願，只求與意中人能結髮為夫妻，執手到白頭。

到處是吆喝的小販、歡叫的孩童，以及縱使仍守著規矩亦掩飾不住欣喜甜蜜的有情人，街上盈滿著熱鬧卻又有幾分曖昧的氛圍。

柳琇蕊感覺到袖下的大手將她握得更緊，她甜滋滋地回握著他，這日是光明正大表達情感的日子，她很感激，能陪著她來的是他。

「這位公子，給您夫人買朵絹花吧！她這麼好看，戴上了一定更美，月老會保佑你們夫妻恩愛和美，白頭到老，兒孫滿堂的！」抱著小竹籃的小姑娘嘴巴像抹了糖一般，乘機招攬生意。

紀淮望了望竹籃裡的絹花，細心挑了朵桃花式樣的別在柳琇蕊髮間，再掏出幾文錢遞給了小姑娘。

「多謝公子、多謝公子，月老一定會保佑你們的！」小姑娘連聲道謝。

柳琇蕊摸了摸髮間的絹花，迎上紀淮專注的眼神，幾絲紅霞慢慢爬上她的臉頰，她趕緊低下頭不敢再看那讓她心跳如擂的臉龐。

紀淮握著她的手緊了緊，低沈的嗓音即使在這嘈雜的月老廟正殿前，依然清晰可聞地傳入她的耳中。

「咱們也到殿裡去看看，嗯？」

「……好。」柳琇蕊害羞地勾起嘴角，側頭朝他抿嘴一笑，淺淺的小梨渦一如當年調皮甜美，讓紀淮臉上神情越發柔和。

大殿裡的人雖多，可卻不覺混亂，幾對年輕男女跪在相隔不遠的蒲團上虔誠參拜，其他人則是有默契地遠遠站著不去打擾，偶爾與身邊人相視一笑，處處洋溢著濃郁的喜悅幸福。

紀淮牽著她站在一對穿著粗布衣裳的中年夫婦身後，因周圍全是年輕人，這一對可謂極其搶眼，總有善意卻打趣的視線落到他們身上，讓婦人完全不敢抬頭。

柳琇蕊亦有幾分意外地望了望她，沒料到還會有這般年紀的人過來。

婦人許是察覺了她的視線，回過頭朝她不好意思地笑了笑，然後微微側頭小小聲地埋怨夫君。「都怪你，我都說了不要來，多不好意思啊，都一把年紀了……」

皮膚黝黑的中年男子憨憨地朝她笑笑，接著竟抬頭對四周的男男女女道：「我媳婦臉皮有點薄，娃子們饒過她吧！」

輕笑聲此起彼落，柳琇蕊也忍不住掩嘴直笑。

那婦人瞋怪地瞪了夫君一眼，紅著臉不敢抬頭。

紀淮亦是揚著嘴角。無論貧富貴賤，誰都有幸福的可能，眼前這對明顯肩負生活重擔的中年夫婦卻能恩愛如斯，誰能說他們過得不好呢？

他緊緊握著身邊人的纖手，側頭含情脈脈地凝望著她，偌大的殿堂裡，周遭的一切彷彿越來越模糊，只有眼前人依然那麼清晰，一顰一笑都深深刻在他心裡……

跟在中年夫婦身後到了另一處的蒲團前，兩人雙雙跪了下去，紀淮望了望虔誠地雙手合十的妻子，之後亦學著她的樣子，朝上首寶相莊嚴的月老默默禱告。

從大殿出來後，兩人攜手往殿外高大的許願樹走去。樹上掛滿了密密麻麻的荷包，一陣清風吹過，樹枝輕輕搖晃，帶著上頭的荷包一同隨風飄蕩。

「傳聞在月老廟禱告後，再把彼此的姓名與心願掛在許願樹上，月老便會保佑他們。」柳琇蕊抬頭望著樹上一波波的荷包浪，輕聲道。

紀淮微微一笑，牽著她走到一旁擺放著紅紙與筆墨的大方桌前，執筆在紅紙上一字一頓地寫下——

紀淮與柳琇蕊，生生世世結髮為夫妻，恩愛兩不疑。

柳琇蕊愣愣地望著他落下最後一筆，然後反射性地將身上掛著的荷包放到他向自己張著的大手上，見他將摺好的紅紙放進去，仔細地綁好，再拿過桌上的紅線將開口處重新綁了一遍，繼而大步往許願樹走去，將紅線另一頭繫在了樹上。

她仍是有些怔忡，定定地望著重又回到身邊來的紀淮，好一會兒才道：「生生世世……月老會不會覺得我們太貪心了？」

紀淮輕笑一聲，將她的小手包在掌中，戲謔地道：「妳這隻披著兔子皮的母老虎，還是由我罩著放心些，萬一誤傷旁人，那豈不是我的罪過？正所謂我不入地獄誰入地獄，月老見我如此捨身，定會讓我如願的！」

柳琇蕊一下又愣住了，片刻反應過來，不由得惱羞成怒。「你還說！你書房裡收著的那些畫，我、我還未與你算帳呢！」

前段時間她閒來無事便到書房幫他整理整理，想不到卻讓她意外發現一大卷收藏得好好的畫軸，她按捺不住好奇心打開一卷，卻見裡頭竟是有些熟悉又有些陌生的畫面——

一群吱吱喳喳的母雞圍著一隻兔子。

那兔子畫得活靈活現，她彷彿都能感受到牠無奈又焦急的情緒。

她詫異不已，一幅一幅地往下翻，裡頭的主角均是這隻兔子，有在菜園裡快活地轉圈的，有在河邊洗刷著一堆堆皮毛的，有憤怒地追咬著書生打扮的男子的……她的心急促亂跳，紅著臉繼續翻看，最後一幅，卻是年輕書生滿目溫柔地抱著一大兩小三隻兔子。

若是她還不明白畫中的兔子與書生所指何人，那也太蠢了！她真是作夢都想不到紀淮竟然將兩人相識以來的種種全畫了下來。

紀淮聽她提起那些畫，忍不住哈哈大笑，清朗的笑聲在她耳邊迴盪，讓她臉上的羞惱漸漸褪了下去。

沈沈夜幕，明月高掛，人群漸漸散去，兩人相視一笑，攜手往家的方向走去……

——全書完

番外一　回首不見當年人

鏡內女子蛾眉輕蹙，如蜜桃般的臉龐盡是抹不去的哀愁。

文馨長公主怔怔地望著鏡中的自己，如青蔥般的纖指撫上鏡面，良久，輕嘆一聲。歲月催人老，縱使人人誇她秀雅無雙不減當年，可她卻清楚自己真的老了，老的不僅是容顏，還有心境。

回顧這幾十年，她眼中一片迷茫，她愛的已遙不可及，愛她的被她傷透了心，就連親生女兒也說出了「我怎會有妳這樣的母親」這番話，如今偌大的公主府，只有她一人。

輾轉至今，她竟是一無所有……

也許當年她便錯了，嫁入柳家後不該仍想著故人，不該沈溺於過去而忽視身邊人的一片真心，若是她一心一意盡妻子的責任，守妻子的本分，如今與那人比肩而立、執手到老的仍會是她。

但這一念之差，已鑄下了錯，是她主動放棄了對方，便是日後她悔不當初，再回首，已不見當年人……

她苦笑一聲，輕嘆著一點一點描繪鏡中人的容顏，驀地，婢女千嬋驚喜若狂的聲音從門外傳了進來。

「公主公主，駙馬、駙馬回府了！」

她一下愣住了。自四年前那一日，江宗鵬與她便徹底成了相敬如「冰」的夫妻，說是夫妻，倒不如說是同住一屋簷下的陌生人，最熟悉的陌生人，直到女兒出嫁，他便搬離了公主府，至此四年來再不相見。

如今，他竟回來了？

文馨長公主臉上閃過一絲驚喜，片刻，又漸漸斂起了笑容。他這次回來，卻是為何？難道是想徹底斬斷兩人的聯繫嗎？

熟悉又陌生的腳步聲緩緩響起，她緊緊揪緊帕子，心中突然生出幾分說不清、道不明的緊張來，待那挺拔的身影出現在眼前時，她呼吸猛地一窒。

他，老了……不過不惑之年，可瞧著卻像是再老了十歲，這四年來，他到底過的是什麼樣的日子？

視線驀地有幾分模糊，那帶著薄繭的大手輕輕地撫上她的臉，男子嘆息的聲音在寂靜的屋裡分外清晰。

「為什麼要哭？難道妳便是這麼不願見到我？」

她拚命搖頭否認，聲音哽咽。「不、不是，我以為你再也不會回來，再也不想見我了……」

江宗鵬動作一頓，而後又若無其事地將她臉上淚水拭去。「我從不曾這般想過。」

縱然被她傷了又傷，他都不曾想過此生與她再不相見，離開，是為了治療已不堪再痛的傷口，亦是想維繫兩人千瘡百孔的夫妻情分，否則，再繼續互相傷害，他怕自己終有一日會堅持不下去。

淚水肆意橫虐，她也不清楚自己為何要哭，但就是停不下來。

江宗鵬長長地嘆息一聲，輕輕將她擁進懷內，一如成婚初期，兩人最恩愛之時，柔情萬千，憐愛無限。

直到她感覺淚水漸漸止住了，這才低著頭替自己拭去淚痕，沒有了抽抽噎噎的哭泣聲，夫妻間又是久久的沈默不語。

她垂著頭，心中一片苦澀。他們之間到底是為什麼會走到如今這地步？明明曾經那般盼著、念著與他恩愛一生、白首不離，無數個午夜夢迴，總希望躺在她身邊的是他。為了再續前緣，她甚至不惜違抗先皇聖命，選擇與柳擎南和離，更不顧帶病的身子跪在母妃寢宮前，只為了能讓她同意自己與江宗鵬的親事。好不容易最後得償所願了，可為何卻不如她想像的那般幸福美滿？

是因為那個替他生了兒子的女子？還是因為曾對她一往情深的柳擎南？

她茫然地抬頭，定定地望著目不轉睛注視著自己的夫君，他眼中的柔情，依稀有幾分當年的影子，可為什麼她卻再也找不到當年的欣喜甜蜜了？為什麼曾經占滿她心房的人漸漸隱退了？他比之柳擎南，到底有何不同？

比？

剎那間，她驀地醒悟，不禁苦澀一笑。原來如此，不過一個「比」字！

兩段婚姻前後對比，柳擎南一心一意待她，端的是真摯情深，即使她曾經不屑一顧，可卻依然無法否認這點。可已娶過妻的江宗鵬，卻不再是她一個人的，他曾與別的女子纏綿悱惻，並育有她未得的兒子。有對比，方知曾經的柳擎南有多可貴，可越是對比，她便越是遺憾，越是不甘。

或許她是個極端自私的人，自私到不允許她的夫君有半點濘淖。每一回的爭吵，她都會下意識地想到，若是她曾經的夫君柳擎南，絕不會因為別的女子而與她爭吵，越是有這種想法，夫妻兩人關係便越僵，直至最後不可挽回……

她怨他曾娶妻生子的同時，又怎不想想自己亦曾嫁人為妻！

文馨長公主臉上苦澀更濃，或許正如當年高淑容罵她的那般，她永遠活在回憶裡，永遠認不清現實，她回憶裡的主角早已離她遠去，可她卻依然固執地守在裡頭，不肯回頭看看站在身後的人。

當年她對柳擎南如此，如今待江宗鵬，依然如此……

江宗鵬見她臉上一片絕望，心中有幾分把握不住，兒子的勸說彷彿仍在耳邊，可他卻突然膽怯起來，萬一她仍是只念著柳擎南，不肯再接受他……

「……這些年，終是我對不住你。」

許久許久，他才聽到她嗚咽著的聲音，詫異地瞪大眼睛，不敢相信這等話竟會從她的口中說出，豈料對方接下來的話更讓他震驚不已。

「沛兒是個懂事的孩子，待敏敏極好，便是待我，也是恭敬有禮，能將兒子教導得這般懂事寬容，可見她是位不可多得的賢良女子，比之我，不知遠勝多少倍……」

成婚至今，這還是頭一回從她口中聽到對兒子的生母、他前妻的肯定，令他心中更為不安。她說這些話是何用意？是打算徹底放棄他了嗎？

「不，公主，我並、並不——」他急急分辯。

文馨長公主輕輕搖頭，柔嫩白皙的纖手掩在他唇上。

「你不必說，我明白，這些年全是我看不懂……」她心酸難耐地別過頭，將淚意壓回去，這才哽聲道：「我只怪你曾經與別的女子好，可卻不曾想到自己、自己也並不是……」

「我不介意的，我從來不曾介意過這點！」江宗鵬急忙道。

他不介意，真的不介意，她是那麼高貴，那麼美好，是他沒有福分，這才錯過她這麼多年，他只恨天意弄人，若是當年他們順利成婚，如今便會是人人稱羨的神仙眷侶，又豈會如現下這般。

一滴眼淚滑落下來，她卻顧不得擦拭，只是目不轉睛地望著他，良久，才嗚咽著道：「這些年你不在府裡，我、我很害怕，這麼大的府邸只有我一人，你不在、沛兒不在，連敏敏也不在，你們都離我而去……雖然那全是我咎由自取，可、可我卻仍是害怕。」她將淚水逼回去，繼續道：「我今日在城外遇到了柳擎南一家，看到他們夫妻恩愛……」

江宗鵬苦澀地笑笑，他知道，知道她定定地目送著柳家夫婦離去，因為那時，他便在她身後不遠處，可她從頭到尾都不曾回過身來看看他，哪怕一眼，他其實一直都在，在等著她轉過身來，不只今日，還有過去這些年。

「他們那般恩愛，便是隔了那麼遠，我仍然感覺得到那兩人的心意相通……宗鵬，曾經迷失過的我，你還要嗎？」

她累了，很累很累。四年了，四年來的每個日夜，她望著寂靜無聲的府邸，那麼大、那麼空、那麼靜，彷彿一潭死水，激不起半分漣漪。她的夫君不要她了，她的女兒不要她了，為了那個心中已經不再有她的人，她失去了夫君，失去了女兒……

江宗鵬倏地睜大眼睛，眼中盛滿了不可置信。

「妳……妳說什麼？」他抖著唇喃喃地道。是那樣嗎？是他所想的那樣嗎？

「我曾經做過許多錯事，傷害了身邊至親的人，讓他們傷心、失望，我知道這樣的話很厚顏無恥，可是，我仍是想問一句，這樣的我，你還要嗎？」文馨長公主定定地望著他，眼神是前所未有的執著，她希望能有個人陪著她度過漫長的歲月，平平淡淡，相互體諒，彼此照顧。

高大的男子一下便紅了眼眶，努力保持著平靜，可顫抖的聲音卻出賣了他的內心。

「要、要的！」

「少年夫妻老來伴，既放不下，何不放手爭取一次？贏了，你後半生也能多幾分內心的從容；輸了，不過繼續如今一人的生活，你為何反而躊躇呢？」

兒子江沛的勸導在他腦海中迴響，他張開雙臂，將泣不成聲的妻子擁入懷中。是啊，他這一生都是順從命運的安排，為何不主動爭取一次，本就身無一物，輸了又何妨！

春暖花開之日，錦城知州府迎來了大商國的五長公主殿下及駙馬，知州夫人永寧縣主的親生父母。

永寧縣主愣愣地瞧著並肩而立、含笑望著自己的父母，眼睛一下便紅了，許久，才揚起猶帶著淚珠的笑容，朝著正手把手走進來的一雙兒女道：「澤兒、歡兒，快來拜見外祖父與外祖母！」

——全篇完

番外二　一眼便是一生

窗外陽光正好，洛芳芝失神地透過窗櫺望向外頭。

「娘……」小念恩見娘親不理會自己，撒嬌地拖長尾音呼喚，期望能喚回娘親的注意力。

她深呼吸幾下，揚著溫和的笑容重又抱著兒子親了親，愛憐地捏捏他胖嘟嘟的臉蛋。

「小壞蛋，又把紀家姨母給你做的布老虎弄壞了，這般不會愛惜，跟你爹爹一個樣……」

想到九死一生歸來的李世興，她臉上神色有幾分黯然，他人雖回來了，待她亦如當年那般體貼周到，可至今都不肯在她面前摘下那半邊面具，更別說與她同住一室了。

這些年雖同床共枕，可她發覺其實自己一點也不瞭解他。

她不明白他為何每年十月二十八這一日都會狂躁不安；不明白他為何每次拿回家給她的布料都是淺黃色的；不明白他為何明明不是個有耐性的人，卻可以靜靜地坐在一邊望著她出神……

她不懂，未出嫁前她並不曾見過他，為何他會對自己執著至此？執著得讓她的心臟隱隱地痛。他明明可以過得更瀟脫、更自在的！

「娘……」

小念恩見娘親又不理會自己了，不依地在她懷裡扭來扭去，小胖手一下又一下地拍著她的手臂，力圖將又走神兒的娘親叫醒過來。

洛芳芝被兒子這一鬧，心中那點酸澀一下便消散了，她輕輕在小傢伙胖乎乎的臉上親了親，將他抱了下來放在地上，左手牽著他的小肉手往門外走。

「娘親陪念恩到園子裡坐鞦韆去。」

占地不算廣的李宅只有一個小小的後花園，麻雀雖小，五臟俱全，亭臺樓閣、曲徑遊廊、假山花草樣樣不缺，李世興歸來後甚至還親手做了個鞦韆，閒暇時便抱著兒子玩一玩，可把小傢伙給樂壞了。

每一回她見到那個戴著半邊面具的男子看著兒子時的寵溺眼神，心中又酸又甜又痛。有愛重自己的夫君，有可愛懂事的孩兒，一家人平淡幸福地度過每一日，這是她畢生最大的願望，曾經她以為這個願望永遠也不可能實現了，如今方知其實上蒼早就將一切送到她身邊，她缺的，只是一雙發現幸福的眼。

迎面走過來的李世興見到一高一矮的兩道身影，腳步一頓，臉上神色瞬間柔和了下來。

正蹦蹦跳跳的小念恩認出是他，頓時鬆開洛芳芝的手，歡呼著張手朝他跑去。「爹爹！」

李世興嘴角越來越上揚，蹲下身子抱起撞過來的胖兒子，一用力將他舉過頭頂，樂得小傢伙格格地歡笑不停。

洛芳芝笑盈盈地望著越玩越瘋的父子倆，高大挺拔的男子單手抱著小胖娃，空出的另一隻手東一下西一下地往小傢伙身上戳去，怕癢的小念恩尖叫著拚命往他懷裡鑽，可又哪逃得過那隻如影隨形的大手，還是洛芳芝生怕他笑岔了氣，笑著上前將他從他爹爹懷中解救了出來。

「娘，爹爹壞！」

小傢伙到了安全之處，立即噘著小嘴告狀。

洛芳芝在他笑得紅撲撲的臉蛋上拭了拭，將薄薄的一層汗擦掉後，把他往上托了托，柔和地道：「好，爹爹壞，爹爹總欺負念恩，是個壞爹爹。」

小傢伙得了娘親的贊同，喜得一下抱著她的脖子，將臉蛋藏在她頸邊，自以為沒人注意地偷偷朝李世興做了個鬼臉，讓李世興好笑不已。

這是他的妻兒，是他在這世上僅有的親人。

他不由自主地往柔聲哄著兒子的妻子望去，見她耐心十足地輕哄兒子，眉目間是抹不掉的滿滿柔情，令他一時有些失神。

自歷劫歸來，她待他溫柔耐心、體貼周到，而他一直擔心的厭惡目光卻是半分也不見。可是他卻怕，怕這是她對自己的憐憫，她原就是那樣善良的女子，對毀容跛足的夫君，縱使心有怨恨，想來也是會盡力善待他的吧？

因此他只能又將自己縮回去，只要不面對，他就可以欺騙自己妻子是真的心悅他。他實在無法想像，假若有朝一日他在她眼中捕捉到同情的目光，他不知自己還有沒有勇氣再出現在他們母子兩人面前。

他怔怔地站著，視線始終離不開她，洛芳芝似是心有所感，突地轉過頭來，正正對上他盛滿柔情與掙扎的眼神，李世興心中一驚，彆扭地側過臉，只用那完好無損的右臉對著她。

洛芳芝眼神一黯，片刻之後又揚起笑容，柔聲道：「今日佩珠命人送了些新配方所製的綠豆糕來，我嚐著味道挺不錯的，你也嚐嚐可好？若是喜歡，改日我到膳和樓去請教請教，看能否做得出味道相像的。」

李世興苦澀地微垂著頭，低聲道：「妳不必如此的……」他娶她，原就是想寵她一輩子，好好待她、照顧她，而不是要讓她去做這些粗活的。

洛芳芝喉嚨一堵，笑容一下匿了下去。就是這樣，總是這樣，自他回來後便一直這樣，兩人間彷彿隔著重重障礙，她走不過去，而他不願走過來。

明明他就在自己身邊，只要一抬頭便能見到，卻怎麼也觸摸不到，他總下意識地躲避自己的觸碰，更不必說讓她查看他身上的傷口了，光一提起，他便會用諸多藉口離去；她知道他大概是自卑心作祟，也害怕自己的無心之舉會讓他產生別的誤會，面對這般如易碎陶瓷的李世興，她真的是束手無策。

到底要怎麼做才能讓他明白，她根本不在意他是否殘損，她在意的只是他對自己的一片真心……

察覺到她的沈默，李世興更感不安，囁囁嚅嚅地想解釋。

「我、我沒有別的意思，就是、就是覺得妳平日照顧兒子已經很辛苦了，不、不應該再勞累的。」

洛芳芝暗嘆一聲，又揚起溫柔的笑容。

「你不必多說，我明白你的意思。只是，為夫君洗手作羹湯是妻子的分內事，亦是……亦是身為女子的幸福……」她越說聲音越低，最後一句細如蚊蚋，若非李世興功夫了得，只怕還聽不清楚。

他心如擂鼓。她、她此話是何意？幸福——她嫁給自己真的感到幸福嗎？如今的自己，還能給她幸福嗎？

他苦澀一笑，根本不敢去細看她臉上神情，轉過身跌跌撞撞地往書房奔去。

洛芳芝好不容易鼓起勇氣說了這番情緒外露之話來，可久久得不到回應，疑惑地抬眼望去，卻見到他有幾分絕望的身影。

她一怔，不明白自己這番話有何不妥，竟能讓他落荒而逃。

這一日，洛芳芝從玉青那兒歸來，本欲往正院去，腳步卻不知怎的轉往了書房。這段日子，李世興便一直歇在書房……

透過敞開的窗戶，見李世興靜靜地坐在書案前，怔怔地望著手中的物品出神，因隔得遠，她認不清那是何物。

吱呀一聲將門推開，方進了門，便見李世興頭也不抬地吼道：「出去！」

洛芳芝腳步一頓，接著又繼續往前走，走到離書案幾步之距。

李世興擰著眉不悅地抬頭，正想喝斥不長眼的下人，卻見妻子固執地望著自己，眼中似是有幾分委屈的盈盈水光。

他吃了一驚，成婚以來，她從不曾進過他的書房，是以方才他才會以為是下人，想不到竟然是她。

愣了一會兒，他猛然警醒，慌亂地將手中的物品往袖裡塞，豈料洛芳芝動作比他更快，一下便將那物品奪了過去。

「這是……」

她吃驚地望著手上有些年頭的荷包，上面的一針一線她再熟悉不過了，因為——那是她親手所製！

有些發黃的布料，不算成熟的針線，就連繡的荷花也只有五、六分像，這是她頭一回做成功的荷包，曾揚言要一輩子帶在身邊，以見證她逐漸成熟的繡工的荷包。

可是，它不是早就……早就被她匆忙間轉手給人了嗎？

她記得，那一年她救了個因偷吃被人打得半死的小乞丐，她同情他生存不易，想將身上的銀兩給他，後來因娘親那頭尋自己尋得急，被線纏住的銀兩一時取不出來，匆忙間也來不及細想，便將整個荷包都給了對方。

事後她悔得不得了，更不敢將此事告知娘親，女兒家親手做的物品竟被她糊裡糊塗地送了人，要是讓娘親知道，定是免不了一頓責罰。

難道，當年那個小乞丐便是……

她震驚地望著忐忑不安的李世興，臉上是滿滿的不可置信。

「當年那人，是你？」她喃喃地問。

李世興臉色一變。

她想起來了？想起自己過去不堪的那一幕了？

這些年來他不是沒有怨過她不曾憶起自己，可又對此感到慶幸，那是他此生最落魄、最昏暗、最沈痛的時候，便是如今稍一回想，都覺痛不欲生。

一日之間親人全無，他連哭都不敢哭，死死咬著唇眼睜睜地看著賊人隨便挖了個大坑，將他父母、兄長的遺體全扔了進去……

那時，仇恨便在他心裡生根發芽，但無奈仇人太強大，他連與對方同歸於盡的力量都沒有，因此「活著」，成了他的首要目標，只有活得好好的，才有為親人報仇雪恨的希望。

他記得那日已經連續三日不曾吃過東西了，餓得肚皮貼後背，實在是忍不住了，才趁人不注意時順手偷了路邊一間包子鋪的兩個包子；可他運氣太差，方得手便被人發現，一臉橫肉的店老闆憤怒地掄起棍子追趕，他慌不擇路四處逃竄，只是餓得腳步虛浮的他又哪跑得過旁人，沒多久便被抓住了。

可拳打腳踢也阻止不了他將包子拚命往嘴裡塞。打便打吧，終究他們不敢把自己打死，可是再不吃東西，他相信總有一日自己會餓死。

身上的痛楚已漸漸麻痺，他不禁暗暗自嘲，若是再早幾年，誰會想得到赫赫有名的振威鏢局三少爺有朝一日竟會因為兩個肉包子而被人往死裡打？

「住手，快住手，你要打死他了！」

嬌俏清脆的嗓音恍如天籟般穿透一陣陣拳打腳踢的悶響，直直往他耳裡鑽，他至今仍記得抬頭所見到的那一幕——

一身淺鵝黃衣裙的小姑娘張開雙臂護在他身前，纖弱的小身軀似是蘊藏著無限的力量一般，將那些趁亂「施展拳腳」的人擋在了外頭。

他愣愣地望著她的背影，許是察覺他在身後注視著自己，那姑娘回過頭朝他微微一笑，聲音柔和地安慰道：「不要怕。」

不要怕。

簡簡單單的三個字讓他差點落淚。有多久了，有多久沒有聽到人對他說「不要怕」了？自親人過世後，他便如浮萍一般四處漂蕩，他害怕嗎？怕的，很怕很怕，怕自己終其一生都報不了仇，怕自己此生此世永墮黑暗得不到救贖。可是，如今這陌生女子的一句不要怕，彷彿在他幽暗的心房中投入了一束溫暖的光……

最終，那善良過頭的姑娘以超出近十倍的價錢賠給了包子鋪的老闆，這才讓他免了被拉去見官的下場。

圍觀的民眾當中，有讚嘆女子菩薩心腸的，也有嗤笑她愚蠢的，從那竊竊私語當中，他知道了她的身分——

雍州富戶洛家的大小姐，一個不知人間疾苦，心腸柔軟的良善女子。

「不要怕，他們已經走了，不會再來打你了。你可還好？傷得重不重？哎呀，我真是傻了，他們那麼用力，又怎會傷得不重！」

眾人散去後，那姑娘轉過身來，朝他善意地笑笑，明媚的陽光從他身後面照來，投到面前的黃衣女子身上，映得她的笑容分外耀眼。

他一言不發，只是怔怔地望著她。

「偷拿別人的東西是不對的，日後可千萬不能再這樣了，我這裡還有些銀兩，你拿去買點吃的，不過記得要先去看看大夫，把身上的傷治好，若是落下了病根便不好了。我娘說人要先把自己身子照顧好，那才能去幹別的事，哎……」小姑娘也不在意他的態度，一邊喋喋不休地教導著，一邊伸手往已經扁了不少的荷包裡掏啊掏，可卻始終無法將裡頭的銀兩掏出來。

「哎呀，我明明把線頭都剪掉了呀……」黃衣女子嘀咕道。

他的視線落到那個嶄新的荷包上，平心而論，這樣的手藝與他娘親相比實在是差勁極了。

「小姐、小姐，夫人到處找妳呢，快回去吧！」

一陣急促的腳步聲乍響，一身婢女打扮的女子快步走了過來，一手拉著黃衣女子的衣袖，一手往身後指了指。

「啊，這便來！」

黃衣女子越發著急，用力扯了幾下仍未果，乾脆放棄了，也來不及多想，便將整個荷包往他手上塞，匆匆忙忙地道了句。

「記得去看大夫！」隨後帶著婢女離去了。

他失神地望著主僕倆漸漸遠去的身影，直至再也看不見，這才低頭望望手中緊緊抓著的、猶帶著絲絲清香的荷包，久久不能語。

那張五十兩的銀票以及零散的幾兩碎銀，至今仍好好地放在荷包裡，被他貼身珍藏著。往權勢高峰攀登的這幾年，每一回傷痕累累時，他都會緊緊將它貼在心口處，一遍一遍地從彷彿蘊藏著無限力量的小小荷包裡汲取勇氣，直至親手報了血海深仇。

他也不是不知道她早已訂了親，也不是不知道她心有所屬，可是他仍是設了個局，引誘她那遊手好閒的異母弟弟負了巨債，再利用她親生父親對兒子的看重，讓他以女兒做交換，他才願意出面救回他的兒子。

他在心裡告訴自己，他會比那範文斌待她更好，她的父親不重視她沒關係，她的繼母和異母弟妹欺負她也沒關係，總有一日他會幫她一一討回來的。他的手段確實卑鄙，可是，他這一生，都會將她捧在手心上，寵她、愛她、敬她，再也不讓任何人欺負她！

洛芳芝定定地望著低著頭一言不發的夫君，語氣越發肯定。「是你，那人就是你，對不對？」

李世興苦澀地笑笑，迎上她的目光沈聲道：「是我。」

洛芳芝只覺腦中一片空白，完全不知道該如何反應。當年她仍是父母寵愛、不知天高地厚的洛家大小姐，頭一回跟著娘親外出便見到一群人圍著打一個瘦瘦弱弱的少年，這才氣不過走上前去制止；她怎會想得到這位落魄的少年，日後會是赫赫有名的青衣衛統領，亦是她的夫君。

「就只因為我救過你一回，你、你便……便要娶我？」她百感交集地問，心中傳來陣陣悶痛。

李世興沈默了許久，才低低地道：「不、不是的……」

他自然不會因為對方救過他一回便將自己的餘生搭進去，他承認，那樣的情況下初見，確實對她心存極大好感，但真正讓他對她上了心，還是在他一點一點地掌了權之後。

他有意無意地著人打探她的近況，一封封如雪花般送到他案前的密函記載著她這些年的點點滴滴……不知不覺，他竟開始期待知道對方的一切，包括今日學會了繡鳳凰，明日學了新曲子這些瑣碎小事，等到他發現時，對方早已攻克他的心房，而他，甘之如飴……

李世興不敢去看她的眼睛，低著頭將自己做過的陰暗事和盤托出，做好了被她厭惡的心理準備。

洛芳芝目瞪口呆地望著他，不敢相信自己出嫁前那幾年的一舉一動竟然都落入了他的眼中。這……這到底是什麼樣的孽緣！若是當年她知曉救了那麼一個人，會讓自己將來的生活翻天覆地，她可仍會出面救他？

屋裡一片靜謐，也不知過了多久，李世興才聽到一聲輕輕淺淺的嘆息，緊接著便是女子似是有幾分無奈的聲音。

「雖然我仍是不敢苟同你的做法，可是、可是我也覺得有些慶幸，慶幸當年救了你的人，是我……」

李世興陡然瞪大眼，不敢置信地盯著她。她她她、她可知自己在說些什麼？

柔若無骨的小手包住他的，女子對上他的視線，溫柔卻又堅定地道：「你可知道，你真的很霸道、很蠻橫，絲毫不考慮別人的意願，強勢地介入我的生活。我曾經非常恨你，恨你用那般卑鄙的手段將我奪了過來……」

李世興心臟一抽，那股痛意一點一點滲透全身，雖然知道她定是恨自己的，可當這些話如此直白地從她口中說出，他仍是承受不住。

洛芳芝見他如此反應，用力握了握他的手，力圖將自己的心意傳達過去。

「這些年你一直在我觸手可及的地方，而那些怨恨又蒙了我雙眼，是以我一直無法認清自己的心意；但是，當聽到你從此將從我生命裡徹底消失後，我方知道自己早在不知不覺中將你視為不可分割的一部分。世興，我只願有人陪著我走完餘生，不離不棄，你可願意？」

李世興愣愣地望著她，眼眶漸漸紅了起來，哽噎著道：「我寧願妳恨我怨我，甚至憐憫我、同情我，那樣我雖仍會覺得痛，可卻尚能挺著撐著；若是妳以柔情作餌，讓我深陷其中不能自拔，再給我沈痛一擊……芳芝，那樣的話，我情願妳直接一刀子捅入我心臟裡，也好、也好得個痛快……」

洛芳芝潸然淚下。

這些年她到底對他做了什麼！

她猛地撲進他懷中，死死地抱著他。「你不是一直派人監視著我的一舉一動嗎？你瞧著我可是那種會委曲求全之人？我若是對你無意，又怎會、怎會時時想著讓你開懷！」

嬌軟馨香的軀體貼著他的，成婚至此，這還是她頭一回主動靠近他，他實在不敢相信，不敢相信上天會如此厚待他，不敢相信幸福會來得這麼突然。許久後，他緩緩抬起手臂，用力回抱著她，只恨不得將她揉入骨血中，生生世世永不分離。

「洛芳芝，便是他日妳後悔了，我也不會再放開妳了，若是妳告訴我這番話是騙我的，我定會一劍殺了妳，再殺了我自己！」他惡狠狠地湊到她耳邊，咬牙切齒地道。

洛芳芝哭聲一下便止住了，待感覺抱著她的高大身軀僵了片刻，她學著他的語氣恨恨地道：「若你敢對不住我，我也一劍殺了你，然後帶著兒子改嫁，讓他改姓——」

「妳敢?!」李世興一聲怒喝，雙目圓睜，殺氣頓現，分明又是傳聞中心狠手辣、冷血無情的青衣衛統領。

洛芳芝哭笑不得，嬌嗔地橫了他一眼。

「只准你對不住我，就不准我——」

話音未完，唇瓣便被人狠狠地咬住了，他真的是在咬她，那股狠勁，像是恨不得將她吞進肚裡去一般，渾厚的氣息透過唇舌傳遍她四肢，讓她有些昏昏然。

許久，暴風驟雨般的吻慢慢變得如三月春風，輾轉溫柔，纏綿入骨，箍著她的鐵臂卻越收越緊，兩人氣息漸漸不穩，越來越急促，越來越沈重，在快要失控前，李世興強迫自己停了下來，懷中女子嬌軟無力地伏在他的胸膛，大口大口地喘著氣。

「不要說那些話，便是開玩笑也不能說，我李世興這輩子、下輩子、下下輩子也只要洛芳芝一人。」他的額頭抵著她的，帶著幾分懇求道。

「傻子，既知是玩笑，又何必放在心上。」洛芳芝瞋了他一眼，眉目流轉間盡是抹不掉的嬌媚，看得李世興身軀一緊，恨不得將她壓在身下，輾轉品嚐。

他這輩子是栽在眼前這女子手上了，或許當年她回過頭來朝他淺笑，那一刻，那一眼，便是他的一生……

——全篇完

2015年6月出版

巧妻戲呆夫

文創風 304～306

特種部隊成員變成農村小姑娘，醫學精英改去種田做豆腐？
她從女強人降為柔弱女，還有一屋子極品親戚，
不能重操舊業，就來「改造人生」、整治這些瞧不起她的人！

清閒淡雅　耐人尋味　／半生閑

身為特種部隊的醫學博士出任務掛了，穿越還魂就算了，
為何讓她穿到一個為情上吊的小姑娘身上?!
十八般武藝俱全的林語來到小農村，發現自己學過的統統派不上用場，
家裡雖有父親，但繼母看她和大哥像眼中釘、肉中刺，
還有一堆極品親戚虎視眈眈，連祖母都只想著再把她弄出去換點嫁妝；
只要她還未嫁，女子就是給家人拿捏的對象，
不如自己選個合意的對象速速成親，之後協議和離脫身！
看來看去最佳人選就是肖家那個破相又不受寵的老二肖正軒，
怎知費了番心思終於成親，新婚之夜該來談和離了，
這位仁兄卻說：「看在我幫妳的分上，就和我一起生活半年可以嗎？」
這下還得弄假成真過半年，他到底打什麼主意？
而他們窩在靠山屯這樣的鄉下，他竟然還有師父和師兄弟們找上門，
莫非他還有什麼神祕的過去，這段假夫妻的協議會不會再生變化？

獨愛小虎妻 下

國家圖書館出版品預行編目資料

獨愛小虎妻 / 陸戚月著. --
初版. -- 臺北市 : 狗屋, 2015.06
冊 ; 公分. --（文創風）
ISBN 978-986-328-469-7（下冊 : 平裝）. --

857.7　　104007548

著作者	陸戚月
編輯	黃湘茹
校對	沈毓萍　馮佳美
發行所	狗屋出版社有限公司
地址	台北市104中山區龍江路71巷15號1樓
電話	02-2776-5889～0
發行字號	局版台業字845號
法律顧問	蕭雄淋律師
總經銷	知遠文化事業有限公司
電話	02-2664-8800
初版	2015年6月
國際書碼	ISBN-13　978-986-328-469-7
原著書名	**《柳氏阿蕊》**，由北京晉江原創網絡科技有限公司授權出版

定價250元

狗屋劃撥帳號：19001626

網址：love.doghouse.com.tw　E-mail：love@doghouse.com.tw